# 密室谜案

[英] 丹尼尔·科尔（Daniel Cole）———— 著　王扬————译

## ENDGAME

湖南文艺出版社
HUNAN LITERATURE AND ART PUBLISHING HOUSE

博集天卷
CS-BOOKY

丹尼尔·科尔的其他作品

《拼布娃娃》

《傀儡师》

**亲爱的读者：**

"我无意像《辛普森一家》那样，在每集结尾都把一切恢复原位。"

从第一次让人气馁的"拼布娃娃"系列推广访谈开始，我就一直这么说。但现在，这句话比以往更有意义，因为我已经完成了这个三部曲的第三部，将所有必要的过往与意义融入了结局。我相信我已经对这些角色和他们之间的关系有了深入的了解，这是我通过写一部独立的作品无法做到的。尽管我在《傀儡师》和《密室谜案》里都试图为新读者提供方便，但仍无法回避这样一个事实：如果能从第一部开始阅读这个系列作品，你一定可以收获更多东西。

我还有一个怪癖，那就是在我喜欢的电影和电视剧里寻找"彩蛋"和隐藏线索，因为我知道只有最忠实的粉丝才能够发现它们。这样的设计会让一个虚构的世界显得更加真实，所以我的这个系列作品里也充满了这样的元素。这部作品并不是"拼布娃娃"系列的大结局，远远不是。我一直希望这前三部作品是分别对一组特定人物在一个特定时间点上的叙述。它们相互重叠。它们的故事彼此交织。它们是一组三部曲……但现实生活并不会如此运作——现实生活总会解开我们可能系下的每一个小小蝴蝶结。第四部作品的提纲已经准备就绪，我对它以及这个系列新的走向都感到无比兴奋。

毕竟，这又将是一场大戏。

像以往一样，我要对我的读者表示感谢，更要对我在社交媒体上缺乏跟他们的互动深表歉意——我只是不习惯如此。但是，是你们让我能继续写下去。这部作品献给你们，我真诚地希望你们能从中收获愉悦，就像我在写作过程中体会到愉悦一样。

所以，让我们别废话了：女士们先生们，"拼布娃娃"三部曲最后一部，《密室谜案》，现在开始……

丹尼尔·科尔

"别把我当英雄⋯⋯

为了救你，我可以杀掉地球上的一切活物。"

# Preface

## 序　章

"以前是……现在不是了。"

一片被白雪覆盖的郊区从沾满污垢的车窗前一闪而过，车正颠簸着驶向目的地，微弱的阳光温暖着车上人的身体。

"但你就是他，对吧？"驾驶座上的人加重了语气，"你就是威廉·福克斯。"

"总得有人是他。"沃尔夫①真诚地叹了口气，表示遗憾。后视镜里，一双黑色的眼睛盯着他，不时看回前方的路。"就在上面，左边。"

黑色出租车停了下来，发动机在某个私人车道上空转，发出喀喀的响声。

沃尔夫用现金付了车钱，告诉司机不用找了，然后钻出车门，站在安静的街道上。但还没等他有机会关上车门，那辆车便加速离开，

--------

① 本名威廉·福克斯，沃尔夫（Wolf）为其绰号，意为"狼"。——本书脚注均为
译者注

在它翩然消失在街角之前溅了沃尔夫一身冰冷的污泥。沃尔夫后悔自己给了这个讨厌的告密者小费，1.34英镑的贿赂能让这个家伙在一段时间里闭嘴恐怕只是自己的一厢情愿。他用那件黑色长外套擦了擦自己的裤子，那件外套曾经属于"拼布娃娃杀手"莱塞尼尔·马斯。这是一件来自过去的纪念品，众多奖品中的一件，也是一个提醒，告诉他应该去找哪些人。

他成功地把裤子上的湿污点擦成了长条状，同时意识到自己仍在被人监视。尽管减重十几公斤，还蓄了一脸乱糟糟的胡子，但沃尔夫魁梧的身形和他那双明亮的蓝眼睛还是会把他出卖给任何足够细心的人，让他们多看他一眼。马路对面，一个女人正盯着他，她原本在为一辆婴儿车和大概藏在毯子下面某个地方的小婴儿发愁。女人掏出手机，拿到耳边。

沃尔夫望向她，挤出一抹悲伤的微笑，然后转过身，走进了一扇大门。一辆陌生的梅赛德斯堂而皇之地停在碎石地面上，却无人清扫打理，沃尔夫只能通过从白雪中露出来的标识加以分辨。自从他上次造访以来，这栋房子已经扩大了三分之一。他知道前门一定会像以往一样没上锁，于是径直走了过去，跺了跺脚，磕掉鞋底的雪，踏进弥漫着悲伤的阴霾的走廊，尽管此刻外面晴空万里。

"玛吉？"沃尔夫喊道，声音回到房子里，贪婪地呼吸着里面的空气——里面有放久了的书的气息、花的香气、研磨过的咖啡味，以及其他上百种气息，勾起人们对更简单、更快乐时光的回忆。那些回忆不请自来。这里是世界上最让他有家的感觉的地方，是他自从搬到首都以来一直依赖着的一个固定居所。"玛吉？！"

楼梯吱吱嘎嘎的响声打破了寂静。

当他向楼上走去时，一阵轻巧的脚步声匆匆穿过上层的地板。

"玛吉？！"

一扇门开了。"威尔①……？威尔！"

沃尔夫刚走上最后一层台阶，玛吉就搂住了他，几乎让他们的重逢地点回到下面的走廊上。

"哦，老天！真的是你！"

她用力搂住他，几乎让他喘不过气。然后他能做的就只有同样用力地抱紧她，因为她突然在他胸前哭了起来。

"我知道你会来。"她抽泣着，声音颤抖，"我不敢相信他已经不在了，威尔。没有他我该怎么办？"

沃尔夫从她怀里挣脱出来，挽起她的胳膊，和她说话。这个始终完美无瑕的女人已经五十多岁了，现在，脸上已经花掉的妆容和过时的衣服让岁月的痕迹第一次在她身上显露端倪。她任由自己的深色鬈发散着，通常她都会把头发绾成复古风格，而这种风格往往都会再度流行。

"我时间不多。他……他在什么地方？"他问道，努力让自己摆脱那些需要回答的困难问题。

她的手指颤抖着，指向没铺地毯的楼梯平台，那里有一扇门，门框已经被破坏了。他点了点头，轻轻地吻了一下她的前额，然后走向这栋房子不久前开辟出来的房间。而玛吉却后退了一步，在那孤零零的房间门口徘徊。沃尔夫骄傲地注视着自己朋友最后的作品，它严格按照标准来完成，保证他的孙子孙女们住得舒服。等他们造访时，这里会是他们的房间。现在他已退休，这房间可以让他跟他们有更多时间相处。

一把木制椅子仰躺在房间的中央，椅子下面的一块深红色污渍已经渗入了透水的地板层。

---

① 威廉的昵称。

沃尔夫原本以为自己已经身经百战，在任何现场都能够保持冷静……但是显然他错了。

"他爱你，威尔。"玛吉在门口说。

沃尔夫再也忍不住眼泪了。他擦了擦眼睛，同时听到外面传来有人踩在碎石路上的声音。

"你该走了，"玛吉赶紧对沃尔夫说，无视礼貌的敲门声，"威尔？"听到前门的响动，似乎有人把他们放了进来时，她赶忙下楼去拦住来人，当一个金色头发、尖嘴猴腮的男人迎面走过来时，她的表情放松了。"杰克！"她松了口气，"我以为是……没事了。"

当他们俩像老朋友一样拥抱在一起时，沃尔夫怀疑地看着。

"给你买了些东西，"男人把手里的购物袋递给她，说道，"我能跟他待一会儿吗？"他接着问道，打破了这次拜访仅仅是出于礼貌的假象。

"去忙你的吧，玛吉。"沃尔夫告诉她。

玛吉不情愿地走下楼，把购物袋放到一边。

"桑德斯。"沃尔夫在前同事走进房间时跟他打招呼。

"沃尔夫。好久不见。"

"是啊，你知道，我需要一些私人时间，"他开了个玩笑，听到有一辆车停在街上。"没想到你们两个认识。"

"我们一开始并不认识，"桑德斯耸耸肩，尽管已经寒暄过，但两人仍保持着安全距离，"直到……这一切发生。"他重重地叹了口气。"伙计，关于芬利的事，我很遗憾，真的很遗憾。"

沃尔夫点点头，表示感谢。他的视线又回到了污迹斑驳的地板上。

"你在这儿干什么？"桑德斯直截了当地发问。

"我需要自己看一看。"

"看什么？"

看在玛吉的分上，沃尔夫压低了声音："犯罪现场。"

"犯罪？"桑德斯厌倦地揉了揉脸，"伙计，当时我也在。房间上了锁……只有他一个人……凶器就在他身边。"

"芬利是不会自杀的。"

桑德斯望着他，面带同情。"人们总是会出其不意。"

"说到出其不意，你来得还真是够快的。"

"我刚刚在附近巡逻……正好电话打了进来。"

之前在一起工作的时候，沃尔夫一直不喜欢这个大嗓门的探员。不过现在，他对他有些刮目相看。"谢谢你照顾她。"

"这没什么。"

"所以……外面有多少人？"沃尔夫问道，仿佛在询问他现在几点钟。房间里的气氛立马变了。

桑德斯犹豫了一下。"前门两个，后门两个。有一个正跟玛吉在一起，还有一个——一切顺利的话——应该就在咱们后面那堵墙三英尺①远的地方。"他转身指了指敞开的门口："来点动静！"

弹夹装进半自动步枪的声音从楼梯平台外侧响起。

他笑了笑，面带歉意，然后从口袋里掏出一副手铐。"我答应过他们你不会反抗的，别让我出丑。"

沃尔夫点点头，慢慢地跪了下来。他举起双臂，手指交叉抱在脑后。透过被雪覆盖的窗户向外望去，他看到了自己导师临终前看到的最后景象。

"对不起，伙计。"桑德斯说着，走上前去，把手铐铐在他的手腕上，"嫌犯已被捕！"

---

① 1 英尺合 30.48 厘米。

"威尔?"玛吉在厨房里喊道,此时她的家里已经挤满了全副武装的警察。

重重的靴子踏在楼梯上,朝他们走去。玛吉的脚步声跟在他们后面。

"你能帮我个忙吗?"当最后一个警察从被破坏的门走进来,大声说着惯常的命令时,沃尔夫的视线越过桑德斯,望向玛吉,"请别告诉她我回来了。"

"但是,威尔——"她绝望地哭了起来,但始终没有踏进她丈夫被发现的这个房间。

"没事的,玛吉。没事的。"他向她保证,"我不会再逃了。"

*Chapter 1*

# 第一章

2016 年 1 月 4 日　星期一　上午 11：46

托马斯·阿尔科克给自己沏了杯茶，同时被静音的电视画面吸引了注意力。

"浑蛋！"他低声咒骂了一句，滚烫的开水溅到料理台上，也滴到他的手上，"狗娘养的浑蛋！"他被烫得缩起了身子，不停甩着手，然而眼睛却一直盯着电视屏幕。

在天空新闻台的画面中，一架直升机在两周前遭遇袭击的某国首都的残垣断壁周围盘旋。在直升机遮住太阳的地方，一个黑影毫不费力地掠过下方的废墟，它旁边随时有两个黑影跟随——仿佛一组秃鹫在寻找新鲜尸体。显然，对这座城市的禁飞令已经解除，它在节日期间经受的可怕的痛苦与混乱，终于得以让世界看到。

人们勉强避开了灾难，但并非毫发无伤。

爆炸发生在拉德盖特山顶的地下厕所里。结构工程师进行了检查，并对周围建筑中的人员进行了例行疏散。一位目光锐利的旅客注意到圣保罗大教堂西侧出现了裂缝，于是修复工作紧急展开，但人们连脚手架都没搭好，北侧的塔楼就已经塌了，露出了下面的混凝土地基。随后，在接下来的三天时间里，柱子一根接一根断掉，就像一条条腿在重压之下弯曲折断，直到巨大的柱廊彻底坍塌——这样一座具有历史意义的建筑，最终因遍体鳞伤缓慢死去。

这是一幅超现实的图像：一块丢失的拼图。

花了一点时间，托马斯才看明白，画面中五颜六色的边界实际上是一座用花环堆起来的小山，以及靠着围栏堆起来的花束：向那些未能在皮卡迪利广场再露面的人，向警员克里·科尔曼，向那些在时代广场逝去的生命致以敬意——在如此严寒之下，这种做法感人至深，但显然无法持续多久。

他呷了一口茶。

黄色字幕上闪烁的灯光惹人心烦，那是另一个房间里的圣诞树发出的，提醒他它还没被移走，茂密的松针下面还堆着未拆封的礼物。托马斯漫不经心地抚摸着爱猫厄科，思绪无数次回到那些自私的想法：他多么庆幸自己认识的人没有出现在伤亡名单中，多么庆幸自己的女朋友能毫发无伤地回来。他甚至可耻地暗自希望，这一个月发生的以国家安全事件为高潮，以一位挚友悲惨死去而告终的一系列恐怖事件能够让她忘记这一切，把这一切抛到脑后，对自己仍旧拥有的一切心怀感激，对自己的命运心满意足。

巴克斯特的电话振动起来，因为放在厨房桌子上，声音很大。

托马斯赶忙穿过房间，恼怒地小声作答：

"埃米莉的手机……我恐怕不能，她还睡着呢。需要我——……星期三……上午9点……我会告诉她的……好的。再见。"

他把手机放在烤箱手套上，以免它再次发出声响。

"是谁？"巴克斯特站在门口问道，把托马斯吓了一跳。

她穿着一件宽松的套头衫，下穿一条格子睡裤。比起这位三十五岁探长以往起床时的打扮，这套朴素的服装实在是个可喜的变化。托马斯望着她，心里再次感到难过，因为他看到了工作让他心爱的女人付出的惨痛代价。她的上唇缝着线，两根手指仍需要用夹板固定，脖子上还挂着她很不愿意戴的固定吊带，用来支撑她受伤的胳膊肘。她凌乱的深棕色头发遮住了她脸上大部分划痕和血痂。

他努力挤出一抹微笑："来点早餐？"

"不要。"

"只来个煎蛋？"

"不要。刚才是谁打来的电话？"她再次问道，紧紧锁住她男友的目光，认定这种即便他已经十分熟悉的对峙仍会让他吃不消。

"你们局里的。"他叹了口气，生自己的气。

她等着他的下文。

"迈克·阿特金斯打来的，说星期三上午你要跟他一起和联邦调查局的人开个见面会。"

"哦。"她茫然地应了一声。厄科跳上料理台，想蹭蹭巴克斯特，巴克斯特挠了挠它的小脑袋。

托马斯无法忍受她看起来如此脆弱和沮丧。他走过去，抱住她，但她似乎完全没注意到这一点，仍呆呆地站在原地。

"玛吉今天打过电话了吗？"她问他。

他松开手。"还没有。"

"我要去她那里……坐一会儿。"

"我开车送你。"托马斯提议，"我可以在车里等，或者去喝杯咖啡，在你——"

"我没事。"她很坚决。

这简单的回绝反倒让托马斯有些欣慰。在支离破碎的外表之下，那个熟悉的巴克斯特仍在坚持自己的想法。

她还是她。她只是需要时间。

"好。"他点点头，温柔地笑了笑。

"我要……"她指了指楼上，欲言又止。"我没事了，"她嘟哝着，朝过道走去，厄科紧随其后，"我没事。"


这片树篱看上去可能和其他树篱并无区别，如果不是它后面一直有一簇亮橙色的头发晃来晃去的话。

作为一名私人侦探，亚历克斯·埃德蒙兹的第一个任务是追踪一桩小案子，这让他来到了当地的塞恩斯伯里超市停放废弃购物车的地方。不过现在，当目标出现在他的视野中，唯一的出口又已经被他的同伴封死时，令人兴奋的追逐游戏的背景音再度响起。

他要行动了……

他的目标以超出他预期的速度飞奔而去，冲向他的陷阱。

"二号！"他冲着玩具反斗城的对讲机大喊，"二号，准备拦截！"

"需要我动手吗？"

"赶紧的！"埃德蒙兹喘着粗气，然后静静注视着，仿佛在等待他精心编排的芭蕾舞剧上演，他的未婚妻蒂亚在某个地方现身，用婴儿车拦住了他们的去路。

他们的目标突然停住了，琢磨了一会儿，然后朝伦敦境内最高的一棵树爬去。当这家伙爬到旁人够不到的地方时，树上的积雪纷纷下落。

"浑蛋！"埃德蒙兹做了个鬼脸，抬头望天让他突然岔了气。

"一号，雪貂是会爬树的。"蒂亚怪腔怪调地告诉他，把婴儿车推了过来。"现在怎么办？"她问道。现在也用不着对讲机了。

"现在……现在没问题，"埃德蒙兹自信地对她说，"嫌犯现在骑虎难下。"

"真的？"她问道，同时把放在婴儿车后面的猫包拿了出来，放在冰冷的地面上。

"好吧，那我爬上去。"埃德蒙兹果断地说道，希望她能加以阻止。

但她并没有。

"这树可真够高的。"他更加清晰地表达了自己的意图。

她点了点头。

"好吧，那……"他朝后面点点头，"站远点，以免我掉下来……摔死。"

"我们……回家怎么样？"蒂亚提议道。

"好。"他耸耸肩，有些惊讶她对这一切兴趣缺缺。他走到树前面，摇了摇头顶的一根大树枝，"不过这挺有意思的，不是吗？想在这儿多待一会儿吗？"

蒂亚并没有回应。

"我说……"他从树干上滑下来，尝试再度发问，"哦，你走得真快。"

她已经走到路上了。

"好吧，反正我觉得挺有意思，"埃德蒙兹喃喃自语。"好吧，斑点先生，"他冲着树枝中间大喊，"你的好日子到头啦！"


沃尔夫鼾声震天。

他已经在霍恩西警察局待了超过三小时，其中的两个半小时是他几周来睡得最安稳的一次。走廊上的门砰的一声关上，把他惊醒了。一时间，他被令人不愉快的周遭环境弄得有些迷糊，不过在他身下金属椅子的靠背上叮当作响的手铐锁链，足以让他想起这个一波三折的上午。他对刚才不够体贴的关门声有些恼火，同时现在非常想小便。他在有限的地板空间里跺跺脚，以缓解左边屁股的麻木。

当他试图活动身体以缓解全身的肌肉痉挛时，鞋跟踏在地面上的声音顺着走廊传来，门没上锁，一个风度翩翩的五十多岁男人走了进来，他身上的定制西装与周围的灰褐色墙壁格格不入。

"哈，"沃尔夫跟这个衣着考究的陌生人打招呼，"我还以为来了个姑娘。"

银发男人似乎很困惑，前额皮革般的皮肤上形成了深深的皱纹。

"不过你不是。"沃尔夫好心地找了个台阶。

男人脸上露出一丝微笑。"看来我没必要担心你的侦探技能在你擅离职守期间有所退化。"

他拉了把椅子，坐了下来。

"说到这个……"沃尔夫给这场谈话起了头，似乎突然想起了什么，"我不是斤斤计较，但我还有十五天年假来着，结果就出了马斯……那档子事，我不知道能不能——"

男人困惑地笑了笑，打断了沃尔夫的话。他雪白的牙齿在橘色皮肤的衬托下几乎闪闪发光。

"没错，你可能是对的。我们可以换个时间聊聊这个。"沃尔夫点点头，在紧张的沉默当中吸了口气。

"你没认出我是谁，对吧，威尔？"

"呃……"

"这位是克里斯蒂安·贝拉米局长。"一个让他感到遗憾又熟悉的声音从门口传来，吉娜·瓦尼塔长官走进房间。

按照她的标准，她今天穿得很雅致：一件黑色夹克，下穿充满撞色设计的衣服。也许是她白天要上的电视节目太多了，也许是他如此以为。

但要是让他给这身衣服分类，他一定会把它归类成"天线宝宝丧礼服"。

她还在讲话。

"抱歉，什么？"沃尔夫问道，错过了她接下来讲的内容。他的思绪完全飘到了更重要的事情上：天线宝宝迪西——海洛因过量 [①]。

"我刚才说：'我们抓到你只是时间问题。'"小个子女人重复说。

"想必你还记得并不是你'抓到'我的，对吧？"沃尔夫问，"因为我清清楚楚地记得我是自首的。"

瓦尼塔耸耸肩。她已经在拟写新闻声明，宣布对他的逮捕。"你有你那一套，我也有我——"

"无耻的胡说八道？"他接话道。

"听着，我们不是你的敌人，威尔。"克里斯蒂安打断了他们，希望可以避免两人吵起来。不过当他注意到两人已经剑拔弩张时，他修改了自己的措辞。"我不是你的敌人。"

沃尔夫哼了一声。

"你知道，我们之前确实见过面。"克里斯蒂安继续说，"当然，那是很久以前的事了。而且……"说到这里，风度翩翩的男人的声音第一次有所动摇，"这一周，我们都失去了一个重要的朋友。你不是一个人。"

沃尔夫望着他，满腹狐疑。

"所以……"瓦尼塔开口，"威廉·奥利弗·莱顿-福克斯。"

他皱了皱眉。

"既然你已经被捕——"

"自首！"

"……由于你的诸多罪行，你将面临一次可能导致相当长刑期的

---

① 《天线宝宝》中"丁丁"（Tinky Winky）的扮演者西蒙·巴恩斯曾被曝吸毒，而在剧集中，天线宝宝迪西是丁丁的好友。

审判。"

沃尔夫注意到克里斯蒂安似乎有所不满，皱着眉，望了望自己的下属。她继续说：

"其中包括拒绝提供证据、做伪证、未按要求出庭、实际身体伤害——"

"充其量只是严重点的人身侵犯。"沃尔夫争辩道。

"罪状未完待续。"瓦尼塔说完，满意地抱起胳膊，"这些年来，你一直逍遥法外，现在终于要对这些罪过负责了。你还有什么要说的吗？"

"有。"

她等着，似乎饶有兴致。

"你能帮我挠挠鼻子吗？"他询问她。

"你说什么？"

"我的鼻子。"沃尔夫愉快地重复了一遍，手铐在他身后叮当作响，"你介意吗？"

瓦尼塔跟克里斯蒂安对视了一眼，然后放声大笑。"你听全我说的话了吗，福克斯？"

沃尔夫眼泪汪汪。

"你可能要坐相当长时间的牢。"

"别这样，求你了。"沃尔夫说，徒劳地扭动身子，似乎想用肩膀挠鼻子。

瓦尼塔挪动脚步。"我没时间跟你闹。"

她一直走到门口，沃尔夫才开口："莱奥……安托万……迪布瓦……"

瓦尼塔停止了，一只脚已经踏出房间。她极其缓慢地转过身问：

"他怎么了？"

"先帮我挠挠鼻子。"沃尔夫再次尝试。

"不！迪布瓦怎么了？"

"不好意思，"克里斯蒂安插话，"你们……说的是谁？"

"莱奥·迪布瓦。"瓦尼塔怒气冲冲，回想起那场多部门共同出击却仍然惨败的行动，她已经将此抛在脑后很久了。"对咱们局来说是个大案子：涉及谋杀、人口贩卖、毒品走私。而福克斯，显然，跟这个案子颇有渊源。"当沃尔夫大大地打了个哈欠时，她转回身来追问他："迪布瓦怎么了？"

"啊，迪布瓦目前的行踪，他在网上的名字、头像、账号，他离开我国海岸时坐的船的名字，船上面还有一大堆性工作者……"

尽管充满怀疑，但她还是走回房间里。

"哦！还有车辆登记信息，"他接着说，"洗钱经过……我敢肯定他入侵了什么人的网飞账号。"

瓦尼塔摇摇头："一个被捕之人的胡言乱语。"

"是自首。"沃尔夫提醒她。

克里斯蒂安继续保持沉默，注视着同事的突然变化。

"我觉得自己对你的判断错得离谱。"瓦尼塔拿腔作调地说，"我一直怀疑你只是因为委托了连环杀手帮你做事，为了自保才逃跑。但事实证明，这段时间你一直都是自作自受，竟然以为你一个人就能解决一个这么大的案子！"她因自己的睿智大笑起来，"这太荒唐了！你不能指望有人会相信——"

"我指望你信。"沃尔夫打断了她的话，"从我离开法庭的那一刻起，我就开始准备恢复我的生活，为现在这一刻做准备，给你一个你不可能拒绝的提议。"

"哦，我是可以拒绝的，"瓦尼塔厉声说，显然忘记了自己并不是房间里的三个人中级别最高的，"所以，迪布瓦并没有碰巧认出某个在那几个月里一直在抓捕他的人？他一点也不怀疑？"

"他相当怀疑，"沃尔夫告诉她，"但没有什么把自己的照片弄到报纸上更能让故事有说服力了……我现在需要你帮我挠挠鼻子。"

她正打算开口拒绝。

"就帮他挠挠吧，好吗？"克里斯蒂安命令道，他很想听沃尔夫把话说完。

瓦尼塔一脸愠怒，从口袋里掏出一支价格不菲的钢笔，朝沃尔夫大致的方向伸了过去，毫不掩饰自己的不满。

"往右一点，"沃尔夫下达指令，"再往右，对，好极了。你就不应该干这行，你知道吧？"他告诉她，随后补充："我只是顺便讲一个事实，跟你的抓痒技术无关。"

他靠回椅子上，露出胜利的微笑。瓦尼塔把心爱的钢笔丢在桌子上，等着别人把它拿去废物利用。

"你想要什么，福克斯？"她问道，咬牙切齿。

"不坐牢。"

她放声大笑。

"你做的事已经人尽皆知了。反正至少有一部分是这样。你最好还是指望能住一间对警察友好的牢房。"

"所以咱们最大的麻烦来自公众，对吗？所以你才这么兴师动众，只为了抓住我，"沃尔夫笑着说，"但是到头来，兴师动众也没结果，我倒是自投罗网了。"

瓦尼塔紧张了起来。

"一个月。低设防监狱。"他提议道。

"一年。"瓦尼塔讨价还价。这有些超出她的职权范围，但克里斯蒂安并没有提出异议，他正像网球裁判一样，看着一颗小球在两人中间来来回回。

"两个月。"沃尔夫回球。

"六个月！"

"三个月……加一个条件。"

瓦尼塔停下了。"你继续。"

"别让任何人告诉巴克斯特我回来了，除非我自己说。"

瓦尼塔很高兴能够避免跟她那位容易发怒的探长发生任何互动。她甚至考虑可以再把沃尔夫的刑期缩短一周，以示感谢。不过最终，她只是勉强点了点头。

"还有……"他接着说，"现在说这个大概挺合适的。在我去迪布瓦那边卧底的时候，我参与了一次对一个跟我们抢生意的皮条客的群殴，他当时就快没命了，直接进了重症监护室。"

"老天，福克斯！"瓦尼塔摇着头说道。

"不过，他已经完全康复了！"沃尔夫很快补充。

"好吧，这个我想我们可以处理。"

"所以我们又回去给了他一枪。"

"还有吗？"瓦尼塔呻吟着，她已经濒临崩溃。

"有，我还需要一个缓刑。"沃尔夫突然异常严肃地说。

"你当然需要了！"她讽刺地回答，"不过，只是随口问问，您想缓多久？"

"越长越好。"

"到什么时候？"

"到这个案子办完。"沃尔夫对他们说，所有的傲慢和捉弄都已经在他的声音里消失不见。

"你这是在浪费我的时间，福克斯。"瓦尼塔说，再度起身准备离开。

"等一下。"克里斯蒂安加入对话,在这段时间里第一次开口。

瓦尼塔瞪了一眼她的上司,但也只好顺从地坐了回来。

"你要办什么案子,威尔?"克里斯蒂安问他。

沃尔夫转过身,对局长说话:

"芬利·肖探长被杀一案。"

面对这个奇怪的请求,一时间没人应声。克里斯蒂安清了清嗓子,举起手,阻止正想开口的瓦尼塔:

"威尔,那是自杀。你知道……我也很抱歉,但在这件事情上,你已经不需要做任何调查了。"

"你是他的朋友吗?"沃尔夫问道。

"他最好的朋友。"克里斯蒂安回答,颇有几分自豪。

"那请你回答我,"沃尔夫盯着他的眼睛说,"你能不能想象出哪怕一种情形,芬利会自己离开玛吉?"

瓦尼塔意识到她不再是谈话的一部分,于是保持沉默。她甚至都不知道芬利已经结婚了。

克里斯蒂安重重地叹了口气,摇了摇头:"不,我没法想象。但事实是……已经板上钉钉了。"

"然而,作为他的朋友,你不会对我进一步证明这个'板上钉钉'有什么意见,对吧?那我就听你差遣了。"沃尔夫回应说。

克里斯蒂安看上去很沮丧。

"你就不能严肃一点吗?"瓦尼塔质问道。

"你就不能闭嘴吗?!"克里斯蒂安命令道。他转向沃尔夫,问:"你真的能帮玛吉走出这一段吗?"

"她会理解的……如果是我来办的话。"

克里斯蒂安看上去还是不确定。

"嘿，你还能有什么损失呢？"沃尔夫问他，第一次表现出绝望，"我去确认自杀，而你们可以得到迪布瓦。"

他看着局长正在脑子里做各种抉择：

"好。你去吧。"

瓦尼塔站起来，快步走出房间，留下沃尔夫和克里斯蒂安单独谈话。

"我会把我们的文件和我们的……协议书一起给你。"克里斯蒂安微笑着，眼睛里闪着光。他亲切地拍了拍沃尔夫的后背，就像芬利以前那样，显然这位导师很乐意在自己徒弟身上留下这样一块淤伤。"那么，我们从哪里开始呢？"

"我们？"

"你觉得我会让你一个人去查案吗？这可是老芬利的案子！"

沃尔夫笑了。他开始有点喜欢这位芬利最亲密的老朋友了。

"所以我们从哪儿开始？"克里斯蒂安再次问道。

"我们从头开始。"

# Chapter 2

# 第二章

1979 年 11 月 5 日  星期一  下午 5：29

**篝火之夜** ①

克里斯蒂安抬起眼皮，却被波纹状屋顶上反射的亮光晃到了眼。他尝试移动重心，感觉地板似乎在脚下打了弯。他举起还戴着沉重的拳击手套的手，对着自己的下巴来了一拳。记忆逐渐归位：他一直在和他的搭档吵架……他吵不过，竟然鲁莽地挥出一记上勾拳……没打着……挨了一记左勾拳……一片黑暗。

芬利那张愠怒的脸出现在他的头顶。这个二十四岁的苏格兰人长得像一根树干，剃光的脑袋像树干顶端一样圆，还不对称。他有个扁鼻子，每次去体育馆后，他的鼻尖就会换个方向：

"起来吧，小娘们儿。"他用刺耳的格拉斯哥口音嘲笑道。

克里斯蒂安呻吟着，在拳击台中央坐了起来：

---

① 篝火节为英国民间传统节日，于每年 11 月 5 日举行庆祝活动。

"你应该教我打拳，而不是揍我！"

芬利耸了耸肩，他的肌肉在皮肤下面古怪地蠢蠢欲动，这让克里斯蒂安想起了他前一天晚上的约会，当他悄悄溜出房间时，那个年轻的女警官正盖着床单睡着，身子不时扭动。

"我是在教你，"芬利告诉他，面带微笑，"下次你就能躲开了。"

"你是个浑蛋，你知道吧？"

芬利笑着把他拉起来。

"我看起来怎么样？"克里斯蒂安忧心忡忡地问。他正打算在连着上完夜班之后，再把他们那个迷人的同事带出去过夜。

"棒极了，"芬利咧嘴笑了，"有点像我了。"

"老天！你就该给我来个痛快。"克里斯蒂安对他说，同时为自己的肾赢得了又一次重击。

克里斯蒂安比他的搭档年轻差不多三岁，但与他的这位最好的朋友是两个极端：克里斯蒂安长相英俊、年轻、颇受欢迎。他有一头浅棕色的头发，长度齐肩，仿佛电视上的流行歌星。只要愿意他就会很聪明，但他也很懒，而且说实话，比起追踪罪犯，他更愿意追女人。不过，这对搭档也有共同点：他们都成长于军人家庭，都有不可思议地惹麻烦的能力，而且都对新长官满怀厌恶。

"走吧，一小时以后就要换班了。"芬利嘟哝着，用牙齿撕开拳击手套，"我们去瞧瞧今晚老大又有什么指示。"


"我知道这听上去像是彻头彻尾的扯淡，"米利根警长开口说道，他正在吞云吐雾，仿佛在模仿外面苏格兰首都的烟雾迷蒙。香烟顶端的烟灰终于断了，掉在他的裤子上。

"听上去像是扯淡……也许因为它就是扯淡。"克里斯蒂安说。

米利根把烟灰擦成了灰色的印记，转头问芬利："他说什么？"

芬利耸耸肩。

米利根又转向克里斯蒂安。"我们搞不懂你，小伙子，你是从哪儿来的来着？"

"埃塞克斯！"克里斯蒂安答道。

米利根疑惑地看了他一会儿，然后继续说："你们两个浑蛋，今晚去船厂盯梢。下去吧。"

"不能让弗伦奇和威克去吗？"芬利抱怨道。

"不能。"米利根回答，他显然已经对眼前这两名下属感到不耐烦，"他们已经被派去卡车站了。"

"所以交易到底会在哪里进行？"克里斯蒂安怒气冲冲地说。

米利根没搭理他，或者他根本不明白这个年轻人为什么会问这种问题。

"这就是在浪费时间。"芬利说。

"要是那样的话，你们这两个蠢货就去停车场睡觉吧，那样也不影响你们拿薪水。大家都开心！你们可以下去了。"

"可是——"

"你们……可以……下去了！"

晚上 7 点 28 分，芬利把车停在船厂的一个侧门外面。距离金属门大概几英寸①远的地方，他们可以看到泛光灯照亮的仓库。五颜六色的货物组成了一堵高墙，仿佛一堆巨大的乐高积木。还有一辆叉车，孤零零地留在里面过夜。这一切的倒影都在远处黑暗的克莱德河里颤抖。

第一滴雨滴打在风挡玻璃上，模糊了颜色，扭曲了形状，就像落在

_____

① 1 英寸合 2.54 厘米。

画布上的颜料。他们看着阵雨变成倾盆大雨，同时狼吞虎咽地吃着温比汉堡，喝着当晚的第一杯热啤酒——这是盯梢者的传统，包括局里这辆没有标记的福特科迪纳。服役十一年，对格拉斯哥的犯罪分子来说，它的辨识度不比挂着警灯的巡逻车差。但又有谁会费心去跟那些食物链上层的"肉食者"讲道理呢？

"为什么……"满嘴食物的克里斯蒂安问道，"咱们两个总是摊上这种狗屎工作？"

"这就是政治，"芬利睿智地告诉他，"干这一行，有时候你只需要明白该去讨好谁。你迟早能学会……还有，我很肯定那个米利根是个极端种族主义者。"

"我是从埃塞克斯来的！"

芬利决定换个话题："你跟那个理发师处得怎么样？"

"她发现了按摩师的事。"

"哦，"芬利说，然后咬了口汉堡才继续，"她的客户？"

"她妹妹。"

"啊——所以，按摩师怎么了？"

"每次去见警长准没好事。"

"没错，所以，按摩师——"

"挺好的，"克里斯蒂安说，"我准备星期四跟她约会。我想《人猿的夫人》应该还在上映。"

芬利扬了扬眉毛，但并没有说出自己对朋友选择的约会电影的担忧。他把手伸进自己短夹克的口袋里，骄傲地掏出一盘磁带。

"不！行行好老哥！别再放'现状乐队'了！"克里斯蒂安抱怨道，"别放'现状'！"

笨重的机械装置把磁带整个吞了进去，发出咝咝声，接着扬声器静默了一段，作为前奏……

"现状"登场了。

一小时过去了。

"肖恩·康纳利？"克里斯蒂安试探地问。他打开了窗子，以免两人因今晚在车里抽烟窒息而死。

"你从哪儿听出来这是肖恩·康纳利？"

"你这口音，完完全全就是他嘛！"

芬利看上去怒不可遏。"我得让你见识见识，我对口音的分辨很有把握。"

"也许是吧，"克里斯蒂安说，"我是说你可能只是学得不像样。"

"好吧，那再试试这个……"芬利气呼呼地说。

克里斯蒂安仔细听着，闭上眼睛，同时绞尽脑汁。

芬利放慢速度，重复了一遍。

"肖恩·康纳利？"

"哦，去死吧你！"

当第一次五颜六色的爆炸映亮天空时，仪表盘时钟脆弱的指针指到了晚上9点。

"我用我的……小眼睛……发现……'F'打头的东西。"

"烟花？"芬利用十分无聊的语气回应，觉得胸有成竹，因为他们已经有了"栅栏""叉车"和他自己。①

---

① 烟花（firework）、栅栏（fence）、叉车（forklift）以及芬利（Finlay）都是F打头的单词。前面的"我用我的小眼睛发现"（I spy with my little eye）是西方的一种亲子互动游戏，通常用于幼儿的看图识字活动。

各种各样的轰鸣和噼里啪啦声正从窗缝中传来。

"没错……是烟花。"克里斯蒂安叹了口气,搜肠刮肚想再找点事情做。

芬利看了看车子周围。"好吧,我用我的……小眼睛……发现……"

突然车顶一声巨响,两个人都跳了起来,有什么重物压弯了他们头顶薄薄的金属板。接着,一个高大的身影踏过引擎盖,蹿上了金属门。芬利和克里斯蒂安目瞪口呆地看着这个留着胭脂鱼发型<sup>①</sup>的非法入侵者翻过大门,轻巧地落在围栏的另一边。他从背包里拿出一把断线钳,铰断铁链,然后把大门徐徐拉开。

突然间,空中的雨点开始闪光,一组前灯光束从他们身后某处照亮了现场。芬利和克里斯蒂安察觉自己现在有些显眼,于是低下身子,趴到座位下面,看着五个黑影从他们车窗前经过,后面跟着一辆黑色面包车。汽车以步行的速度缓缓开进船厂,引擎的声音被雨声淹没。

芬利在黑暗中摸索到了对讲机。透过仪表盘的反光,他可以看到那群人已经接近了最大的仓库,向四周散开。他把笨重的对讲机放在嘴边,"克里斯托?"他压低声音,整个晚上都在通过电波听这个他最喜欢的调度员的声音,"克里斯托!"

潮湿的柏油路面上,轮胎飞速打转的声音穿透了雨幕,面包车加速冲向仓库门,以足够快的速度冲破了巨大的卷帘门。徒步行进的队伍匆匆穿过刚刚诞生的洞口,在断断续续的枪响声中继续前进。

对讲机咔嗒一声:"是你吗,芬<sup>②</sup>?"

"是,我们在戈文造船厂,请求支援。"

仓库里传来爆炸声。显然,有人拿起了话筒,因为调度员友好客气

---

① 男子发型,前面和两侧的头发短,脑后的头发长。

② 芬利的昵称。

的语调立马变得雷厉风行。"马上支援，完毕。"

芬利刚结束通话，第二次爆炸就把那个留着胭脂鱼发型的男人从二楼窗户里炸了出来。在泛光灯下，他的身体仿佛碎了一地。

"哇哦！"克里斯蒂安爆笑起来，已经在脑海里演练了这个故事，准备日后拿来款待其他同事。

然而令人难以置信的是，那具破碎的"尸体"突然伸出了一只胳膊，接着挣扎着站了起来，从一个水坑里捡起自己的武器，蹒跚着走了回去。

"真是忠于职守。"克里斯蒂安说，终于吃完了汉堡。

芬利气呼呼地转向他："你怎么还在吃？"

克里斯蒂安耸耸肩，一脸无辜："不然呢，我们也进去？"

"当然，为什么不？"芬利摇下车窗，把带磁铁的警灯贴到车顶。

当他发动引擎时，远处的烟花继续在城市上空纷纷扬扬，现状乐队的《摇滚全世界》则在车子里激荡。拉着警笛，朝仓库疾驰而去，他们没有任何成形的计划，除非增援部队能够迅速赶来。

"胭脂鱼脑袋回来了！"克里斯蒂安警告说。那个男人又从建筑那边折了回来，举起手中的武器，朝福特科迪纳开了火。

"别他妈的踩油门了！"克里斯蒂安喊道，车身上立马添了很多新洞。

"我他妈没踩！"芬利吼了回去，猛打方向盘，无意中把车尾甩向开枪者，把他扫向河边。

那个腿脚不便的人没能躲开，身体和车身相撞，发出令人作呕的巨响。车突然停了下来，仅存的一个车前灯照亮了距离撞击地点二十英尺的鲜血淋漓的尸体。克里斯蒂安和芬利都喘着粗气，紧张地相互瞥了一眼，意识到他们这次可能做过了头……然而，当雨滴敲打着破损的引擎盖的同时，那个瘦高的男人竟然又活了过来。

"什么鬼？"克里斯蒂安惊骇万分。

长头发的男人用双手和膝盖撑着地，双臂颤抖着。

芬利一咬牙，再度发动引擎。

"再撞一次！"克里斯蒂安吼道。

尽管胳膊已经断了，那个浑身湿透的男人还是站了起来，一步三晃。他盯着那两张透过风挡玻璃目瞪口呆地望着他的脸，然后毫不犹豫地转过身，跳进了黑暗的水中。

"嚯。"芬利点点头，眼睛仍盯着河，"你知道，不管那些人给他多少钱，他都犯不着这么拼。"

他们从车子里出来，冲向被破坏的仓库门。

他们往仓库里看，里面却是一片诡异的安静。透过装货仓的残骸，他们可以看到那辆黑色货车，它的后轮仍在悬空一英尺的地方空转。后面的墙上有一段金属楼梯，连接着一扇看上去很结实的门。

"看来很清楚。"克里斯蒂安小声说。

他把长发扎到脑后，迅速来到面包车旁边，瞥了一眼空荡荡的驾驶室，发现油门被一根棍子别住了。他摆摆手，示意芬利过来。

"上去吗？"他的搭档问。

"上去。"克里斯蒂安点点头。

他们爬上楼梯，来到一扇椭圆形的金属门前，这扇门倘若出现在潜水艇里，倒是相得益彰。冷气不断从玻璃上的一个弹孔往外钻。

"是气闸室。"芬利皱着眉，在不断涌出的气体中挥手。

他不得不用力把门拽开。当他们走进一个光秃秃的走廊时，大楼的其他地方再次传来砰的一声巨响，两具尸体从他们面前的墙上跌落。其中一个显然是入侵小队的成员，另一个从头到脚都穿着防护连衣裤。

"跟在我后面。"芬利压低声音说。他先把第一具尸体身上的武器拿了出来，然后按照训练要求系统地检查门道上的物品：工业称重机、点钞机、平板手推车。

他们继续向前，顶着室内的微弱气流。加压的空气仍在外泄，这时他们下面的某个地方再次传来一声巨响。

两个人都冻僵了。

"听上去有点不妙。"克里斯蒂安小声说。

芬利摇摇头："我们快点搞定。"

他们快步走到走廊尽头，前方又出现了一道气闸门。芬利抓住长手柄，把它拉开。克里斯蒂安跌跌撞撞地穿过门口，当一堵空气墙在他身后冲过时，不平衡的压力试图归于平衡。芬利挣扎着拉门，从缝隙中间穿过，然后任由它在身后砰的一声关上。

"别管我……我可以。"他语带挖苦，但他的搭档并没有回应。克里斯蒂安震惊地注视着眼前堆了足足有五英尺高的白色粉末袋和旁边如同砖墙般的现金。芬利走过来，把手里的武器递给克里斯蒂安。他在其中一个袋子上戳了个小洞，舔了舔手指，然后朝地板上吐了一口："海洛因。"

"有多少？"克里斯蒂安问道，他在街上最多遇到过一公斤。

"不知道……几千公斤吧。"

脚下又传来一阵轰鸣声，芬利注意到一阵阵暖光透过墙壁传来，于是凑到近前，感觉有热空气从门口涌进来。透过小窗户，他可以看到一条横跨仓库上方的金属步道。当他跨过门槛，迟疑地走近正在疯狂摇晃的火焰时，那扇被损坏的门已经摇摇欲坠了。

踏出房间，芬利不得不把眼睛挡住，以免被地狱般的热气灼伤。曾经最为先进的制造实验室，现在却变成了一个存放着一堆正在轮流燃烧的瓶瓶罐罐的地方，同时燃烧着的还有下面地板上的各种尸体——实验室工作人员、入侵小队的成员，以及看上去像是随便找人假扮的安保人员。

芬利意识到自己的鞋底正在熔化，和金属步道融为一体，于是冲回房间，尽可能掩上那扇已经破损的门。

"怎么了？"克里斯蒂安问道，看起来很担心。

"着火了。"

"大吗？"

"相当大。"

"该死。"

"看上去咱们错过了一场火并。下面死了一堆人。"

他们都努力在自己的过往经历中寻找能处理眼下事情的方法。

"先管哪个？"克里斯蒂安问自己的上级长官，"毒品还是钱？"

芬利看上去很疲惫，身后的墙已经开始起泡了。

"钱还是毒品，芬？"

"毒品。我们把毒品运出去。"

克里斯蒂安似乎想要争辩，但玻璃碎裂的声音阻止了他。"我看见有个房间里有辆手推车。"

芬利点点头，急忙来到那扇被压力抵住的门前。他使劲拉开门，保持足够大的空隙，让克里斯蒂安得以通过。热气掠过，几乎灼伤了他的眼睛。不一会儿，克里斯蒂安回来，推着手推车，上面有一具尸体。尸体的手垂在外面，在地板上划来划去。

"他本来是个毒贩！"看到芬利不赞同的神情，克里斯蒂安想捍卫自己，"就让他当会儿门卫吧！"

克里斯蒂安毫无顾忌地把尸体扔在门口，同时努力忽略芬利开门帮他装东西时尸体燃烧发出的吱嘎声。九十秒过后，他们把最后一袋毒品装到推车上，汗水顺着脸颊淌下，整个仓库现在已经变成了一座火炉。

"走！快走！快走！"芬利喊道。克里斯蒂安回头看了那座被橘色光芒笼罩的钱山最后一眼，大火在残垣断壁间肆意蔓延。

　　克里斯蒂安和芬利咳出的痰都是黑色的，这时他们的第一批增援部队才匆匆赶来。他们奋力把毒品袋子移到大火以外的安全距离，然后便坐在碎石路上，看火场上方的焰火层层绽放。芬利一言不发，这时他注意到自己搭档的手臂在颤抖。而他自己的左臂也已经被烧伤，在寒冷的雨中不停抽痛。

　　车门砰的一声关上了。

　　"我们走吧。"他告诉克里斯蒂安，同时挣扎着站起身。

　　两人分别站在这场足以载入史册的突击搜查现场两侧，竖起大拇指，咧嘴大笑，同时仓库的屋顶在他们身后坍塌。这张标志性的黑白照片在全国媒体上流传了数日——盗窃组和斯特拉斯克莱德警方的公关胜利……证明我们中间仍有英雄。

# *Chapter 3*

## 第三章

2016 年 1 月 6 日　星期三　上午 9：53

"有个人丧命了，探长！"

"很多人丧命……在发生过那样的事情之后。"巴克斯特平静地回答，然后又变得尖锐起来，"然而出于某种原因，你们大家似乎都愿意把时间浪费在那一个人身上！"

她与联邦调查局一同召开的见面会进行得和预期的一样顺利。她的上一个案子最终留下了巨大的烂摊子亟待清理：一个被处死的嫌犯、一个失踪的中情局特工、一个被暴风雪覆盖的犯罪现场，以及伦敦市中心的大片区域都被炸成了地狱。

"请问你是否掌握了关于特工儒歇下落的任何信息？"

"据我所知……"她平静地回答，"特工儒歇已经死了。"

采访室里的暖气嗡嗡作响，热气逼人。更令人不安的是，记者们的提问仍在继续。

"你安排人搜查了特工儒歇的住所，对吗？"

"对。"

"所以说，你并不信任他？"

"对。"

"你现在已经对他完全丧失信任了吗？"

她犹豫了片刻。"完完全全。"

隔壁会议一结束，沃尔夫就站起身来，朝门口走去。

"你想去哪儿？"桑德斯问他。

"我要见她。"

"我想你大概还没有完全明白'被捕'是什么意思吧？"

"我们达成了一个协议。"沃尔夫说，转头望着瓦尼塔。

"好吧，"她挥挥手，把他打发走，"反正已经够乱了，不会再乱了。"

"惊不惊喜！"

沃尔夫勉强挤出微笑，但漫长的沉默让他感到痛苦。巴克斯特在桌子后面注视着他，污浊的空气还没有随联络官的离开彻底散尽。尽管她保持着沉默，但她那双大大的黑眼睛却传递出无数的情感——在她平静的外表之下暗流涌动。这些情感仿佛一台老虎机，正在等待停转的一刻。

沃尔夫在椅子上不安地扭动身子，把眼前卷曲的发丝拨开，同时把放在膝盖上的文件拿起来。当他把手放在金属桌面上时，手铐发出撞击桌子的刺耳声音。

"赌五镑，她会揍他。"桑德斯和瓦尼塔在相对安全的单向玻璃后面注视着房间里的情况。

她闭上眼睛，用印地语咕哝着什么。目前的她正在被生活里最棘手的三件事包围。

"不赌。"

沃尔夫把手伸过桌子，关掉监视室的麦克风，压低声音说："我，呃……我知道你现在可能不太想见我，我甚至没法告诉你见到你我有多开心。"他朝单向玻璃狠狠地瞪了一眼，希望观众们可以给他们几分钟独处时光。"我真的很担心……发生了这么多事。我本来应该……也许我本可以做点什么。"

在沃尔夫笨拙地把话说完的过程中，巴克斯特一动也不动。

他清了清嗓子，继续说："我去那边了。我见过玛吉了。"

巴克斯特的表情突然颤动了一下。

"别对她发火。是我不让她告诉你的。长话短说吧：我已经跟局长……达成了交易。他们让我把最后一份工作……我的最后一个案子办完。他们会让我找到谋杀他……芬利的凶手。"

巴克斯特的呼吸加快了，眼睑在湿润的眼睛上颤动。

"我知道他们说了什么，"沃尔夫继续说话，语气谨慎，"我看过档案了，知道他们为什么这么说。从表面上看，这个案子的一切严丝合缝。但你我都清楚，他们是错的，"他的声音变得嘶哑，"他是不会离开她的。他不会离开你……他不会离开我们。"

巴克斯特的泪水登时顺着脸颊流了下来。

沃尔夫把面前的文件夹推到巴克斯特面前。复印件的第一页上潦草地写着：

巴克斯特的副本

"看看这个吧。"沃尔夫温柔地说。

"我办不到。"巴克斯特轻声说，打破了沉默。

在巴克斯特站起身的同时，沃尔夫飞快地把文件翻到带有批注的一页。

"但是这里面说——"

"我办不到！"冲出房间之前，她对他怒吼道。

沃尔夫疲惫地揉着自己的脸，合上了文件夹。他站起身，把它丢进身后的机密文件箱里，然后走回桌边，打开麦克风，对着那块巨大的镜面玻璃开口。"以免你们错过了，她说的是：'不'。"

巴克斯特出了地铁站，走进特易购便利店。

走在温布尔登大街上时，她仍能感觉到地面上残留着积雪，仍有一些雪堆积在被冰冻住的灯柱底座周围或是街角被阴影覆盖的隐秘处。进入目的地所在的街区，她习惯性地摸索出托马斯家的钥匙，这表明她现在已经习惯了自己的新住址。她拎着两只沉重的购物袋，爬上楼梯，但走到楼梯口时，她停了下来，因为她的公寓门正敞开着。她放下手里的东西，小心翼翼地走了过去。一个短发女人正往外走，外套的领口拉得很高，完全遮住了下面的兽医护士制服。

"霍莉！"巴克斯特长舒一口气。

"埃米莉！"女人热情地向她打招呼，但她知道最好不要和这位冷漠的校友发生肢体接触，"我不知道你要过来。"

"不，我本来也没这个打算。"

"离我上班还有一点时间，不如……"

"咖啡？"巴克斯特提议道，她刚刚储备了一些。

"我很乐意，不过时间还是有点紧。不如我们晚点再约？"

"没问题。"

巴克斯特闪到一边，让她的朋友通过，然后拎起购物袋，走进公寓。她一度以为厄科会走过墙角，跳进书柜，跟她打招呼，后来才想起它和她的大部分财产现在都在托马斯家。

回到这里，巴克斯特感觉很奇怪。

走廊闻起来好似医院：无菌香水掩盖着充满侵略性的麝香味道，料理台上散落着各种各样的绷带和膏药，旁边还有一堆半空半满的药瓶。她把购物袋拿到冰箱旁边，开始往里面装东西，这时卧室里传来撞击的声音。

巴克斯特僵在原地，手里拿着一袋蔬菜混合粗麦片。

她站起身，望向走廊，十分紧张。

突然，一个半裸的男人摇摇晃晃地朝她走过来，眼神里充满饥饿。那人胸前的伤口十分可怕，无法自愈的地方已经结痂发黄。他朝她举起手臂，厚厚的绷带在肩头的位置绷紧。

"真可爱。"她一边说，一边把一袋迈克威特牌坚果扔过料理台。

"得让伤口透气，"儒歇匆忙撕开包装袋，一边解释。"谢谢！"他补充道，就像一个孩子一时忘记了要讲礼貌。

"我想你可能睡着了。"巴克斯特说。他正慢慢朝她走过去，每走一步似乎都很艰难，肋骨的收放清晰可见。

"别再给我蔬菜混合粗麦片了！"他看到她手里的包装，随即抱怨道。

"别啰唆了，这对你有好处。"她得意地笑了。

她蹲下身子，把麦片放进冰箱，让自己的微笑在几秒钟内消失。儒歇看上去更糟了，苍白的皮肤被汗水浸透，每一个动作似乎都需要经过计算、高度专注，否则就可能会带来进一步的伤害。他沉重的眼皮显示他又经历了一个因痛苦而无法入眠的夜晚。甚至就连他那花白的头发看起来也比前一天更加无精打采、黯淡无光。

微笑又回来了，巴克斯特站起身。"跟霍莉相处得如何？"

暴乱当晚，她尖叫着，试图让儒歇保持清醒，努力让他站起来并远离他的犯罪现场。在距离自己杀人地点不到二十米的地方，他倒在圣詹姆斯公园湖畔的一棵垂柳之下。周围曾有无数急救人员来来往往，但没有一个人注意到他的存在。

几小时之后，霍莉才有机会回来接他。在惊慌失措但依旧热心的托马斯的帮助下，他们艰难地钻进汽车。当巴克斯特在路虎揽胜的后座上照顾他时，托马斯开车驶向城外，把他们送到巴克斯特位于温布尔登的公寓。由于找不到其他可以求助的人，巴克斯特只好冒着风险，给一个在一年多之前拒绝了她的单身派对之后就再也没有联系过的朋友打了电话。霍莉毫不犹豫地赶了过来，她的工作对当时的局面多少有点帮助。这位伦敦动物医院的护士整夜都待在儒歇身边，让他尽可能安静地休息，并且清理了他身上那一大堆可怕的伤口。

"什么？"儒歇问道，他正忙着狼吞虎咽。

"霍莉。你们相处得如何？"巴克斯特又问了一遍。

"她说抗生素不起作用。如果我再像这样恶化下去，两周以后就凉透了，"他告诉她，似乎很开心，"联邦调查局那边情况如何？"

"他们想要你的脑袋。"

儒歇停止咀嚼，不过嘴里已经塞得满满当当。

"他们就不能再等几个星期？"

巴克斯特想挤出一丝笑容，但几乎一无所获。

"他们会一直找我的。"他认真地对她说。

"我知道。"

"嘿，巴克斯特，我——"

"别再说那个。"她打断了他。

"但是如果他们在这里找到我——"

"他们不会。"

"但一旦他们——"

"他们不会！我们不要再谈这个了！"她吼道，"回去睡觉吧，我还得给你这个浑蛋煮蔬菜混合粗麦片！"

她充满怜爱地望着他蹒跚着走向卧室门。打开冰箱，她犹豫了一下，摇了摇头，取出咖喱鸡块速食包，拆开包装。

回到托马斯家，巴克斯特听到前门砰地响了一声。

她放弃了让烟雾从厨房窗口散去的徒劳努力，选择把整只平底锅扔进下面的玫瑰花丛里。她为他做一顿惊喜晚餐的大计划和最近很多计划一样，只能无疾而终。

"哈喽。"他向她打招呼，皱着眉头望着走廊角落里的树枝。就在他注视的当口，又有十几根松针掉落。"什么东西闻起来"——他咳了几声——"还不错。今晚吃什么？"

"蔬菜混合粗麦片。"巴克斯特告知他，同时期望微波炉不会在他在房间时发出声响。

他看起来有一点失望。

微波炉响了。

"跟联邦调查局的那个见面会怎么样？"

"糟透了。"

"哦……好吧，那儒歇今天还好吗？"

"糟透了。"

"哦……那你今天其他时间过得怎么样？"他试图表现得兴致勃勃。

　　但巴克斯特已经溜号了：戴着手铐的沃尔夫，她在厕所隔层里哭，感染带来的气味吞噬了她的朋友，下午她还去安慰玛吉……

　　"糟透了。"她回答，泪水再度在眼眶里打转。

　　托马斯把包放在地上，冲过去抱住了她。

　　她的头疲惫地靠在他胸前，微波炉又响了。

　　"今晚想吃炸鱼薯条吗？"他温柔地问她。

　　"好啊。"

　　他用力抱了抱她，然后朝门口走去。

　　"先把酒倒好，我十五分钟之后回来。"他对她说。

　　巴克斯特笑了笑，跟着他走过客厅。松针落在包装纸上发出沙沙声。托马斯在走廊上站住了。

　　"我知道今天很不好过，但已经过去了。已经结束了，对吗？"

　　她点了点头："是的，结束了。"

　　托马斯对她微笑。

　　当房门在他身后咔嗒一声关上时，巴克斯特走回厨房，给自己倒了杯喝的。她坐到桌边，从自己的包里拿出从审讯室垃圾桶里捡回来的皱巴巴的文件，读了起来。

　　几乎已经结束了。

# Chapter 4

## 第四章

2016 年 1 月 7 日　星期四　上午 8：08

沃尔夫在凶杀与重案指挥部的西蒙斯探长的旧办公室外面等着，同时努力忽略人们的窃窃私语和无休止的目光。不论盯着门上巴克斯特的名字看上多久，他都感觉不对劲——怎么看都像是恶作剧，到了白天，他和芬利就应该把牌子换回来了。

管理部门在想什么呢？

巴克斯特在想什么呢？

"早啊，威廉！"清洁工珍妮特跟他打招呼，"外面真冷。"

沃尔夫稍有些惊讶，随后点了点头。显然，对于他在过去的十八个月里一直在逃亡的事实，她并不知情。他让自己充分享受这短暂的正常时光，在上级的办公室外面等着，跟人闲聊，感觉仿佛什么都不曾发生过。当她在他身边换垃圾袋时，他努力把自己的手藏起来，不让她看到上面的手铐。

"加里在大学里怎么样？"他问她。

"哦，他出柜啦！"她高兴地回应。

"好吧！"沃尔夫笑着说，"他又去学什么啦？"他问道，希望这样的时刻能够持续得久一点。但她还没来得及回答，办公室的门就开了，有人招呼他进去。

克里斯蒂安换了一身干净的西装，已经坐在了办公桌旁边。他在沃尔夫坐下时眨了眨眼。

"你的信息很有用，"瓦尼塔坐在巴克斯特的办公桌后面说道，"就在我们谈话这会儿，围捕迪布瓦及其同伙的行动正在进行，法国海岸警卫队已经拦截了那条船……我们的协议生效了。"

"那我们是不是该把这个可怜的小伙子的手铐解开呢？"克里斯蒂安提议道。

交出钥匙的动作似乎让瓦尼塔极为不适。克里斯蒂安有幸替沃尔夫打开手铐，然后他不得不假装咳嗽几声来掩盖自己的笑声，因为他看到沃尔夫正偷偷地把瓦尼塔的紫色手提包铐在桌腿上。

"文件已经准备好了，"她告诉沃尔夫，后者佯装天真地抬起头，"明天你就应该把字签好。我希望每天上午和下午你都来找我汇报案件进度。而且鉴于这种安排不可持续太久，我将设定五天为一个时间单位，以督促你切实地完成工作。"

沃尔夫打算插嘴。

"尽管我不想这么说，"她继续，"但你是个好警探，福克斯。如果到时你什么都找不出来，那也就意味着没什么好找的了。"

他向克里斯蒂安寻求意见。现在这个更睿智、更有经验的人接替了芬利的角色。他点了点头。

"五天就五天。"沃尔夫表示同意。

由于惨白的天空似乎随时都有下雪的可能，巴克斯特戴上了她那滑稽的带小球的羊绒帽和配套的手套。她敲了敲摇摇欲坠的棚屋门，推开自制的门牌，结果牌子直接正面朝下掉在了湿乎乎的草地上。里面传来一阵噼里啪啦的声音，然后埃德蒙兹露出了脸，充满困惑，完全没料到有人会造访自己家的后花园。

"巴克斯特！"他微笑着拥抱了她。

"蒂亚让我过来的。"巴克斯特一边解释，一边迈步走进"亚历克斯·埃德蒙兹——私人侦探事务所"的总部。

埃德蒙兹扶起他刚才因为巴克斯特的突然造访不小心踢翻的凳子。"我很想招待你一杯咖啡什么的，但水管上周就冻住了，"他抱歉地说，"你想去里面坐坐吗？"

"不用了，没关系，"巴克斯特让他放心，"实际上，我是以官方身份过来的。"

"哦？你不是在休假吗？"

"没有，已经休了几个星期了。"她说，没有做进一步的说明。她环顾周围，看到一张表情异常愤怒的雪貂的照片被钉在一张曼哈顿地图上，还有几张犯罪现场的照片，那两个幽灵般的人物仍然坐在车里。她感觉有些不适，于是转过身。"所以，斑点先生的案子已经结了，是吗？"她问，知道埃德蒙兹接下的第一个案子相当荒唐。

"实际上，按照严格的意义讲，嫌犯仍然'逍遥法外'……但我会逮到那家伙的。"他自信地说，揉了揉大腿上那块巨大的淤伤。"官方身份？"他提示她，希望能把话题从一只他还没抓到的小动物身上转移，"你是来逮捕我的吗？"

"不，"巴克斯特把皱巴巴的文件递给他，"我是来雇用你的。"

沃尔夫、克里斯蒂安和桑德斯在走廊脱下鞋子，随即收获了玛吉的亲吻，脸上留下了玫瑰色的唇印。

尽管沃尔夫提出了抗议，桑德斯还是跟随而来，这意味着在调查的最初阶段他们都无法摆脱他。不过在驱车来马斯维尔希尔区的路上，沃尔夫得知，在芬利去世的当晚，桑德斯拒绝从玛吉身边离开并一直等到巴克斯特赶过来。这让沃尔夫对他的看法有所改变。

沃尔夫把脱下的外套披在厨房的椅子上，玛吉则为他们准备了饮料，让它们成为这场不自在的谈话的陪衬。当克里斯蒂安和桑德斯终于上楼时，沃尔夫拦住了玛吉。

"有什么需要，你就叫我们吧。今天我不想让你再上楼。"

玛吉点了点头。沃尔夫紧紧抱住了她，更多是为了他自己，而不只是为了她。然后沃尔夫跟着他的同事上了楼，走近被破坏的房门，看到里面已经有两张熟悉的面孔正在等待他们。

"你们他妈的在这儿干什么？"桑德斯问道，压根没注意到自己说了脏话。

"说话客气点！"玛吉在楼下喊道，"她让我保证不告诉你。"

沃尔夫注意到有一抹微笑在巴克斯特的唇间一闪而过。

"我就知道你会来。"沃尔夫跟她说话，但她并没有回应。

"埃德蒙兹。"他冷冷地打了招呼。

"沃尔夫。"埃德蒙兹回应，比沃尔夫还冷淡。

"埃德蒙兹，这位是克里斯蒂安·贝拉米局长，芬利的老朋友，"巴克斯特说，"克里斯蒂安，这位是亚历克斯·埃德蒙兹，私家侦探。"她介绍埃德蒙兹的时候很自豪。

两个男人握了握手。

"桑德斯。"桑德斯说着,也把自己的手伸了过去。

"没错,"埃德蒙兹困惑地说,"我们认识。"

桑德斯一脸茫然。

"我们在一起工作过,差不多,六个月吧……拼布娃娃的案子?"埃德蒙兹提醒他。

桑德斯还是一脸茫然。

埃德蒙兹放弃了,觉得握手更容易一些,于是跟他握了握手。

"好吧,桑德斯,"沃尔夫退后一步,给他留出空间,"你说说吧。"

桑德斯取出笔记本,犹豫片刻,然后走到被破坏的门前,把门掩上。

"1月1日,午夜12点35分,我和布莱克警探接到电话,电话里说兰德尔警探发现了一起疑似自杀案件。我们于12点56分抵达现场,发现"——他清了清嗓子——"一具六十岁男性的尸体,位于房间中央,面部朝下,左太阳穴处有一处枪伤,身边的地板上有一支九毫米口径的手枪。"

没有人言语,大家都沉浸在自己的思绪中,地板上的黑色污渍仍盘踞在房间里。

桑德斯翻了一页。"拍过现场照片后,枪支被装袋留作证据。鉴定认为枪上只有被害人的指纹,并且符合他是左撇子这一特征。弹道检测证明导致他死亡的子弹正是来自这把枪。抵达现场时,兰德尔警探不得不破门进入这栋房子。他发现楼上的这间房间的门也打不开,于是再次破门而入,造成了房门的损坏,"桑德斯又翻了一页,"尸体是在一间密室里被发现的,里面唯一的窗户也从内部被关牢……结论:自杀。"

沃尔夫走过去检查窗户,发现塑料窗框仍被锁着,看得出从没有人打开过。

"没有遗书?"他问道。

"没发现，"桑德斯回答，"十次自杀案里有七次是这种情况。"

"这一切发生的时候，玛吉在什么地方？"埃德蒙兹问道，尽管已经读完了整份文件。

"跟朋友在一起，"桑德斯说，"在汉普斯特德开派对。"

"芬利讨厌新年。"沃尔夫和巴克斯特异口同声。

他笑了，她没有。

"那么，是谁报的警？"埃德蒙兹问他们。

"芬利自己。用的是走廊里的座机，"桑德斯重新回到他的笔记本上，"他采取的是静默报警，当时就有人过去了。"

"他什么都没说？"

"没说，"桑德斯回应，"没人知道他当时是怎样的状态。"他期待地望向局长。

"跟我在一起的时候他似乎还一切正常。"克里斯蒂安悲伤地笑了笑。"那天晚上早些时候，我跟他在一起，就在这里，"他解释说，"我们还开了一瓶威士忌，喝了大半瓶。"

巴克斯特回想起当时现场的照片，有一瓶档次不高的酒的瓶子倒在地上——他从警局退休时得到的礼物。

"你们聊了些什么呢？"埃德蒙兹问克里斯蒂安，"如果你不介意说说的话。"

"老朋友闲下来，聚一聚，还能聊些什么呢？无非就是以前的那些经历，谁打赢了哪场架，哪些女孩伤了我们的心，"他微微一笑，"午夜刚过的时候，他打了个电话，但我没接到。我永远不会原谅自己。几分钟后，我收到了这个……"

克里斯蒂安拿出他的手机：

替我照顾好她

"当时我就慌了，赶紧出门，打了一辆车，尽可能快地赶到这里。他们刚破门而入没几分钟我就到了。"他对他们说，眼睛盯着地板，仿佛能看到芬利还躺在那里。

"他用他的手机给你打电话，"埃德蒙兹一脸困惑，开了口，"还给你发了短信。但之后，他又用楼下的座机报了警……为什么呢？"

"我想他是不希望玛吉成为第一个发现他的人。"克里斯蒂安回答，声音哽咽。

"座机更容易追踪到地址，"桑德斯补充说，"芬利应该知道这个。"

"说说门锁的事情吧。"沃尔夫说，看着周围墙壁剥落的灰色水泥块。

"这间房间本来是给孙子孙女们准备的，所以没有装门锁。"

"但你说——"

"我知道我说了什么，"桑德斯打断了他，"是密封胶。他用密封胶把门和门框以及地板都封了起来，其他人从外面很难进来。所以沃尔夫，说句实在话，现在再调查也没用了。他是在一个完全密封的房间里被发现的，而且基本是自己拿着凶器。这肯定是自杀，伙计。"

"这不是自杀，除非我说是。"沃尔夫朝他啐了一口，想起玛吉还在楼下。

桑德斯扬起眉毛，望了望其他人。

"你听不见自己说了什么吗，沃尔夫？"巴克斯特问他，"你听上去就像脑子有病。"

当然，这不是什么好话，但至少她终于肯和他说话了。

"他崩了他自己，沃尔夫。我这业务还算熟练。"桑德斯说，自信满满。

面对这位吊儿郎当的同事，沃尔夫朝他扑了过去。

"威尔！"克里斯蒂安喊道，和之前芬利让他冷静下来的语气几乎一模一样。

两人僵持了片刻，沃尔夫转过身，走开一步。

"如果你不想待在这儿，桑德斯，给我出去。"

桑德斯不假思索地推了沃尔夫后背一把，朝外走去。"你以为我不在乎吗？"他大声说，"你以为我不想有人证明这是错的吗？"

沃尔夫转过身面对他，面露凶相。

"芬利和我老爸以前是同事，你难道不知道吗？"桑德斯说，"所以和我妈离婚之后，我爸坐在车库的车里，发动引擎，送自己回老家，你猜是谁告诉我这个消息，是谁整晚都陪着我，告诉我这一切都不是我的错……我他妈的在乎！"

沃尔夫点点头，以示歉意。

"原谅我在这种时候提问题，"巴克斯特突然开口，"那把枪是谁的？"

桑德斯从地上捡起他的笔记本。"不清楚，"他回答，"贝雷塔 92 型，序列号已经磨掉了。我已经说过，上面只有芬利的指纹。我还问过一个反恐指挥部的伙计，他估计这把枪至少有三十多年历史。它已经开火多次，弹夹里面还有三颗子弹……可能来自任何地方。"

"所以，可能是出于某种原因，芬利一直自己留着这把枪。"埃德蒙兹说出自己经深思熟虑得出的答案。

"我想你们现在也都多少有一点自行决定权，"克里斯蒂安开口了，"但在我和芬利那时候，大家都可以经常搜集纪念品。在那个年代，档案记录工作并不像今天这样严格。"

房间里又是一片寂静，大家都在试图以自己的方式绕过这条隐约可见的死胡同。

"好吧，我能把最后这部分说完吗？"桑德斯说，看上去有些不适，"尸检报告显示出一些轻微的健康问题，但并不足为虑，只是老年人的一些小毛病。"

每个人都好奇地朝克里斯蒂安的方向望了过去。

"怎么了？"他问他们。

"所有的体外伤都可以归因于一般的磕磕碰碰和淤伤，"桑德斯继续说，"死因：一枪击中头部，子弹已从颅内取出。"他不安地完成了介绍，"所以我们该怎么办？"他问沃尔夫。

一阵沉默当中，他们听到玛吉在厨房里忙碌的声音，她显然是在准备新一轮的饮料。

"在我们签字之前，他们不会交还他的尸体，"巴克斯特说，"我们拖得越久，玛吉就会越难过。"

"该拖多久就应该拖多久。"沃尔夫说。

巴克斯特气恼地摇了摇头。

"枪，"他自言自语，一脸烦躁，"不管怎样，答案就在它身上。芬利一直留着这把枪肯定是有原因的。我们需要弄清楚原因是什么。"

"你的计划是？"桑德斯问他。

"你们把枪和子弹单独从尸检证物当中拿出来，让法医去做任何他们能够想到的检验。他们可以提供的任何信息都可能会对我们有帮助。"沃尔夫对他说。"巴克斯特，你多和玛吉聊聊，她会跟你说的。即便是芬利身上任何细微的变化都可能意义重大。主要关注他想到的事情，他对以前工作的回忆……而且，最重要的是，他之前把那把枪藏在什么地方。"

她冷冷地点了点头。

"我已经开始检索芬利的旧案卷，但我需要有人帮忙，"他对埃德蒙兹说，后者求助地望向巴克斯特，但后者对这一合乎情理的任务分配并无不满。"还有，克里斯蒂安，我们需要你参与其中，由你来填补官方报告里的一些空白，好吗？"

　　局长点点头："我尽力。"

　　"芬利的旧案子里，有一件丢了把凶器，"沃尔夫说，"我们来找找看，究竟是哪一件。"

# Chapter 5

# 第五章

"芬！在你左边，"克里斯蒂安小声说，"左边！"

他们轻手轻脚地走到 19 号公寓那扇油漆剥落的大门前，门上挂着一把亮闪闪的锁头，锁直接贯穿到木板槽下面。整栋楼都弥漫着一股堆积了一星期的垃圾和尿液的恶臭味，甚至连灯光都不愿意从走廊尽头的那扇破窗照进来。

靠在他受伤的那只胳膊上，芬利咒骂了一声，声音稍微有点大。

克里斯蒂安愤怒地看着他。

"你这得找人瞧瞧，"他在门口小声说，"我先看看。"

"现在？！"芬利小声回应，一脸苦相，"你为什么总这样？"

"哪样？"

"给你遇见的每一个人提供医疗建议。"

"哪有每一个人。"

"我说每一个人就是每一个人！"

克里斯蒂安伸手，想把他搭档的短袖衬衫袖口拉上去。

"滚开，"芬利说着把他的手打回去，"手表不错。"

"我还能说什么？"克里斯蒂安咧嘴笑了，欣赏着自己的新手表，"我当时高兴坏了。"

克里斯蒂安仍沉浸在他短暂的名人身份当中，愉快地享受着每一份奉承，而芬利则以幽默和自嘲混合的方式耸耸肩，希望能尽快回归正常。

"你用这么奢侈的东西干吗？"芬利问他，同时展示了自己的朴实无华，"我这块，从超市买的，做工也不赖。"

"它慢了四分钟。"

"哦。"芬利把手收了回去，仿佛克里斯蒂安是在说他不要太招摇。

"奥斯卡·王尔德说过吧，'对一位绅士而言，手表最不重要的作用就是看时间'？"

芬利一脸茫然："我完全不明白这话是什么意思。"

"嗯……我也不明白。"克里斯蒂安承认道，两人一起偷笑起来。

"那我们就这么办？"芬利提议道。

当造船厂燃烧的仓库倒塌时，附近的怀特因赫发生了一起劫车案件，受害人描述的嫌犯特征与他们看到的那名留着胭脂鱼发型的男子完全吻合。被盗的那辆奥斯汀公主在戈巴尔斯的马蒂森排屋区被发现，里面有一大堆血迹和指纹——足够实验室忙上几个星期。不过，这辆车被发现的地点毗邻城市里最臭名昭著的几个地方，至少能让芬利和克里斯蒂安有机会顺藤摸瓜。

从这一点开始，利用通过不太正当的方式获得的信息，他们很快就确定了那个造型怪异的男人的具体位置：坎伯兰街的布伦德尔大厦。尽管被称作"大厦"，它其实只是一片巨大的棚屋区，供瘾君子混日子、妓女做生意。

克里斯蒂安在那扇不起眼的门前转了一圈，伸了个懒腰，摇晃摇晃脖子，伸出双臂。

"一次搞定。"他向芬利保证，后者从他搭档的方向又看了看那扇门。

"我猜三次……输的人今晚请客？"

"一言为定。"克里斯蒂安深吸一口气。"警察！"他大喊一声，同时用尽全身力气想把门锁踹开，然而大门却不为所动。他稍微有点一瘸一拐，无视芬利的一脸嫌弃，又踹了一脚。"警察！……狗娘养的！"他抱怨道，整个人靠在墙上。

"他是早有防备吗？"芬利开玩笑说，他走过来，举起了警棍，打算把木头门砸开。不过他突然一转念，打算试试门把手，结果门一下子就开了。

"别说话！"克里斯蒂安跟在他的搭档身后，一瘸一拐，怒气冲冲。

房间里的情况并不比外面好多少，还有一具尸体躺在正中间。极具辨识度的发型表明了死者的身份，一把看起来就很致命的猎刀插在其后背上。

"好吧，真是遗憾。"芬利假惺惺地说，同时环顾着这间斗室。

有明显的打斗迹象：破损的家具、脚下的碎玻璃。苍蝇在炉子上一个已经发黑的平底锅周围盘旋，嗡嗡作响。

克里斯蒂安看上去有点失望："所以，他可能是被杀的。"

"看上去是这样。这份美差就交给我，好吧？"芬利气呼呼地说，拍了拍那具尸体，从他的后口袋掏出一个钱包。"鲁本·德·韦斯。"他打开一本外国驾照，念道。他走到克里斯蒂安身边，跟他一起欣赏垃圾桶和厨房工作人员抽烟休息的景象。"他显然是个荷兰人……"

克里斯蒂安哼了一声，心不在焉。

"直到他真的凉透了。"① 芬利补充道，看着他的朋友一边摇头，一边努力憋着不笑。

"好吧，"克里斯蒂安说，眼前的情况显然让他提不起精神，"我们叫人过来吧。"他停顿了一会儿。"呃……你有没有在拍他的时候碰巧摸过他的脉搏？"

芬利困惑地走了回去。

尸体不见了，血迹消失在门口。

他惊恐地转向克里斯蒂安，"那人后背上还插着刀呢，那么大一把！"他为自己辩护。两人穿过门，走过走廊，跟随着血迹来到楼梯间里。

"我在想，"克里斯蒂安气喘吁吁地说，不过显然对跑下楼梯的过程感到很开心，"下次逮到他，我们得把木桩钉在他的心脏上。"

下面的某个地方，一扇门砰的一声关上了。

不到十秒钟之后，芬利和克里斯蒂安冲出黑暗，来到灰蒙蒙的外面，大楼把他们吐进了一条小巷。复活的嫌犯距离他们只有二十步远，正摇摇晃晃地走在街上，那把刀还留在原处。

"不好意思，鲁本？！"克里斯蒂安在后面喊他，"这肯定是我见过的最壮烈的拒捕行为了。"

东摇西晃的荷兰人攒足力气，用手指指向他们。

"这可不够礼貌。"芬利笑着说。

他们故意跟在他身后，看着他每走一步都会因痛苦而放慢脚步，蹒跚地在繁忙的街道上挪着步子。在听到了足够多的尖叫和恐慌的声音之后，芬利和克里斯蒂安走了出来，让一切恢复平静。

"请大家退后！"

---

① 原文为 Till he popped his clogs，直译为"直到他典当掉木屐"，是非常典型的英国俚语，表示死亡。

"给我们一点空间。"

"有人可以打电话叫救护车吗？"

当那人开始在地上爬时，他们怜悯地摇了摇头。他受伤的胳膊徒劳无功地拖着身子前行，主干道的车辆像往常一样横冲直撞。芬利的手表发出哔哔声，表明荷兰人是在新的整点过四分钟后栽倒在地的。

"请便吧。"芬利指着他们的嫌犯，对克里斯蒂安说。

但当克里斯蒂安走上前时，他却突然跪坐起来，双手胡乱摸索，直到摸到扎得很深的刀柄。

"我认为你真的应该把它留在原处！"克里斯蒂安建议道，无视芬利的微笑，因为他再次提供了一个医学建议。

那人痛得惨叫起来，开始一点一点把刀往外拔。

"哇哦！哇哦！哇哦！"克里斯蒂安边嚷嚷边跑过去想要制止他，但是已经晚了。

那人猛地一出手，头发在面前甩过。克里斯蒂安倒在人行道上，双手捂着自己身体一侧深深的伤口。

"待在原地，克里斯蒂安！"芬利命令道。荷兰人晃晃悠悠地站起身，嘴里不断有血往外涌。

芬利举起了警棍。

"退回去！"那人对着围观人群说。他瞥了一眼身后车辆川流不息的马路，意识到自己可以在七路公交车进站时跳上去……

……只要那辆雪铁龙 2CV 不要超过它。

轮胎努力抓地，发出吱嘎的声响，接着是一声沉闷的撞击声。一瘸一拐的男人瞬间被卷进车轮，再出现时已经不成人形。

芬利花了几秒钟处理眼前的情况。他条件反射地走上前，拦住其他车辆，让雪铁龙司机在慌乱中把车驶向路边停好。然后他蹲在克里斯蒂安身边。"你还好吗？"

"还行，没什么大事。"克里斯蒂安说，脸色苍白。

芬利用力拍了拍他的后背，回到那辆车旁边。他把手伸到底盘下面，把一根扭曲的手臂铐在汽车的金属保险杠上。

"你在干吗？"克里斯蒂安冲着他喊，"人家脑袋都搬家了！"

芬利点上一根烟，在人行道边上坐下，眼睛盯着已经死去的囚犯，这时远处传来了警笛声。"是啊……但我不想冒险。"

芬利看着医生给克里斯蒂安缝合伤口，自己不住地打战。钩针刺穿皮肤的方式令人着迷，但也让他觉得很不舒服。

"这星期你们两个过得可真够精彩的。"医生议论道，他的声音因满脸的胡子而有些模糊不清。"这就行了，"他说着，剪断剩下的线，同时欣赏自己的手艺，"漂亮极了。"

克里斯蒂安低头看着自己的伤口。这个"漂亮"的意思显然是你的身体侧边多了一块霍恩比模型火车轨道。

"谢了，大夫。"他冷淡地说道。

"那么，我们来瞧瞧你的情况，好吧？"医生转向芬利。他剥去了后者自制的脏绷带，脏绷带已经粘在了他前两天大面积烧伤的位置。医生一脸愠怒："下次你再三度烧伤的时候，也许可以考虑来瞧瞧大夫。"

"我会的。"芬利点点头。

留胡子的大夫脱下手套，潦草地写了几张便笺。

"我会找个护士帮你清理干净，"他说着，指了指刚才给克里斯蒂安缝合用的大号缝针，"然后再缝合一下伤口。"他补充说，在转身走开时还咂了咂嘴。

克里斯蒂安低头看了看他那触目惊心的伤口。"肯定会留一道该死的疤。"他咧嘴笑着说。

"这大概是你人生中最棒的一星期,对吧?"芬利说道。这时床幔拉开,一位漂亮的护士走了进来,手里端着托盘,白色的护士帽下面露出黑色的鬈发。

芬利看呆了,感觉她仿佛是秋天的化身:一头焦栗色的头发、红润的嘴唇,还有闪闪发光的蓝眼睛。克里斯蒂安给了他一个赞许的眼神,但他并没有注意到,因为他的眼睛已经无法从她身上挪开。

"所以,谁是芬利?"她问道。

她的声音好似女王。

"拜托,没什么大问题,芬利?没人叫这名字吗?"

"是……我是芬利。"他说,想要掩盖自己那难听的格拉斯哥口音。

克里斯蒂安对他做了个鬼脸。

她从托盘里拿出她需要的东西,嫣然一笑,然后夹在他的耳朵旁边。

"啊!"他抱怨了一声。

"医生的命令,"她毫无歉意地解释,"以后不要隐瞒病情。这只会给我们添麻烦。"

"该死。"他龇牙咧嘴,不知道为什么这么疼。

"还有不许抱怨!"她补充说,"这是护士的命令。"

她坐在他身边的床上,闻起来有股草莓和巧克力的味道。他察觉自己闻的动作有些明显,赶忙假装自己感冒了。

"你不认识我们吗?"克里斯蒂安拍拍芬利的手臂,问道。

"我应该吗?"

"也许吧。只是有一起苏格兰历史上最大的毒品搜查案……也没什么大不了的。"

她好奇地抬起头,看着芬利。

他屏住呼吸，后悔自己午饭吃了奶酪洋葱馅饼。

"造船厂的大火，"她回想着《先驱报》的头条新闻，"好像还有什么……十五分钟时间里，你们就找到了五年都没找到的那批海洛因。"

"他们说得太过了。"克里斯蒂安故做谦虚。

"哦？"

"没错……实际上，我们只用了十分钟！"他咧嘴笑了，逗得她也跟着笑了起来。

她对芬利微微一笑。她是他见过的最美丽的事物。她抬起他的胳膊，用绷带裹住新的敷料。"你的朋友，他一个人，对吧？"

"当然。"芬利冷冷地回答，怀疑他们对"一个人"的定义并不一致。

"好了，芬，"她说，"你这边可以了。"

她把注意力转向克里斯蒂安，当她一脸揶揄地笑着面对他时，后者顺从地躺在床上。

"任你宰割！"他对她说。

"我很高兴！"芬利突然开口，"我是说，见到你。"

护士回头望向他，对他一本正经的握手请求感到稍有点意外。当她摘下手套握住芬利粗糙的手时，一旁的克里斯蒂安一脸不悦。

"但是我很荣幸，见到你！"她说，眼睛里闪烁着调皮的光芒，"我叫玛吉。"

# Chapter 6

## 第六章

沃尔夫吸着鼻子，弄出奇怪的动静。

埃德蒙兹从案卷上方瞥了他一眼。片刻后，他的目光又回到刚才的工作上。但过了一会儿，沃尔夫又咯咯地笑了起来，因为他正读到鲁本·德·韦斯的官方报告，看到里面对他那不可救药的过时发型的描述。埃德蒙兹不耐烦地看着他，脸上的表情足以让巴克斯特表示肯定。

"抱歉，"沃尔夫说，"我记得芬利一直跟我讲这一段，但再读到还是觉得很好笑。"

埃德蒙兹转了转眼珠，又重新看起那泛黄的案卷。沃尔夫则伸了个懒腰，环顾这间"凶杀与重案会议室"，同时用呻吟声和哈欠声填满寂静。拼布娃娃案相关的两组怪异的现场重建照片现在已经撤走了，但除此之外，这里几乎毫无变化，就连玻璃墙上的裂痕都保持原样。

"我还没对你脑袋的那件事说抱歉呢，对吧？"沃尔夫问。

埃德蒙兹放弃了，把文件往桌上一扔。"对对对，你没有。"

沃尔夫张开嘴……然后却耸了耸肩。

埃德蒙兹只好一阵苦笑。

"拜托，说说嘛，"沃尔夫把椅子转过来，全神贯注地盯着埃德蒙兹，"说说你是怎么想的。"

他看着埃德蒙兹正在脑子里组织措辞。

"你觉得我是个坏人？你心里是有什么……道德障碍？"沃尔夫猜测道，仿佛他不确定自己这个词用得是否正确。"好吧。没错，我确实在无意中委托了一个精神错乱的连环杀手。"他举起双手，表示投降，"那确实是我的错，我故意妨碍你的调查，是为了自保吗？好吧……没错，我想我确实是那么做的。我差点把那个连环杀手打死了吗？啊——哈。但是吧……"他看上去有些不知所措，"我想说什么来着？"

埃德蒙兹摇摇头，又把案卷捡了起来。

"要是能让你好受一点，"沃尔夫继续说，"等一切结束之后，瓦尼塔就会逮捕我。恶有恶报。"

"不是那样的。"埃德蒙兹喃喃自语。

"你说什么？"

"我说：'不是那样！'"他提高了音量，"我是说，没错，我觉得你确实是个浑蛋，应该在牢房里烂掉，安享所剩不多的幸福时光……但不是那样的。"

沃尔夫惊讶于他说的话跟巴克斯特几乎如出一辙。

埃德蒙兹闭上眼睛，长长地叹了口气。

"拼布娃娃的案子是我的，"他解释道，似乎有点尴尬，"是我把档案翻了个底朝天，寻找马斯以前的受害者。是我证明了浮士德谋杀案的真实存在。是我看到了你的真实面目……我都做到了。"

沃尔夫耐心地等他继续。

"你有你引以为豪的案子。当然，当事情一团乱麻的时候，是你，威廉·福克斯，追捕并抓获了火化杀手。而你、马斯、拼布娃娃案是我的骄傲……可你却从我手里把它夺走了。"

埃德蒙兹感觉如释重负。这是他第一次向别人承认，自己的愤怒比他所表现的更加自私。

沃尔夫点点头，表示赞同，似乎毫不惊讶。

"你是我们当中最聪明的。"

"别奉承我。"

"因为你离开了，"他继续说，"这个职业……"他吸了口气，"对任何人都没有好处。它是一种毒品，你知道这种毒瘾随时都可能把你杀掉。你对依赖它所能够达到的高潮深深着迷，完全无法察觉它会把你生活的方方面面全部撕裂，直到让你一无所有。"

他们两人都陷入了沉默。沃尔夫这一席话让他们都联想到了芬利的死。无论是被人谋杀还是死于自己之手，芬利的过早死亡都与这个职业本身脱不开干系。

"我希望自己可以在一切都太迟了之前，抽身离开，"沃尔夫诚恳地说，"比如现在这种时候。"

"在你不需要像个白痴一样在塞恩斯伯里的停车场抓雪貂来赚第一份工资的时候，这话说起来当然轻巧。"

"还有调查你前同事的疑似谋杀案。"沃尔夫提醒他。

埃德蒙兹看着沃尔夫，表情渐渐暗淡下来，他再次想起了芬利以及几分钟前看到的那份荒唐的卷宗。在过去的十八个月里，他一直期望自己能够找到沃尔夫，把他从某个藏身的洞穴里拖出来，让他到法庭上认罪服法。他想象着他的同事和媒体都把他当成他们一直拥有却始终忽视的盖世英雄，这让沃尔夫几乎变成了他头脑中的某种幻象。但现在，看

着他绝望地寻找意义和那些可能根本不存在的恶魔，他眼前却只有一个
已经失去一切的人。

"怎么了？"发觉埃德蒙兹正盯着自己，沃尔夫问他。

"没怎么。"

他们又重新回到案卷当中。

"你脑袋的事，我很抱歉。"沃尔夫嘟哝了一句。

"没关系。"


桑德斯试图用嘴巴呼吸。

法医实验室的空气里总是有一点点金属气息，伴着死亡的味道。闪
闪发光的器皿和抛光的地板整洁得有些过头，仿佛是为了掩盖血腥而刻
意为之。

"该死，"秃头法医乔说，他进来时把咖啡洒到了衣服上，"这可洗不掉。"

桑德斯看着他奋力擦拭罩袍上的一块污点——上面混合着血迹、脑
组织以及天知道什么东西。后者此时才意识到有客来访。

"该死。"他吐了口口水，瞥了眼桑德斯。

"你也下午好。"

"抱歉，我以为你是那个难搞的探长巴克斯特，"乔笑着说，"我本来
不用管这块脏东西的。"他大声哀叹道。

桑德斯甚至不想去想那到底是什么。

"让你失望了，伙计，"他对乔说，"据我所知，想见她的人都排着队呢。"

乔无视他的话，放下咖啡，开始翻找桑德斯申请查看的证物盒子。

"这可是我的最爱！"他嚷嚷道，"重复性工作！所以，你们是想让我
重新确认所有法医证据都指向自杀？"

"不，"桑德斯说，"我们希望你能找出证据，证明那不是自杀。"

"在一间密室里？"

"对。"

"没有任何打斗痕迹？"

"是的。"

"而且他自己拿着凶器？"

"没错！任何证据都行！"

突然，乔陷入了沉思，仿佛有什么事情困扰到了他。

"怎么了？"桑德斯满怀希望地问。

"你刚才说'想见她的人都排着队呢'是什么意思？"


只有在两个会议的间隙，克里斯蒂安才有机会"随便聊聊"。沃尔夫和埃德蒙兹在电梯门前等他，三个人匆匆穿过中庭，连招呼都没顾上打。

"可以确定那个打不死的荷兰人是唯一一个从仓库里逃出来的人吗？"埃德蒙兹问他。

克里斯蒂安微笑着回想。这么多年，他讲起这段的次数和芬利一样多。

"据我所知，是的，"当随行的人帮他把门打开时，他说，"当时我们还不知道，整个实验室都已经是一片火海。有一份那个地方的全景图。可能是在档案里吧？基本上，除了两个出口，别的出口都出不去了。我敢肯定要是有人从我们这边出去，我们一定看得到。"

"入侵小队配备了自动化武器，"埃德蒙兹说，"不过另外一些人被从火中救出来了。我们想确认他们的身份。你有什么能帮到我们的线索吗？"

"恐怕没有，"克里斯蒂安耸耸肩，"我猜到荷兰人可能配备了装备。如果我记得没错，他们的装备都很精良。所以你们可以大胆推测了。"

"但你觉得可能是——"

"听着，"克里斯蒂安打断埃德蒙兹，吓得他的随从们也停下来听他说话，"我想你不该白费工夫。我在那里。我一直和芬在一起。我知道他除了一条受伤的胳膊，不会从现场带走任何东西。他没有理由从那个案子当中拿走任何东西。你们搞错了……我很遗憾。"

"长官，"一个满脸堆笑的年轻人凑近他们，"我们真的得——"

克里斯蒂安瞪了他一眼。

他几乎是鞠了一躬，咧嘴笑了笑，仿佛刚刚受到了某种款待，赶忙退到一边。

"沃尔夫，我们谈谈？"克里斯蒂安问。

埃德蒙兹给他们让出了空间。

"跟你们聪明人说一句：瓦尼塔起草的那份文件，有太多可以变通的办法和措辞上的漏洞，我不觉得它会比打印它的那张纸值钱。"

"我敢肯定那是她的疏忽。"沃尔夫嬉皮笑脸地说。

"相当大的疏忽。好吧，如你所愿，我会以'知情人士'的身份，好好做个筛查。"

沃尔夫感激地点点头。克里斯蒂安拍了他一下，随即赶往下一个会场。

玛吉避开楼上的空间，开始收拾圣诞节的饰物。在离开之前，埃德蒙兹和桑德斯把那棵垂死的树抬到外面，用它烧火做了顿饭，他们的咒骂（桑德斯的贡献）和鲜血（埃德蒙兹的贡献）远超实际需要。当玛吉小心翼翼地用纸巾包裹起那些易碎的装饰品时，巴克斯特从天花板上拆下了其他的装饰品。

"你累不累，亲爱的？"玛吉问她。

"还好。"

她继续收拾箱子，看上去已经恢复了一点往常的样子。她的深色鬈发一直都是芬利的最爱。

"我告诉过你，他会回来的。"玛吉微笑着说。

"确实。"

"为了你。"

巴克斯特把一个闪闪发光的雪人扯掉，带下来天花板上一大块墙皮。

"他回来是为了芬利，不是别人。"她坚定地说。

"你们这些警探，"年长的女人笑着说，"很擅长发现别人身上的隐情，但遇见同行却什么都看不见。"

"这些东西放哪儿？"巴克斯特把墙皮和雪人放进一个鞋盒里，同时改变了话题。

"放车库吧，谢谢。"

端着一堆盒子，巴克斯特穿过这栋突然显得又空又大的房子，她想知道，当一切告一段落，玛吉是否还愿意留在这里。走进寒冷的车库，她停下来，端详着芬利的老哈雷－戴维森。她用扫帚扫下一片恼人的大蜘蛛网，把那堆盒子堆在靠后的墙边，这时她看到了一些眼熟的东西。

另一堆杂物上面，有一个敞开的盒子，里面有一张照片——她、芬利、本杰明·钱伯斯以及沃尔夫一起办圣诞派对的情景。看到两位已经故去的朋友快乐的脸庞，她不禁悲从中来。她凝视着盒子，意识到里面装的是一个月前芬利退休时从办公桌上带走的东西。她把它从杂物堆上取下来，放在地上，一件又一件地察看：多年来积累的无用之物。

还有另外一些照片：孙子孙女们在学校里的照片，芬利和玛吉在梵蒂冈大教堂外面的照片，还有一张黑白照片——年轻的芬利和克里斯蒂安在一堆白粉前面摆造型，背景里是一栋正在燃烧的建筑。

她把它放在一边。

她找到了一些五颜六色的涂鸦、一些信纸、一份证明他终于通过 Met

政治正确培训的证书，还有一封信，日期是 1995 年，信中说他将成为一个名叫"威廉·莱顿－福克斯"的实习警官的导师。她微笑着，打开一张皱皱巴巴的卡片，上面有芬利潦草的笔迹：

你他妈怎么还没明白？

我不只是喜欢你。我是毫无保留、矢志不渝、无可救药地爱着你。

你是我的。

那些该死的人，那些我们之间发生的可怕的事，甚至所有那些该死的条条框框，都不能让我们分开，因为没有人，能够把你从我身边带走。

她皱着眉头，把卡片又看了一遍，感觉到字里行间的孤注一掷。尽管看到这样私密的内容有些愧疚，巴克斯特还是无法摆脱一个令人费解的困惑：这份十分迫切的爱情宣言并不是写给玛吉的。

她真希望自己并没有找到这张卡片。她把它对半折叠，跟那张黑白照片一起塞进了后口袋。

# Chapter 7

## 第七章

2016 年 1 月 8 日　星期五　上午 7：05

"几点了，沃尔夫先生？"

沃尔夫呻吟着，把那条扎人的毛毯拉过头顶，他听到了牢房门打开的声音，接着是穿过他随意放在地上的脏衣服和案卷文件等障碍物的脚步声。

闯入者清了清嗓子。

沃尔夫慢慢放下毯子，露出眼睛，迎接他的是一张满是皱纹的熟悉的脸：乔治，帕丁顿格林警局的羁押官，为人儒雅。这间警局的六乘十英尺牢房是他在这个案件调查期间的临时住所。

"我觉得你不会想错过早餐。"乔治说着，递给他一盘黏糊糊的棕色鸡蛋，还有一片纸板似的吐司面包。

"你觉得？"沃尔夫问道，心里怀疑下这个蛋的鸡可能出了什么问题。

"不要玩你的食物，"年长的男人警告他，同时环顾四周，审视着这位房客在有限空间内制造的混乱，"我想你大概会在出门前收拾一下吧？"

"没时间。"沃尔夫一边嚼着满嘴的吐司一边含糊地说，同时站起身穿裤子。

乔治移开目光。"你知道这里不是旅馆。"

"这我知道，"沃尔夫回嘴道，同时把湿漉漉的毛巾扔给羁押官，喝了口咖啡，苦得龇牙咧嘴，"请给我换两条干净的，谢谢，等你有空。"

"遵命，先生。"

沃尔夫在地板上的文件中间找了半天，终于找到他要找的那份。他把它放在床上，拿起一件皱巴巴的白衬衫。

"你会熨衣服吗？"他一脸天真地问。

"我也不是你妈。"

"可以试试。"沃尔夫微笑着，把衬衫扔到杂物堆上，跨过一大堆障碍物，跌跌撞撞地走进走廊。

"你是不是忘了东西？"乔治在他身后喊道，跟在后面，手里拿着一个上面有脚印的文件夹。

沃尔夫一边穿衣服，一边急忙回到门口，用咖啡杯换来文件夹，还吻了乔治那沧桑的脸颊一口。

"啊！"羁押官抱怨道，赶忙擦脸，"我不是你妈！"

沃尔夫咧嘴笑了："晚上见！"

"你什么时候回来？"

"你不是我妈！"沃尔夫提醒他，同时消失在拐角。

恼怒的乔治把吃了一半的早餐收拾起来，正准备转身离开，但又犹豫了一下，重重地叹了口气，把那堆需要熨的衬衫捞了起来。

"克里斯蒂安去哪儿了？"沃尔夫问道，坐了下来，"他应该到了。"

一个一脸得意的律师正朝他微笑，经验告诉他，这不是什么好兆头。

瓦尼塔关上门，和他们一起坐到桌边。

"局长，"她做作地说，"另有要务。"

沃尔夫轻轻拍了拍面前的文件。"他想让别人看看这个。"

"我不明白这有何必要，显然他也不知道，因为他都没来。"瓦尼塔回应道，"是布里顿先生自己起草的文件。"

"这就是我担心的地方，"沃尔夫对他说，靠在椅背上，瞟着坐在对面的男人，"我父亲只给过我一条靠谱的建议，你想听听吗？"

"不想。"瓦尼塔试图拒绝。

"永远不要相信一个在上午 11 点之前面带微笑的男人，"无论如何沃尔夫都要说出来，"我不喜欢律师。"

"没关系。"那男人咧嘴笑了。

"所以……我不喜欢你。"

"那也没关系。"

沃尔夫俯身靠近他："想听听上次在法庭上，有很多自以为是的律师对着我笑，然后发生了什么事吗？"

微笑消失了。

"在得到第二意见①之前，我不会签任何协议。"沃尔夫说。

瓦尼塔显然已经预料到这种反应。"那么我很遗憾地通知你，我们之间已经不存在任何'协议'了。"

她看着那个油头粉面的律师站起来，收起文件，像是为了加强某种戏剧效果。

"伦敦警察局感谢你提供了有关莱奥·迪布瓦案的线索。"她对沃尔夫说，然后打开门，放进来两个手里拿着手铐的穿制服的警察。

---

① 即咨询其他法律专家后得到的意见。

"听着，福克斯先生，这很好理解，"律师开口了，随着警官们到场，他的气势又回来了，"既然没有签名，那就不存在协议，没有协议就意味着你再次成为逃犯。如果你再次成为逃犯，那就意味着你要立即被逮捕，并接受法庭的审判。"

"或者，"瓦尼塔开口，游刃有余地承担起"好警察"的角色，"你在虚线上签个字，在接下来几天继续调查肖探长的死因，同时继续调查迪布瓦一案，并以此作为谈判筹码……反正我觉得，这不难选。"

她从上衣口袋里掏出一支漂亮的新钢笔，拔下笔帽。律师重新把文件摆在他面前，翻到签名页。

瓦尼塔已经让局面变成了"瓮中捉鳖"，他们都清楚这一点。

沃尔夫从她手里接过那支颇有分量的钢笔，伸进嘴里。然后他最后一次阅读了文件最后那佶屈聱牙的一页，才在签名处签上了字。

"开心吗？"他问她，把湿漉漉的钢笔递还给她。

"留着吧。"她对他说，然后把文件、私人物品和满脸堆笑的律师一起从房间里带走。


其他人要中午才到。巴克斯特是第一个来到玛吉家的。她利用多出来的时间帮忙打扫，这是彻底搜查这栋房子的好借口，她想找出芬利瞒过他那热衷于家务的妻子，把那把枪藏匿在何处了。

上午 10 点 38 分，她听到信箱啪的一声，于是走过去，从门垫上拿回来一堆东西。其中包括芬利的报纸，多米诺比萨店的宣传单，以及三张卡片——毫无疑问都是表示慰问的——还有一个正面用粗体红字标记的信封：


*最终要求。不可无视。*

巴克斯特把其他信件放在餐具柜上，把这封恐吓信带进厨房。考虑片刻，她得出结论，如果不调查所有线索，她的工作便毫无意义。

"喝茶吗，玛吉？"她对着门厅方向问道。

"谢谢！"

巴克斯特把信封正面朝上，放在壶嘴上，按下热水壶开关，开始烧水泡茶。

胶水拼命抵抗，但她还是小心翼翼地把信封揭开，取出里面印着红色字体的信用卡对账单。唯一一笔交易是向一张卡的转账，下面的数字让她倒吸一口凉气。

"老天，芬利啊。"她喃喃自语，感觉很糟。

巴克斯特带着全新的意志，开始搜查楼下房间的每一寸空间。从逻辑上讲，这样警示性的信息一定存在与之关联的东西，才能解释她的朋友欠下的巨额债务。她拉了把椅子，检查厨房柜子顶部，只发现了飞屑和死蜘蛛。她还在最上面的架子上发现了一大堆过期食品，但除此之外别无其他。她爬下来，把浮板从底部踢开，顿时扬起一股灰尘。

然后，她走进走廊，检查消防栓，然后又看了看鞋柜下面。她确信自己已经对起居室进行了彻底搜查，于是打开了通往冰冷车库的门。她设法躲过自己和玛吉收拾好的箱子，小心翼翼地绕过朴素的哈雷－戴维森，走到另一边的杂物旁边。

她转身来到摩托车前。玛吉一直很讨厌它。

巴克斯特蹲下身子，用手抚摸特别定制的排气管、乙烯基坐垫，没有发现任何可疑之处。她爬到车上，检查指针式仪表盘，在摩托车光滑的曲面上摸索，希望可以找到什么东西……什么都行。

座位在她身下微微摇晃。

她跳下来，指尖隔着坐垫摸索，直到摸到一个搭扣。一声令人愉悦的咔嗒声过后，座位便完全抬起，里面的储物箱露了出来。

　　小队成员一个接一个来到玛吉家。每个人都声称自己应该在拥挤的厨房里占据一席之地，享用必要的热茶和新鲜出炉的牛角面包。桑德斯考虑得很周到，又带来一袋食品，把它们放进了橱柜。埃德蒙兹依旧在埋头读文件。

　　克里斯蒂安津津有味地讲起他和芬利曾把他们的一个实习警员搞丢了整整两天的故事，玛吉开怀大笑，仿佛她从没听过似的。巴克斯特心不在焉，正焦急地等待时机，希望可以把自己的发现跟别人分享。

　　前门的一阵响动打断了克里斯蒂安的叙述。接着沃尔夫出现在厨房门口。他朝巴克斯特眨眨眼，算是打招呼，大概是故意想激怒她。但后者仿佛铁了心要和他作对，回以甜甜的微笑，反倒让他不知所措。

　　沃尔夫拥抱了玛吉，然后把注意力转向克里斯蒂安："之前真是多谢你了。"

　　"你太客气了。"

　　沃尔夫咕哝着："我那是讽刺，我是想问：'你他妈去哪儿了？'"

　　现在轮到克里斯蒂安不知所措了。

　　"今天早上……我跟瓦尼塔在一起的时候。"沃尔夫进一步解释。

　　"啊，我知道。我派卢克去了……他是我的律师，"克里斯蒂安皱着眉头说，"我跟吉娜打好招呼了……他没去吗？"

　　沃尔夫摇摇头。

　　克里斯蒂安做了个鬼脸。"那女人可真难缠。你签字了吗？"

　　"我没的选。"

　　"我会解决的。"

　　随着闲谈自然结束，五位前任和现任凶杀案警探聚在他们老朋友的厨房里，准备进入正题。玛吉知趣地退了出来，宣称自己要去找朋友喝咖啡。

一听到前门关上，沃尔夫便跳出来发言。他对克里斯蒂安说："斯特拉斯克莱德警方正在拖延旧档案的移送工作，你能施加点压力吗？"

"明天早上我就给他们打电话。"

"桑德斯？"沃尔夫提示道。

"枪已经拿回到实验室了，还有其他证物一起。我在一个小时前确认过：到目前为止，没有任何新发现。"

"让他们继续找，"沃尔夫命令道，"埃德蒙兹有一些有趣的发现——"

就在这时，巴克斯特从身后拿出一摞文件，扔在桌面上。印在白纸上的大写红字就像一块血迹斑斑的破布，让沃尔夫顿时闭上了嘴。

"芬利快破产了。"她宣布道。

就连埃德蒙兹也从他的文件堆里抬起了头。这一新发现目前占据了上风。

"这上面显示他至少有十万英镑的债务。"她解释说。

似乎有什么东西促使她朝沃尔夫的方向望了一眼，但一转头她便后悔了。沃尔夫的表情像是刚从他自己的世界跌入万丈深渊。

"就我目前来看，"巴克斯特继续说，"玛吉还不清楚。"

克里斯蒂安清了清嗓子："她……需要知道吗？"

"他们说是要收回这房子。大部分支出似乎是因为她的私人医疗。当然，还有扩建这房子的费用。最后一根稻草，就是那辆新车。"

沃尔夫捡起一张逾期账单，问克里斯蒂安："这你知道吗？"

他摇了摇头。

"有人调查过芬利的人身保险吗？"埃德蒙兹问。

"他们会赔付自杀吗？"克里斯蒂安问。

"看情况，"埃德蒙兹回应，他自己也背负着一座债务之塔，"通常在投保一段时间之后是可以的。"

沃尔夫把账单揉成一团，扔在地上。"这说明不了什么。"

"别这样，沃尔夫。"巴克斯特喃喃道。

"他本可以——"

"别说了，沃尔夫。"

"但如果——"

"威尔！"她懊丧地喊道。两人目光相遇，这是他回来之后她第一次注视着他。"一切都结束了，你得接受这一点。你得让他走。"

沃尔夫环顾四周，看着同事们沮丧的神情。他抓起料理台上的外套，冲了出去，任由房门在他身后砰地关上。


"多少钱？"玛吉紧张地低声问，茶碟在她手里不停颤抖，上面的茶杯也不停磕打着茶碟。

一回到家，她发现房子里一片死寂，巴克斯特在等她，厨房的桌子上不祥地散落着一沓文件。

"很多。"

"多少，埃米莉？"

"很多，但这不要紧，"巴克斯特坚持说，"我已经看过芬利的保险文件……我觉得保险公司应该可以负责此事。"

玛吉眼神茫然地盯着半空。"他一直跟我说用我们的私人健康保险就够了。"

"他想让你得到最好的治疗。"

"我宁愿要他活着。"

巴克斯特强忍着，不让泪水再度涌出。最近这几天，醒着的时候她好像有一半时间都在流泪。

"你觉得……你觉得他为什么……他为什么会……"

巴克斯特点点头，泪水再度决堤。

玛吉开始随意翻看眼前的文件，找出芬利和克里斯蒂安站在着火的仓库前的照片。

"对不起，这个不该在这里。"巴克斯特为未经许可就拿走这张照片感到抱歉。

玛吉微笑着把它翻过去，回想起他们第一次见面时她给她的丈夫包扎的情景。但随后她皱了皱眉，拿起一张破烂的卡片，上面有芬利笨拙的字迹：

你他妈怎么还没明白？

巴克斯特从座位上一跃而起，把手伸过桌子，但玛吉拿远了那张卡片，让她够不到，然后继续读了下去，边读边皱眉。

"玛吉，不要！"她急切地喊道，一双长腿在离开座位时不小心打翻了茶杯。

但是太晚了。

玛吉的眼睛顺着那潦草的几行字看了下去，然后把它折起，还给巴克斯特。

"我非常，非常抱歉……等等，你在笑！"巴克斯特十分困惑。

"我只是在想，要是他还在这儿，我们的脏话罐里就能多四块钱了，我还可以给他个耳光。"

"他……这个是写给你的？"巴克斯特问道。

"哦，应该不是，我之前没见过这个。"

"但是……"巴克斯特被玛吉知道自己丈夫向一个未知第三者热烈示爱后表现出的漠不关心弄糊涂了,"你不会……难过吗?当然我不希望你难过。"

"我不难过,亲爱的。"

"那你好奇吗?"

"不,亲爱的,不管是怎么回事,我相信一定可以有一个完美的解释……我去拿块抹布。"她说着,从桌子前站起身。

"但这可是他的笔迹啊!"巴克斯特情难自已,脱口而出。

"哦,毫无疑问。"

"所以你怎么会不想知道呢?"

玛吉哈哈大笑,握住巴克斯特的手,感觉到她的朋友需要让芬利变回她心目中的那个人。玛吉毫不费力地恢复了在过去一星期里没能担任的母性角色,她对这种短暂的回归感到愉快。

"埃米莉,如果这世上只有一件事可以确定……那我一定会毫不犹豫地把整个生命都押在上面,而这件事就是芬利爱我,比任何人爱另一个人都要多。"她紧紧握了握巴克斯特的手,然后笑了笑,"再来杯茶,如何?"

*Chapter 8*

# 第八章

克里斯蒂安沮丧地呻吟着。

他坐直身子，扇了自己一巴掌，以免自己再次沉湎于白日梦境。

"那个护士，我忘不掉她了。"他跟芬利分享自己的苦恼，后者正开着车，带着两个人行驶在格拉斯哥的阁麟街，脏兮兮的雨滴洒落在车窗上。阴郁的情景让他走了神。"她叫什么名字来着？梅甘？曼迪？"

"玛吉。"芬利没好气地回答，让自己今天开口说话的次数终于达到了两位数。

"玛吉！"克里斯蒂安点点头，"当然了！漂亮小玛吉，屁股美出奇！"

芬利心头一紧，咬了咬牙。他们正依靠一本被翻烂的地图册，赶往一个写在纸片上的地址。

"哦哦哦哦哦！她太美了！"克里斯蒂安议论道，眼睛没礼貌地盯着路上的某个行人，一如既往把这次出行当成寻找城市变态者的自由之旅。

　　芬利受够了。"她不光只有'屁股美出奇'！"

　　克里斯蒂安被激起了兴趣，回头盯着某个刚从他们身边经过的女人。

　　"不是她！"芬利生气地嚷道，"玛吉！"

　　克里斯蒂安似乎彻底陷入了迷茫。"你是说……胸也不错？"

　　"你可真是个彻头彻尾的浑蛋，浑蛋！"

　　"你怎么了？"

　　"没怎么。"

　　车流慢了下来，在十字路口停住了。

　　"哦哟！等一下，"克里斯蒂安说，"我知道是怎么回事了：你喜欢她！"

　　芬利没搭理他。

　　"你喜欢她，对不对？"他放声大笑，让芬利更加愤怒，芬利朝他肾脏的位置来了一拳。"对不起，我不该笑。"他边揉着被打的部位边说，"我只是觉得，你应该发挥你的长处。"

　　"什么意思？"

　　克里斯蒂安又自顾自地笑起来："意思是……要是她带着一条导盲犬和一根白色手杖，你他妈的才可能有点希望。"

　　这番话再次招来一记恰如其分的老拳。

　　克里斯蒂安喘着粗气，呻吟着，弯下腰，脑袋靠在仪表盘上，这时风挡玻璃突然在他脑袋上方裂开。

　　看着前排座位的头枕被击穿，玻璃上出现了一个圆孔，以它为中心延伸出无数错综复杂的线条，芬利似乎无法理解这一切。

　　"芬！"克里斯蒂安喊道，把他搭档的身子拉下来，这时又有三颗子弹击中了他们巡逻车的金属外壳。

　　街上到处都是叫喊声，人们四散奔逃。

　　芬利和克里斯蒂安蜷缩在仪表盘下面，不安地看着对方。

"我们得离开这儿！"克里斯蒂安朝他喊道。

冒着被击中的风险，芬利尽可能抬起身，拨动变速杆，踩住油门，让车子撞到后面的货车上，彻底撞碎了引擎盖上那块已经支离破碎的风挡玻璃，冲了出去。

枪声再度响起，又是两声撞击金属的砰砰声。

"冲啊，芬！"

排挡发出刺耳的声音，车轮在潮湿的柏油路上打转，芬利努力把自己的车从车流中分离出来，来到了路的另一边。受到破坏的汽车几乎不受他们控制，蹦蹦跳跳地越过路肩，冲进乔治广场，一头撞上了托马斯·格雷厄姆的铜像。

克里斯蒂安脑袋挂了彩，伸手去拿玻璃底板上的对讲机。当他把它拿出来时，整个机器的内部零件全都掉了出来。"看来我们只能靠自己了。"

"好吧，我们不能在这儿坐以待毙。"芬利说。

他试图把被压弯的门打开，但扭曲的金属拒绝让步，而克里斯蒂安一侧的车门被雕像的底座挡住了。

"这边！"克里斯蒂安喊道，利用枪战的短暂间歇，从已经没有风挡玻璃的前车窗爬了出去，越过布满碎玻璃碴、闪闪发光的引擎盖。

芬利跟着他的搭档，来到开阔的广场上。四周都是建筑物，教堂般的市政厅塔楼隐于树后，正对着阴沉的天空，显得颇为不祥。

"我们得找个公用电话！"芬利喘着粗气说。

"广场另一边有。"克里斯蒂安回答，伴着回荡在周围的枪声。"这星期是怎么回事？"他大声嚷道。

"因果报应。"芬利回答说，枪手停了下来，但芬利望向搭档的眼神就像子弹般犀利。

"得了吧，"克里斯蒂安大笑，"你还信这个？"

枪声再次在建筑物之间回荡。

"你怎么不出去跟他说！"芬利吼了回去。

头顶的树枝像是遭了雷劈一般不停颤抖，枯叶仿佛赤褐色的雪片，落在他们四周。

"嘿！"克里斯蒂安表示抗议。

芬利凝视着高高在上、俯瞰着公共空间的无数窗户，街上的平民已经躲到了安全的地方。

广场上安静得有些诡异。

"嘿！"克里斯蒂安提高音量，又喊了一声。

"怎么了？我在思考。"

"听着……他一组可以打八发子弹。然后重新装弹时就会有一个停顿。"

"有意思。"

"我能搞定。"克里斯蒂安信心满满。

"不……你搞不定。"

克里斯蒂安把头发在脑后扎好，热切地望向广场另一侧的电话亭。

"我要过去。"他果断地说，当枪声再次响起，他站了起来。

弹壳散落在周围的空地上，混凝土围墙上被激起一阵阵尘埃。

"我们就在这儿躲着！"芬利喊道，"增援马上就来了！"

又是一阵停顿。

"下一组。"克里斯蒂安轻声说。

"你办不到的！"

枪手再度开火，他们头顶树干的树皮碎裂掉落，他的枪口显然抬高了。

"第五发了！"克里斯蒂安说道，"六！"

"克里斯蒂安！"

"七！"

芬利冒着暴露自己胳膊的危险，想要抓住自己冲动的朋友，但是太迟了。

"八！"

克里斯蒂安一跃而起，在空旷的广场上飞奔。

"你这个蠢……"芬利咒骂着、注视着，这时又一声枪响划破了空气。

一声惨叫，克里斯蒂安倒在潮湿的地上。

"克里斯蒂安！"芬利大喊，但他没办法过去，除非甘愿领受跟克里斯蒂安相同的命运，"克里斯蒂安？"

"九！"

"什么？"

"九！"

"我听不见！"芬利对他喊，"但是枪响了九声，你这个白痴！"

"我被击中了！"

"什么？"

"我被击中了！"

"你被击中了吗？我过去救你！"

芬利借着树木的遮挡，朝广场的方向爬行，来到最后一棵树后面时，已经可以看见广场上的斑驳血迹。他还需要再爬十米，才能来到克里斯蒂安所在的铜像后面。

寂静再度归来，仿佛鲨鱼回到了水面之下。

芬利伸手够到视野之中最大的一块石头，朝自己的反方向扔了过去。只用了几秒钟他便抵达了自己的目的地，而他的扰乱伎俩激起的枪响则包围了整个广场。克里斯蒂安倒在血泊中，双手紧紧捂住自己的右臀。

"告诉你了，你办不到。"芬利语重心长地说，一脸嫌弃，"你这是……被打中屁股了？"

"流了好多好多血！"

"好吧，那你就是屁股中枪了。"芬利推断道。

警笛声从南面传来。

"我们得止血。"克里斯蒂安呻吟着。

"不然我来这儿干吗？"芬利对他说，但克里斯蒂安没有应声，他已经昏了过去。"我讨厌我的生活。"芬利嘟哝着，极不情愿地把手放在自己搭档的裤子上。

芬利焦急地盯着高层的窗户，却慢慢意识到一个疯子拿着一把步枪打中了他毛躁朋友的屁股，可能是他遇到过的最好的事……因为这意味着他可能会再次见到玛吉。

一冲进急诊室大门，芬利便看到了玛吉。她的一切都和他记忆中一样美丽，即便手里端着半满的便盆也无法让这一点有任何折损。

"枪伤！"两个急救人员中相对年轻的一个几乎有几分骄傲地宣称，他们冲过去时吸引了玛吉的注意。

芬利把手从他朋友的屁股上拿开，向她挥手致意。

"发生了什么？"她急忙跑过来，问道。

"我被打中了，"克里斯蒂安在担架上，脸朝下喃喃自语，"屁股。"

"而这一位，一路上都不肯撒手，"另一位救护人员扬起眉毛，补充说，"我们说可以交给我们来处理，但他坚持要跟过来。"当他们穿过第二扇双层门时，他转向芬利，"都到这儿了，就交给我们吧。"

芬利看着他们把克里斯蒂安推进另一间房间。

"我觉得你真是个好人，一直都不离开他的……身体。"玛吉对他说。

"哎呀。是啊，他不是我最好的搭档嘛，是吧？"

"行了，那我们先把你弄干净吧，"她说着，领着芬利穿过走廊，后者竭力控制自己，不盯着她的屁股看，"我想他肯定会没事的。"

"谁没事？哦，克里斯蒂安！我希望如此。"

他们来到一只脸盆前，她在水龙头下替他洗了手，被风挡玻璃刮伤的一片血痕露了出来。他有理由相信，他本该感到疼痛，然而此时除了她那双纤细的手，他什么都感觉不到。

"这可真有意思。"他紧张地开了口。

"有意思？"

"不是有意思那种有意思，我是说……我很高兴。"

"高兴？"

"是啊。"

"因为你朋友受了枪伤？"

"不不不，我不是那个意思。"他赶忙澄清。

"我希望不是。"

这个大块头苏格兰人脸红了，和他在十几岁时邀请杰茜卡·克拉克参加学校舞会时一个屌样。如果当时她说了"是"，那么这段回忆会对他更有帮助，但他现在已经决定不再回头了。"我是说……能再见到——"

"玛吉！"一个护士出现在门口，火急火燎。

芬利想用眼神杀了她。

"他们要你去主病房，现在！"

"抱歉！"玛吉对芬利嫣然一笑，擦干手，朝她同事的方向跑去。

"我可以等你……等你吗？"他在她身后喊道，手上的水都滴到了地上。

"等我？"她笑着走开，来不及回头，"就像你不肯离开他一样吗？"

"谁？哦，克里斯蒂安！"当她在旋转门后消失，他才恍然大悟。

芬利把证物袋塞进口袋，怀疑他们是否可以从这颗沾满血迹的子弹上发现什么有用的线索。他在医院停车场里踱着步，踩灭了一颗烟头，那是他在和总督察谈话时抽掉的第四根烟。

对乔治广场周围房屋初步搜查时发现的两颗空弹壳——大概是匆忙清理过程中遗漏的结果——精确定位了凶手所选的作为有利位置的空楼层。他们讨论了这起事件在某种程度上跟四天前造船厂突击搜查事件之间有关的显而易见的可能性；同时这起袭击是针对斯特拉斯克莱德警察局的可能性也很大：芬利和克里斯蒂安当时开的是一辆有警局标记的巡逻车，而且在过去的几个月里，针对身穿制服的警察的无端攻击事件数量急剧上升。

最后的结论是，他们很有可能永远也搞不清楚究竟是怎么回事。

在保证把那句来自局里同事的充满冒犯的"早日康复"转达之后，芬利回到医院里，看到玛吉正被克里斯蒂安逗得前仰后合。两人都没注意到芬利站在角落。

"你待会儿干吗？"克里斯蒂安假装关切地问。

"要你管，"玛吉告诉他，在帮他取下血淋淋的绑带时仍面带笑容，"看来你得留下来过夜了。"

"你就不想我去给你买份晚饭或者什么的吗？"克里斯蒂安问，饶有兴致地盯着她。

"这是医院，"她笑着声明，故意把一层皮肤连绷带一起撕掉，"你可以拥有一个'对着瓶子小便'之夜，还可以享受每小时量一次血压的特殊服务，以及医院广播的'美妙乐曲'。好好享受吧！"

"那你今晚会在这里工作吗？"他问她。

"不会。"

他躺了下去，一副闷闷不乐的样子。"真可惜。"

"对你来说可能是。我要出去。"

"出去？去哪儿？去约会吗？"

玛吉继续忙着手里的活，仿佛没听见他说话。

"和谁？是正式约会吗？男朋友？未婚夫……？你在听吗？"他问道，因为他的腰部以下确实还没有知觉。

"我在。我只是在等你问真正跟你自己有关的问题。"

芬利清了清嗓子。

玛吉抬起头看着他，似乎有几分愧疚。

"这家伙怎么样了？"他问。

"挺烦人的。"

"喂！"克里斯蒂安抱怨道。

"但他会好起来的。"

"那就好，那我们就约下个星期，怎么样？"克里斯蒂安问她。

芬利感觉自己像被人打了一拳，但随后他的搭档看向了他。

"玛吉跟一些女孩想参加咱们的工作夜派对。"

芬利一脸茫然："咱们的什么？"

克里斯蒂安朝他使了个眼色，又看向玛吉。她突然拿起拆下来的绷带，让他的屁股再次暴露在众目睽睽之下。

"所以，约吗？"他又问了一次。

她假装生气，怒气冲冲地说："好啊，那就这么着吧。"

# *Chapter 9*

# 第九章

2016 年 1 月 8 日　星期五　中午 12：43

　　打开奥迪 A1 的车锁，巴克斯特钻进车里，试图无视车身掉的漆和损坏的前保险杠。尽管开车撞到墙上已经两星期，但她仍然什么都没做。

　　"抱歉，小黑。"她愧疚地说，拍了拍仪表盘。

　　在找借口离开之前，巴克斯特又跟玛吉喝了两杯茶，发觉自己这个上午的情绪比表现出来的还要消沉。

　　这都是沃尔夫的错。

　　他们所有人都接受了芬利那毁灭性的死讯，表现出了一贯的坚忍克制。无论内心充斥着怎样的情绪，他们一定会把悲伤转化为积极的东西：去帮助玛吉，帮助他们一家，做任何他们可能需要别人代劳的事情。沃尔夫可以以他一贯的做派回归，把他尚未解决的问题装扮成尚且存疑的理论，并把足够的信念传递给他们，让他们重新怀有希望：希望芬利没有感觉自己无人可依，没有在明知道是最后一次的情况下，给她一个比往日还要久，久到令人心跳加速的拥抱，以示告别。

意识到自己又哭了，她轻声咒骂了一句。她掀开遮阳板，查看自己的妆有没有花掉。这时她看到一个身材异常魁梧的男人以笨重的步态靠近，大风吹拂着他的外套，看起来仿佛超级英雄的斗篷，而这显然是他选这件衣服的理由。她看到沃尔夫推开玛吉家前院那扇用来守卫前花园的摇摇欲坠的大门，走了进去，接着朝里屋走去。

"这狗娘养……"她咬牙切齿，发出咝咝声，猛地推开车门。

巴克斯特大踏步走进走廊，听到沉重的脚步声穿过她头顶的楼梯平台。

"沃尔夫！"她大喊。

玛吉出现在厨房门口，对有人出现在自己家里感到相当奇怪。

"没事的，玛吉，"巴克斯特告诉她，准备上楼，"沃尔夫！"

她走上楼，看到他坐在那间暴露在外的房间的正中央背对着她，双手抱头。

"你在这儿干什么？"她问道，快步穿过破损的门框。

"我以为我错过了什么……我没有。"

他把那张翻倒的椅子扶起来，摆在地板上斑驳的血迹中央，然后坐在上面，模拟芬利生前最后时刻的姿势。房间里弥漫着失败的气息。

"我是说，你还回来干吗？"巴克斯特质问他，"没有你，我们干得很好……没有你更好。"

沃尔夫抬起头，看着她。他点了点头。

"所以？"她催促他。

"我只是……以为我可以帮上忙。"

"帮忙？"巴克斯特苦笑道，"你所做的只是延长了玛吉所受的痛苦，好像她还不够受似的！"

"他是不会自杀的！"沃尔夫提高了嗓门，争辩道，但声音却明显有些动摇。

巴克斯特赶忙把破门关上。

"你小声点！你真……不可理喻，"她对他说，"而且你确实应该去蹲监狱。你知道你在这个故事里已经不是正面角色了，对吧？你可不是什么被人误解的大英雄。你不是为了灵魂得救而赎罪的苦行者。你不过是个在自己下地狱的过程中还不断打扰别人生活的浑蛋。"

虽然对巴克斯特的长篇大论早已习惯，但沃尔夫还是吃了一惊。

"× 你妈，沃尔夫。"她啐了一口。他亮亮的蓝眼睛仿佛迷路的小狗般望着她。她转过身，想开门出去。

她又试了一次。

"该死。"

"怎么了？"沃尔夫问道。

"没怎么。"

一声巨响。

"该死！"

"让我试试，"沃尔夫走上前，但当巴克斯特把断了的铜门把手递给他时，他的自信显然少了一大截，"我来搞定。"

巴克斯特退到一旁，抱起胳膊。

沃尔夫走到门口，看了看门把手，又看了看门上的洞，再看看巴克斯特。巴克斯特做了一个"好吧，继续"的手势。沃尔夫打定主意，转头面对门口，举起手，用力拍打着那扇破门。"玛吉！玛吉！"

过了一会儿，他们才听到门的另一边有动静："威尔？"

"玛吉？"沃尔夫喊道，"我们被锁在里面了。"

"哦，老天。"

"你那边的把手还连在上面吗？"

"是的。"

沃尔夫等着，但什么都没发生。"玛吉？"

"嗯？"

"你能拧一下吗？"他耐心地询问。

"哦，能呀。"

仍然毫无动静。

"你能帮我们开门吗？"

"能呀。"

还是毫无动静。

"玛吉？"沃尔夫的声音里充满疑惑。

"嗯？"

"你打算帮我们开门吗？"

"不。"

她的脚步声在楼梯上响起，渐行渐远，打破了房间里的宁静。沃尔夫转过身，对巴克斯特笑了笑。

她看上去怒不可遏。

"再过五分钟，她就会放咱们出去了。"他自信满满地对她说。

房子的前门砰的一声关上了。

"顶多十分钟。"

梅赛德斯的发动机在车道上发动了。

"胡说八道！"

巴克斯特走上前，他赶忙闪到一边。她把手指伸进原先门把手所在的孔洞里，但没有奏效。接着她蹲下身，试图从下面把门撬开，随后又把整个身体撞向门框，但只让石灰墙面上出现了一道裂痕，仿佛遭了雷劈。

"你是准备拆房子吗？"沃尔夫说道，一屁股坐在满是灰尘的地板上。

"啊啊啊啊啊！"巴克斯特沮丧地大喊大叫。

她气呼呼地走到房间另一边，坐在窗户下面。

"或许，"沃尔夫开口，"我们可以用这个时间——"

"请你不要跟我讲话。"她打断了他。

她闭上眼睛，希望自己可以睡着。


三十五分钟过去了。

巴克斯特仍倔强地闭着眼，同时对沃尔夫渐渐发出的轻微鼾声感到恼火，后者差不多已经睡着了。

她蜷着身子，觉得有些冷，小心翼翼地睁开一只眼睛：他坐在墙边，脑袋后仰，嘴巴张着，跟刚才几乎一模一样。他看上去十分疲惫，即便是睡觉时也难掩倦意：乱糟糟的胡子、头发，外套挂在身上，仿佛变大了，不再像以前那般潇洒得体。仿佛多年来一直在他身体里燃烧的"火"已然熄灭了。她不禁回想，在贝尔马什监狱穿着蓝色连裤工作服被手铐铐在桌边的莱塞尼尔·马斯是不是也像他一样憔悴。

即便是最猛烈的火焰，也会因缺氧而熄灭。

他睡得很安详，巴克斯特捡起地上的一个螺丝帽朝他扔了过去。螺丝帽如她所愿击中了他的前额，在地板上弹了一下。她假装自己还在睡觉。

"什么……？"沃尔夫抱怨道，捂着脑袋，一脸困惑地环顾四周。

"能不能别吵吵，"巴克斯特质问道，"有人还想睡会儿呢。"

沃尔夫大大地打了个哈欠。"我能说句话吗？"

"当然不能。"

"你没权力对我发火。"他到底还是受不住了。

"你当真？这就是你的开场白？"

"你因为我离开而发火……但是是你让我走的！"沃尔夫说，但他既没有表现出生气，更不见半点激动，"因为我记得好像是有人搞出了自己应付不了的烂摊子，而我，做了些相当担得起'被人误解的大英雄'的事情，准备牺牲自己来救你。是你让我走的！"

"难道你那该死的榆木脑袋就没琢磨过，也许，只是也许，你根本就不应该让我陷入那样的境地吗？"巴克斯特反驳道，与其说是十分激动，倒不如说她已经出离愤怒，"整整十八个月，你都音信全无！"

"你想让我怎么办？"沃尔夫提高了声音，"让你知道我的下落，你肯定坐不住，但我知道他们肯定会监视你。"

"你就想不出什么办法，让我在这段时间好过一点吗？"

沃尔夫本想张嘴作答，随后却只是悲伤地点了点头。他的目光被拉回到她脸上的缝线处和疤痕上。

巴克斯特双手抱住脑袋。

沃尔夫犹豫了一会儿，最终还是走了过去，坐在她身边。

"那天晚上，"他叹了口气，脑袋靠在墙上，"当你听到那一切消息的时候……我都能想象出：你站在那儿，在城市的制高点，跟下面的一切只隔了几片碎玻璃，"他表情十分痛苦，"是他让我走的。"

"芬利？"巴克斯特问道，显然也很痛苦。

"我想和他见一面，他不想见。他说你遇到了一个人……托马斯？"

她没有回答。

"说你有了新的搭档——那个中情局的特工，还有埃德蒙兹，他还说……"沃尔夫的声音有些嘶哑，"还说你一直让他和玛吉替你留心。"

他们都需要几秒钟沉默。

"这就是你那么肯定的原因？"巴克斯特问他。

沃尔夫耸耸肩。

"这些年，我们都见识过够多的自杀事件，"她开口道，"人们总是能让别人大吃一惊。但这并不意味着在那之前……任何迹象都没有。"

沃尔夫点点头，盯着房间中央染血的地板。

他皱起了眉头。

"怎么了？"巴克斯特问他。

他低头看了看他们坐的地方，然后跪了起来，这时地板的夹缝动了一下。

"怎么了？"

"这个地方为什么凹进去一块？"他反问道，伸手拿了把凿子，把它插进两块地板中间。

"沃尔夫！"

木板一端翘起，出现了一道缝隙。尽管巴克斯特提出抗议，沃尔夫还是把手指伸了进去，把它抬起来。

"好玩吗？"当他不出所料，只是展示了地板下面的木格栅和金属管时，巴克斯特诘问道，"老天，每次我觉得自己能搞明白你……你在干什么？"

他换了个地方，继续把凿子插进地板缝里。

"这是芬利建的房间！"

又有一块地板被拆下来，但又只是展示了房间的木质地基。

"沃尔夫，"巴克斯特轻声说，当她看到他的最后一搏，只是为了能让他们的损失多一重附加意义时，她已经没法再对他生气了，"是芬利自己结束了他的生命。他离开了我们所有人，不光是你。"

沃尔夫似乎根本没听到她说话，他走到房间角落，又拆下两块地板，然后准备对第三块动手。

"你离开的时候，"巴克斯特说，她从没想过自己会讲起这一部分，

"芬利告诉我，他感觉自己像是失去了一个……"

当他一下子就把第四块地板拿起来，仿佛它从一开始就没被固定时，她停了下来，注视着他的表情。后者站起来，揉了揉胡子拉碴的下巴。

"那是血吗？"他漫不经心地问。

巴克斯特慢慢走过去，看到他发现的新空间。它只有四块地板宽，不到一英尺深。从整齐的线条和闪亮的金属光泽来看，芬利是有意建造这样一个安全的小空间，用来存放非法的枪支和恐吓信件。

空间的金属底层上，有淡淡的红色条纹。

"大概是个……私人空间，"沃尔夫议论说，走到窗前，交织着愤怒与宽慰的困惑萦绕在他的心头，"说不定芬利不是一个人在这里。"

巴克斯特沉默不语。

"你能让法医检查一下这个地方吗？"他问她，拿出了手机，"另外我还要和当时的现场负责人谈一谈。"

"没问题，"她回应说，她的眼睛一直盯着这个一直就在他们脚下的小小空间，因为它彻底改变了他们眼下的情况，"你打给谁？"

"瓦尼塔，"沃尔夫说，把电话放到耳边，"告诉她我现在还不能回监狱……我想我们有凶手可抓了。"

*Chapter 10*

# 第十章

2016 年 1 月 8 日　星期五　下午 1：37

　　当托马斯面对摇摇欲坠的圣保罗大教堂目瞪口呆时，至少有两磅①价值五十英镑的瑞典肉丸撒到了地上。塑料布不停起伏，发出刺耳的声响，填充物覆盖着伤口，同时令人不安的嗡嗡声从里面传来。狂风席卷里屋与厅堂，在华美的大殿中肆意咆哮。

　　他本不打算去参观城市最高点的遗址。他相信有足够多吵吵嚷嚷的游客会把那里挤得水泄不通，但他刚好遇到了爆炸后留下的大坑。混凝土一股脑冲向天际，火山爆发一般向着天空喷出瓦砾与巨石。无论如何，由于他就在附近，好奇心占了上风，于是他带着那袋价值不菲的食物，去往了主要遗址所在的地方。

　　他希望自己没有去。

　　这场灾难没有留下电影场景般的震撼之美，没有让通过手机屏幕观

————————————

① 1 磅约合 0.4536 千克。

赏它的人们感同身受，也没有随身携带垫子、一头乱发的现代艺术家一丝不苟地修复艺术作品——只有暴力之后的惨淡，以及一大群围在一起吃快餐的建筑工人。

巴克斯特是这场灾难的一部分。

托马斯感到胃部一阵绞痛，这种感觉似曾相识。他记起了这种城市被雪淹没时的混乱。而亲眼看见这片废墟，才让那个超现实的夜晚变得真实可感。

更容易被忽视的一点是，当每个美好的童话故事结束以后，总会有一具被打败的怪物的尸体躺在森林某处，慢慢腐烂。

他急于回到自己那幸福的无知状态中，于是赶忙从人群中挤出一条路，从拉德盖特山上下来。待呼吸重新平稳之后，他开始朝自己2点钟约会的方向走去。走到半路，他在一家珠宝店外停了下来，回想起巴克斯特在圣詹姆斯公园的某个地方丢了她很少戴的一对耳环中的一只。他茫然地望着橱窗，对那对耳环的模样一无所知，同时意识到他女友那堆没打开的圣诞礼物每天都在变高。他在城市里寻找完美的礼物，寻找能够让她开心的东西，让她明白她对他有多重要——这礼物甚至可以跟她在睡觉时总要抱着的那只丑巴巴的毛绒企鹅媲美，这已经成为他在午餐时间的一种仪式。

他下定决心，认定自己这次还是猜不透她的心思，信步朝店里走去。

"巴克斯特探长，"乔拎着法医工具包走进玛吉家的走廊，一脸坏笑，"如果我没猜错，你并不是想躲着我。"

"你猜错了，"巴克斯特纠正他，"我就是想躲着你。"

乔学了声猫叫，跟着她上了楼。

"你用不着跟自己的内心作对，"他对她说，"我们都知道我们之间发生了很多事。"

"我们之间确实发生过很多事……所以我希望保持现在的状态。"

"看来我让你很疲惫,"他微笑着说,"看得出来。"

他们走进那间房间,克里斯蒂安已经在里面等着他们了。

"躲开点,老爷子,"乔说,显然他没有认出伦敦警察局局长,只顾着把工具包里的设备摆在地板的小空间旁边。

沉重的脚步声在他们身后响起,匆匆上了楼梯,然后沃尔夫出现在门口,手里还拿着手机。

"还在联络第一个到场的警官,"他宣称,同时走回到房间中央,"所以,我目前的想法是……我们的凶手——"

"假设中的凶手。"克里斯蒂安指出。

"……枪杀了芬利,到楼下时发现了玛吉的照片,家里到处都是她的东西,意识到很快就会有人回家。于是他……擦掉枪上的指纹,把它放到芬利手里,还摆好了位置,让现场看起来像是自杀。然后他——"

"或者她,你这爱搞性别歧视的浑蛋。"巴克斯特插了一嘴。

"……关上了门,在门框周围涂了一罐密封胶……爬到隔层里,把拆下来的地板拉到自己身上,然后等着。"沃尔夫似乎沉浸在自己的想象中,走了神。

"哈喽。"乔微笑着。

"啊,嘿,"沃尔夫回答,似乎有些心神不宁,"所以你们怎么看?"

克里斯蒂安一脸怀疑,巴克斯特更是如此。

"我想你可能忘了点东西,"克里斯蒂安说,"他发给我的那条短信。怎么看都像是遗言。"

"你是说他在那之前几分钟还想给你打电话?"沃尔夫说。

"没错。"

"也许他是想求救。"

克里斯蒂安表情痛苦："别说了。"

"……然后在情况更危急的时候打了 999，用了静默报警。"

"那他还会在这中间专门给我发条短信吗？"

"有这可能，"巴克斯特盯着空气，喃喃自语，"可能他已经料定自己这次躲不过去了。"

三个人陷入沉默，乔则完全没有理会，噼里啪啦地打开他的百宝箱。

"好吧，你们有什么要提示我的吗？"他说着，穿上了一次性工作衣，收紧口罩的松紧带，绝望地看着自己已经不再需要的发网。他打开手电筒，趴在地上，把头探到地板下面。"啊，是血，绝对是血！"他宣称，然后随便地指了指克里斯蒂安，"你……手术刀……手术刀！"他的大嗓门让局长放弃了抵抗。

虽然很想开口说点什么，但克里斯蒂安还是把他需要的东西交给了那条疯狂挥舞的手臂。

"证物盒！"乔再次下令，手指上下飞舞。

克里斯蒂安再次勉强地遵命。

他们听到盒子啪的一声关上。乔把证物盒递出来，但没有抬头。

"搞定！看起来像是摩擦的痕迹。"他喊道，有些多余。"所以没错，肯定有人下到过这里面，我们找到了头发……也许是织物纤维。"他从洞里出来，把面罩拉到闪亮的脑门上，"桑德斯和埃德蒙兹今天在一起活动？"

"他们在查从苏格兰过来的档案，"沃尔夫回答，"怎么？"

"我需要你们每个人的 DNA 样本，做排除，"他解释道，"越快越好。"

巴克斯特的手机响了，她低头看了眼屏幕：

霍莉（兽医诊所／风骚朋友）
来电

她可能需要给霍莉改一下标签。

她匆忙走到楼梯平台上，接起了电话。

"嘿，我现在有点忙，有什么事吗？"巴克斯特问道，小心地措辞，"他怎么？……好，好，冷静。好的……我马上到。好的。拜。"

当她回到房间，所有人都焦急地看着她。

"你还好吗？"沃尔夫问她。

"出了点事。"她告诉大伙儿，开始收拾自己的东西。

"是比现在更重要的事？"沃尔夫挑衅地问道。

"嗯哼。"她回应道，朝门口走去。

"不过我刚好也有一点事情。"乔开口化解了房间里的紧张气氛。

"而且……"克里斯蒂安提醒沃尔夫，"你还有个记者招待会要参加。"

他们的发现为沃尔夫赢得了更多时间，迫使瓦尼塔要正式宣布让沃尔夫参与到这个案件的调查当中。鉴于"顾问"这个词足够含混不清，可以掩盖他们之前协议中一切的复杂、破例和有争议之处，她决定先发制人，堵住媒体的嘴。

"我很乐意去和玛吉坐一会儿。"克里斯蒂安补充说。

可以想见，目前的调查进程无疑再次让她陷入了痛苦，没有人愿意让她独自面对这一切。

"你不去记者招待会吗？"巴克斯特走到门口，回身问道。

"这老头去干吗？"乔问。

"瓦尼塔是主角，"克里斯蒂安说，无视了乔，"她很高兴有这种机会……而且她也会说我让她说的话。"

"我说，"乔又开口了，似乎开始有了几分不安，"这老头到底是干吗的？"

"您先请，局长先生，大人，"乔满脸堆笑，站在楼梯下面，摆弄着更多设备，希望能引起注意。

跟玛吉道别之后，巴克斯特从厨房出来。

"你他妈怎么不提醒我？"当她从身边经过时，乔怒气冲冲地质问道。他站得笔直，当克里斯蒂安下来时还敬了个礼。沃尔夫跟在他身后，走下最后一级台阶，"福克斯。"他颇有专业风度地点头致意。

"白大褂呆子。"

当乔回到自己的工作室，克里斯蒂安送他们出去，最后叮嘱沃尔夫，告诉他在媒体面前有些话不要说。

三个人一起走进室外的严寒中。

"今天她就交给你了。"沃尔夫停下来对克里斯蒂安说。

"你要搭车去车站吗，沃尔夫？我送你一程。"巴克斯特朝车子走过去时大声喊道。

"我会照顾好她的，"克里斯蒂安向他保证，"你也好好表现。"

当沃尔夫小跑着跟在巴克斯特身后时，克里斯蒂安走回屋里，关上大门。

"该死！"沃尔夫一打开车门就喊了一声，看着巴克斯特嘴里呼出来的白气。

"怎么了又？"

"忘穿外套了。"

巴克斯特转转眼珠，钻进车里，打上火。

"你能不能等我———"沃尔夫还没说完，巴克斯特就发动了车子，疾驰而去，车子溅了他一身污泥。他打开的车门在转弯时被巴克斯特关上了。沃尔夫擦了擦自己的裤子，强烈地感觉到这一切似曾相识，然后沿着小路，艰难地往回走。

他伸手去够门把手，结果脚下一滑，脑袋在前门上撞了个结结实实。

"哎哟哟哟哟哟！"他抱怨着，当克里斯蒂安再次出现在门口时，他正揉着脑袋，似乎有点头昏眼花。努力清醒了一会儿，沃尔夫才开口说："我忘了我的——"

克里斯蒂安微笑着，把他那件破旧的黑色大衣递了过去。

"谢了。"


安德烈娅·霍尔对着 1 号摄像机微笑，远处的阴影里有几个人影在徘徊，近乎隐形。

当演播室的灯光重新活跃起来，"直播中"的提示灯变得暗淡无光，静止的现场观众却立刻兴奋起来。

"有人能帮我处理一下这个破烂提词器吗？"她喊道，并没有特别针对某一个人。

她放下喝到只剩咖啡渣的冰咖啡，从新闻播报台后面站起身，一团发胶瞬间直奔她而来，后面可能是她的造型师，此人以对待一尊雕塑杰作的严谨态度，时刻捍卫着可以引领时尚潮流的这一头赤金色头发。毕竟，一夜之间，安德烈娅已经从"名人新闻报幕员"变身为"时尚偶像"，她值得这样的待遇。

"后面是谁？"她问她那一"丝"不苟的助理。

"一些主教，想给修复圣保罗教堂请求捐款。"

她把一个哈欠憋了回去。"那个开发商叫什么名字？"安德烈娅问她，"就是想把剩下的部分也拆掉，建办公楼的那个？"

"哈蒙德。"

"好，把他也带上。'上帝、人渣大 PK'，肯定至少能让大伙儿开心几分钟。"

全体工作人员已经为下一场采访准备就绪。安德烈娅挪了个位置，好让她的同事替代她出现在镜头前。这位一脸严肃的女人刚落座，便被人用粉饼打了招呼。

"所以，你打算从哪个角度出发呢？"她提问时表情扭曲，毫无吸引力。这两个女人厌恶彼此，但对对方的冷酷无情却颇为惺惺相惜。"那群狼又开始打食了？他们的头狼回来了？"

"我不知道你在说什么。"

尽管这女人的工作就是告诉人们他们尚且不知道的事，但眼前的状况还是让她颇为欣喜。"你前夫，他回来了，在马斯维尔希尔区被人拍到了，跟埃米莉·巴克斯特一起。"

"马斯维尔希尔区？"安德烈娅很清楚他是要去什么地方，她抓起自己的包，"我得走了。"

"你在 4 点钟要和伊莱贾见面。"她的助理提醒她。

"重新安排吧。"

"那'上帝、人渣大 PK'怎么办？"

"我会及时赶回来的。"安德烈娅一边穿夹克，一边向她保证，"哦对了，让吉姆画一栋办公楼，丑一点，上面再画一个教堂内殿……里面画一个坐在办公桌后面的上帝。那会很管用。"她微笑着，冲出门去。


天像是漏了一块，大雨倾盆。

巴克斯特在一片石头十字架中间迷了路，她在一排排长满苔藓的天使中间穿行，寻找儒歇、霍莉或是那辆车，同时脚下的地面仿佛正在消失。

即使不考虑最近发生的事情，雷雨中的墓地也绝对是她希望避开的几个地方之一。

她差点把一只靴子丢在水里，又差点愤怒地踹一块墓碑，不过在真正那么做之前，她便意识到即便只是以她的标准力道，也可能会把那块墓碑踢翻。她环顾四周，想搞清楚自己身在何处，结果看到有一个戴着兜帽的大个子，那人距离她只有几排墓碑远。她被一种非理性的冲动压倒，稀里糊涂地躲了起来。

"别犯傻，巴克斯特，"她对自己喃喃自语。然而，当她正准备大喊时，她又犹豫了，因为她想不出为什么会有人在冰冷的雨天站在这种地方。

她小心翼翼地走上前，在坟墓间的泥泞空地中艰难跋涉，努力回想霍莉穿的衣服。在她慢慢移动的同时，那个身影忽隐忽现。尽管雨大到她几乎无法睁眼，但那人似乎一直一动不动。

巴克斯特一分神，结果脚下一滑，在距离陌生人几步的地方栽倒在地。

片刻的恐慌很快散去，因为她发现这个身穿长袍的"人"不过是块石头，是一块织物罩在墓碑上的结果——这让她彻底陷入绝望。兜帽下的空空如也几乎具备催眠效果，那里本该有一张脸，而现在却是一个什么都没有的黑洞，仿佛本该在里面的人形已经挣脱了束缚。她死死盯着它，仿佛确信自己可以盯出一双眼睛——

"埃米莉？"

巴克斯特大声尖叫。

霍莉叫得更大声。

"老天！"巴克斯特长舒一口气，捂住胸口。

霍莉紧张地笑了笑，伸出手。"我还从没听过你尖叫呢。"她说道，把巴克斯特拉起来。

"我只是真的，真的不喜欢这里的天使。"

"我发现他们了……不是他。"当她的朋友脸上出现充满希望的表情时，霍莉赶忙补充。

她们离开了那块罩着长袍的墓碑，巴克斯特的目光落到一排简易的墓碑上。这些墓碑都由统一的大理石制成，上面刻着铭文。走到半路，她们在一块不起眼的墓碑前停了下来：

*索菲·儒歇 & 埃利奥特·儒歇*
*31/07/1982—07/07/2007　08/01/2001—07/07/2007*
*我的一切。*

两人都没说话，沉默了一分钟。这四个字的铭文在墓碑上留下了比这里所有的天使和十字架加在一起都要炙热的关于爱与失去的宣言。一捧新鲜花束的花瓣在倾盆大雨中散落一地。旁边有一只小海象，显然是跟企鹅弗兰基同一个系列的玩偶。

"他来这里了，"霍莉说，"今天是她的生日。"

巴克斯特并未想到。在芬利死后，她便不记得日子了。这一切就像是一个漫长的噩梦。她对儒歇可能怀有的一切怒意都在一瞬间烟消云散。

"走吧，"她说，"我知道他在哪里。"

随着加热器以最大功率转动，巴克斯特开着车穿过城郊。她很惊讶霍莉对于墓地的判断完全准确，也很惊讶她能够知道那些事。她现在对一切都心烦意乱，以至于完全没有注意到儒歇和她的这个老同学已经越走越近了。现在她觉得一切其实都非常明显——霍莉突然出现在公寓里，发现他失踪时她声音里的惊慌失措，以及她总是带着刚刚好的妆容。

巴克斯特又在心里默念了一次，要给她的朋友在电话通讯录里"平反"。

巴克斯特很高兴他们两个合得来，然而考虑到她们刚去过的地方，她很怀疑儒歇能否给霍莉她想要的东西。

"他快死了，埃米莉，"霍莉突然开口，"我就看着他的情况一天天变糟。我们得送他去医院。"

意识到从离开墓地开始两人一直没说话，巴克斯特瞥了眼她的朋友。霍莉的金色短发和以往一样完美，但巴克斯特整个人却像是一只落汤鸡。

"我们还有什么抗生素可以试试吗？"

"如果感染恶化成严重脓毒症，世界上所有的抗生素都救不了他，"霍莉斩钉截铁地说，"我们讨论的可是败血症。"

"我认识一位……护士。"巴克斯特本来不想让玛吉牵扯进来，但现在她觉得，照顾儒歇对她来说也许会是一项有益的消遣。

"不，"霍莉提高了嗓门，"听着，我们是朋友，但我可能比其他人要更害怕你一点——"

"都谁害怕我？"

"……但你是在害他，"她继续说，无视巴克斯特脸上的表情变化，"儒歇在两星期前就准备投案自首了，然而你的自私却阻止了他。"

"我那是在保护他！"

"不，你只是想控制他，这跟保护不是一回事，比起现在这样，我宁愿他被关进监狱。"

"你进过监狱吗？"巴克斯特不屑地问。

"我没有，"霍莉坦诚答道，她们终于离开了令人沮丧的高街，可以开快一点了，"但我去过墓地。"

当她们把车停在无人打理的儒歇家门口时，夜幕已经降下，但雨丝毫没有变小的迹象。巴克斯特从车里出来，沿着陡峭的车道向房子走去。在她上次造访这里之后，一扇坚固的金属门已经安装就位。第一批毫无创意的涂鸦也已经出现在门上，宣称自己会在适当的时候接管其余的空间。在常春藤的掩护下，霍莉抵在被堵住的入口上，当门打开时，她吓了一跳。

"我去后面看看。"巴克斯特对她说。

她从垃圾桶旁边挤过，从黑暗的通道来到房子的另一边，走进一片荒芜的后花园，温迪游戏屋的塑料窗户透出温暖的灯光。她宽慰地笑了笑，穿过长长的草地，俯身钻进门廊，在进门前敲了敲门。

儒歇坐在空荡荡的小房子里，头靠在墙上，看上去筋疲力尽。灰色的胡楂让他很显老，为了给自己降温，他解开了衬衫的扣子，无数伤口中的一小部分暴露在外。

"嘿。"他疲倦地跟她打招呼。

巴克斯特冒着雨把门关好，小心翼翼地走进来，占据了剩下的空间，同时努力避开摇曳的烛火。经过仔细的盘算之后，她终于选定了尽可能让自己舒服的姿势，同时伸手去捏儒歇的手。"你这个浑蛋。"

他笑了，强忍着胸口的剧痛。

"你知道如果你提出想来这里……在这个日子……我也会带你来的吗？"她说，清楚地暗示自己知道今天是什么日子。

雨下得更大了，小房子的屋顶似乎有些不堪重负。

"你的事情已经够多了。"儒歇对她说。

她会换个时间，告诉他他还不知道的另一半……那就是沃尔夫一直是对的。

"霍莉也来了，"她告诉他，"在房子里。你知道她喜欢你，对吧？"

　　儒歇没有应声，他努力想坐起来，结果痛得龇牙咧嘴。

　　"待着别动。"巴克斯特对他说，但他还是坚持尽可能抬起身子，以便直视她的眼睛。

　　"我真的很抱歉。"

　　"抱歉什么？"

　　"一切……这场混乱……给你惹来的麻烦……一切的一切。"

　　"埃米莉？"霍莉的喊声从花园里传来。

　　"这里！"巴克斯特回应道，爬过去开门。不过在那之前，她用自己敢用的最大力气抱了抱遍体鳞伤的儒歇："你不是麻烦。这场混乱我们要一起面对。而且你不必道歉……任何事都不必。"

*Chapter 11*

# 第十一章

2016 年 1 月 8 日　星期五　下午 5：23

安德烈娅买了店里最贵的一束花，却忘了它的尺寸不太适合放在她的天蓝色保时捷座位上。撕掉侮辱性的"早日康复"标签后，她拿着花束，按响了门铃。

一盏灯亮起，脚步声接近。

"嘿，玛吉。"她微笑着，注意到对面的女人一脸惊讶。

"安德烈娅！"玛吉大叫一声，似乎热情得过了头。

"给你的。"

"真漂亮。你不进来坐会儿避避雨吗？"玛吉奋力把挡在门口的花盆挪开，把安德烈娅领进厨房。她打开水壶，在水槽里的各种花盆中间忙活。"我今天本来打算给你写封短信的……谢谢你……谢谢你的卡片。"

工作的时候，安德烈娅收到了一个名叫托马斯·阿尔科克的人发来的信息。此人接到一项苦差事，即联系芬利的各种朋友和熟人。自从芬利五十五岁生日派对上的那场意外之后，安德烈娅已经很多年没见过沃尔夫的导师了。但她跟芬利以及玛吉相处得一直不错，所以听到这个消息之后真的很难过。她匆忙地写了几句一反常态的真诚问候，还附上自己的联系方式，给玛吉寄了张卡片。

玛吉的影子映在黑暗的窗户上，似乎颇为不安。她开始给花瓶注水，但又关上了水龙头。她用抹布把手擦干，转身招呼这位不速之客。"原谅我这么问，但你是以朋友的身份过来的吗……还是记者？"

"朋友。"安德烈娅立刻回答。

这便足以让玛吉宽心了。"抱歉。"

"没关系。你能让我进门我已经很惊讶了。"

"你是来找威尔的吗？"

"是的。他在这儿吗？"

"之前在。但他已经离开几个小时了。"

"他……"安德烈娅犹豫不决，意识到自己最近的背叛行为可能已经让她失去了询问的权力，"他还好吗？"

这是个很难回答的问题。回想起来，玛吉似乎想不出沃尔夫有过什么穷途末路的时刻。

她耸耸肩："他可是威尔。"

这个回答似乎已经足以让安德烈娅放心了。

她们在舒适的厨房里边喝茶，边聊天。玛吉的情绪一度崩溃，她向安德烈娅吐露实情，告诉她警方已经开始怀疑她丈夫是否真的是自杀。

"有谁会想要害芬呢？"她眼含热泪，困惑地说。

二十分钟后，安德烈娅意识到自己该回去了。她把手伸过桌子，握住了玛吉的手。"我能做点什么吗？"

玛吉摇摇头，正要拒绝，但突然想到了一个主意。

"什么呢？"安德烈娅问她，"什么都可以。"

"威尔。"

"他怎么了？"

"他需要我们的帮助。"

"他恨我。"

"他可从来没恨过你。"玛吉大笑。

安德烈娅保持礼貌，没有争辩。

"他们以为我听不见他们说话，"玛吉说，"但我都听见了。等事情一结束，威尔就得进监狱，我们来阻止这种情况发生，好不好？"她故做调皮地提议道。

"听上去你好像已经计划好了？"

玛吉以一个不置可否的声音作为回应。

"我还是怀疑他会不会原谅我。"

玛吉安慰地拍了拍她的手臂：

"听听我这个糟老婆子的建议吧：友谊能承受多少东西，你永远想象不到。"

"看来我又小看你了，福克斯，"瓦尼塔一边检查牙齿上有没有沾上口红一边说，她正和沃尔夫一起等着参加记者招待会，"你一直都是对的。"

他没有回答，觉得这没什么可庆幸的。他注视着挤满了疲倦的记者们的房间，他们总是被派来采写警方千篇一律的无聊声明，或是给伦敦警察局那些渴望上报纸的大人物拍照片。

瓦尼塔用大拇指擦掉了一条粉红色的道子，还特意给乌黑的头发做了个卷。"我看起来怎么样？"

感觉这是道送命题，沃尔夫保持沉默。

"谢谢，"瓦尼塔微笑着，显然已经想象自己听到了一句恭维话，"准备好了吗？"

"我想是的。"

"福克斯，这就是我想要的效果，"她得意地对他说，"如果我把我的工作做好，等他们提问的时候，我会堵死他们提问的所有出口。那场面会非常尴尬。所以……你准备好了吗？"仿佛她刚刚在一部典型的美国体育励志电影的半场更衣室里，对着队员们发表了一场鼓舞人心的演讲。

"我想是的。"沃尔夫耸耸肩。

瓦尼塔泄气了，"你拉链没拉好。"她提醒他，然后推开门，自信地走了进去。

一名好事的摄影师在沃尔夫慢吞吞走上来之前，兴奋地拍下了这位两次当众丢脸的前警探拉拉链的照片。

在他经过人群时，他们认出了他。"是威廉·福克斯！"

沃尔夫的眼睛一直盯着瓦尼塔身边的空座位。

"他不应该戴上手铐吗？"有人问道。

他努力克制自己用没戴手铐的手赏那个令人作呕的女人一根中指的冲动。

"这家伙胖了，比以前性感。"全是男记者的前排有人议论道。

沃尔夫绊了一跤，跟跟跄跄地站起身，坐到位子上。记者们把录音设备举过头顶，仿佛演唱会上粉丝们手中的荧光棒。

瓦尼塔清了清嗓子，先是对新闻界的各位能在百忙之中参与这次招待会表示感谢，然后就开始宣读自己精心准备的声明：

"……关于退休警探芬利·肖死亡一案，警方找到了新的证明他的死亡仍存有疑点的证据……"

隐瞒芬利的身份或是他的疑似自杀，现在都已经毫无意义。沃尔夫、巴克斯特和其他调查人员出现在他家附近的照片已经传开，这意味着邻居们可能已经跟记者接触了，他们无疑都在考虑自己对玛吉的忠诚究竟价值几何。

"当然，关于肖探长，你们中很多人都是通过拼布娃娃案认识他的。"瓦尼塔继续说，把话题引向她身边的沃尔夫。

"他是个狡猾的老傻瓜，曾经被人用消防水枪从大使馆屋顶上轰下来。"沃尔夫笑着补充说。

台下传来几声窃笑。

"确实。"瓦尼塔说，已经失去了主角的身份。现在房间里的每一双眼睛都盯着沃尔夫，她认为现在结束恰到好处："威廉·福克斯将在调查期间以顾问的身份与伦敦警察局合作，将提供卓越的专业知识和丰富的经验，为迅速破案做出贡献。他的付出已经被证明颇有价值。"

人们开始提问，但瓦尼塔阻止了他们。

"目前，我们仍无法详细了解前警探福克斯在过去十八个月里的行踪。"

台下响起不满的抱怨声。

"我们仍需完成一项调查，所以不能顾此失彼！"她必须大声喊叫，才能盖过人们的议论声。然后她跟沃尔夫对视。"不过，请各位放心，到合适的时机，我们会充分且合理地公开，"她回头望向台下，"对于这一点，各位还有什么要问的吗？"

所有人的手都举了起来。

沃尔夫低声咒骂了一句，但忘了面前还有一个麦克风……声音透过广播系统传遍会场。

"老天！"瓦尼塔喘着粗气，走进克里斯蒂安的办公室，"你吓死我了，我以为你今晚不来了。"

克里斯蒂安用手抹了抹眼睛，然后开始在抽屉里寻找纸巾。

瓦尼塔从手提包里拿出一包，递给他。

"谢谢。"他一边轻轻擦着眼睛一边说，注意到她低头看着他桌上一沓褪色的拍立得照片，便拿起一张递给她，"那是我……右边那个。"他告诉她。

她扬起眉毛。"马尾辫不错。"

"时代不同啦，"克里斯蒂安笑着说，"左边那个是芬，一如既往地'修边幅'。中间的是他妻子玛吉。"

瓦尼塔微微一笑，把照片递还给他。

"我得说……今天很有挑战性，至少可以说。"他承认。

"他是你的朋友，"瓦尼塔解释说，"而我，从另一方面讲，跟他没有瓜葛。所以我可能不是谈论这个的最佳人选。"

"说得没错。"克里斯蒂安站起身。

在解决拼布娃娃案失败后的警局重组过程中，瓦尼塔参与了警长的竞争，并通过出色地完成一系列任务的表现赶走了前任，这已经不是什么秘密了。

"也许你该花点时间，"瓦尼塔提议道，面带微笑，"想想你自己。稍微退几步。"

"哦，吉娜，我会想念你紧咬在我身后的感觉的，"他笑着对她说，"记者招待会怎么样？"

"不出所料。"

"那就是很糟糕的意思，对吗？"

她把手里拿着的文件扔进他的文件盒，朝门口走去。"晚安，"她说道，"小心身后。"

"我们现在已经进入相互威胁的阶段了吗？"克里斯蒂安问道，"恐怕我错过什么备忘录了。"

她转过身，面对他。"其实恰恰相反。一些非常聪明，自然也非常危险的人，为了让肖的死像是自杀，费了九牛二虎之力。现在我们公开宣布要追捕这个人，这些本来完全无意逃跑的人，你觉得他们会做何反应？"

克里斯蒂安看上去很忧虑。

瓦尼塔对他微笑："好吧，晚安！"

沃尔夫在一家破烂的外卖餐馆外转悠，又咬了口他的比萨。街对面，一个巨大的宣传板在周遭沉闷的氛围中明亮夺目：

《拼布娃娃：狼[①]无可逃》

系列首映——2月28日星期日晚上8点

仅从海报上看，这家电影公司就进行了某些随意改动。比如沃尔夫似乎被重新想象成了一位男模。他穿着深蓝色的西装，而从他身材的凸起部分来看，他们要走的是"俊朗硬汉"路线而非"中年大叔"路线。一个表情凶狠的女人站在他身边，双臂交叉，背对着他，另一个漂亮的红发女人则在另一边摆出了相同的姿势。

在记起自己还要回监狱之前，沃尔夫已经开始往帕丁格林警局的方向走了。有人"欢迎"他回家，而在愉快地走进牢房后，他发现今晚的第一批酒鬼已经入住了。他关上门，看到早上的衬衫已经被熨好并挂

---

① "狼"与"沃尔夫"的拼写同为"wolf"。

了起来，乔治甚至还替他收拾了房间。

鉴于无权修改自己在屏幕上的形象，他放弃了最后一块比萨，转而做了七又四分之一个俯卧撑。接着他绷起自己的肌肉，朝镜子走去。不需要继续伪装的他用手指拨弄着自己的胡须，接着拿起了剃刀。

桑德斯在静了音的电视机前睡着了，他的椅子旁边摆着三只空酒瓶以及他在深夜 11 点光顾汉堡王的证据。

他跟埃德蒙兹在这一天沦落成了通信员，先后两次登上飞机，经过了三次安检，跟苏格兰所有的海关执勤人员都翻了脸，才从达尔马诺克警察局总部拿到了支离破碎的证物箱。受了沃尔夫的大发现的刺激，埃德蒙兹建议他们可以去询问跟其中一宗旧案相关的两位人士，以充分利用这次旅行。然而由于在这两个不愿意合作的人身上没有得到任何有价值的信息，还在他们的公司浪费了半天工夫，两人只好坐飞机回来。

凌晨 3 点，桑德斯被惊醒，他装在户外的安全灯被触发了，似乎有人靠近了大门。轻轻的咔嗒声传来，接着便是玻璃碎片落在碎石路上的声音。他呻吟着站起身，差点因为踩到空酒瓶扭伤脚踝。他跌跌撞撞地走到窗前，打了个哆嗦，向外面停车场的方向望去。鼻息模糊了玻璃，什么都看不清，他打算重新回到椅子上，这时警报器响了，橙色的灯光在潮湿的地面上格外耀眼。

"有没有搞错！"他大喊一声，抓起料理台上的钥匙，跑进走廊时还抄起一根板球球棒当武器。

只穿着袜子、平角裤和 T 恤，桑德斯跟跟跄跄地下了楼，冲进寒风当中。确实是他的车的警报响了，但停车场里并没有其他人的踪迹。他关掉警报器，小心翼翼地走了过去，发现驾驶席一侧的车窗已经碎了一地。车里的储物箱大敞着，里面的东西散落在座位上，卫星导航仪不见了。他愚蠢地把它落在外面，把埃德蒙兹送回家后，他累得什么也想不起来。

考虑到大半夜什么都做不了，他只好依次检查车门。这时他发现后备厢也敞开着。

"浑蛋。"他咕哝了一句，把它合上，然后回去睡觉。

# Chapter 12

## 第十二章

2016 年 1 月 9 日　星期六　早上 7：53

不管巴克斯特让托马斯换了多少个新闻频道，安德烈娅·霍尔那张完美绝顶的脸似乎贴在了他们家的电视屏幕上。在去厨房的路上，她拿起遥控器，手指却在"关"的按键上方停下了。她认出了那个女人穿的黄色 T 恤。巴克斯特也有一件同样的衣服，埋在衣柜的最下面，上面印着：

放了沃尔夫！

通过对一位无趣的政治家的艰难访谈，这位著名的新闻播音员重启了几年前支持沃尔夫，为他争取自由甚至是重新获得职位的运动。火化杀手的最后一幕发生的那个早上，原本已经被广泛认定成足以让沃尔夫的命运盖棺论定的草率行为，现在却成了一个英雄人物在背水一战时的力挽狂澜。公众的义愤填膺被引向对系统本身的攻击，是它如此弱不禁风才让一个极其危险的连环杀手从指尖溜走。这样一来，"重新考虑立场"

的社会声音也开始将沃尔夫重新描绘成人民的真正捍卫者。

然而巴克斯特却深知，真相从不是非黑即白，它在二者之间的灰色地带。

"早安。"托马斯微笑着从走廊走过来。

他还穿着睡衣和可笑的拖鞋靴。巴克斯特关掉电视机，从他手里接过一杯咖啡，跟他到厨房一起喝。

"我真的要迟到了。"她算是跟他打了招呼，把杯子放到桌上，套上前一天晚上随便丢下的靴子。

"为了你的工作，你也得把这个解决掉。"托马斯说着，举起一块巧克力牛角包。

她看都没看，凑上去咬了一口。

"我看到福克斯回来了。"托马斯一边说，一边往她的黑咖啡里加了根吸管。

"是啊，"她边说边扣上衣扣子，嘴里含着食物，支支吾吾，"我还想跟你说来着。"

托马斯摆摆手。"你还好吗？"

和沃尔夫之间的复杂关系，她从没跟托马斯说过谎，但也没和盘托出。

"没事。"她站起身，在他脸上轻轻吻了一下。

在去门口的路上，她注意到圣诞树下面的礼物堆里又多了个包装精美的盒子。

"我今天得把树枝取下来，"注意到她在看圣诞树，托马斯说，"开始有味道了。"

"明天吧？"她提议。

他咧嘴一笑："终于可以过圣诞节了？"

巴克斯特没忍住，也跟着笑了。她点点头。

"烤肉大餐？"托马斯问。

"那太棒了。"

"《圣诞老人 2：圣诞娶老婆》？"他兴奋地喊道。

"只要看完那个再看《小鬼当家》就行。"她打开门，大声回应。

"我能让我妈一起过来吗？"

"不能！"


在公共机构出入时，沃尔夫必须有人陪同。幸运的是，他跟桑德斯在同一时间抵达了新苏格兰场，后者签了名，陪他一起穿过大厅。桑德斯的搭档走近他们。

"还好吗，伙计？"大嗓门桑德斯嚷道，"想我没有？"

"你最近没来？"布莱克问道，停下来跟他们聊天，"抱歉，没注意。"他转向沃尔夫，对他点点头。"芬利的事，真抱歉。"他说着伸出手。

沃尔夫和他握了握手，把刚拿到的彩色便条塞进口袋。

桑德斯扬起眉毛："我该好奇吗？"

布莱克转向他："也许不要。"


当沃尔夫、巴克斯特、埃德蒙兹、克里斯蒂安和桑德斯都在等乔回来时，法医实验室里的氛围很诡异。他们朋友的尸体放在这个房间的某个地方，藏在一扇制式冷藏柜的门后，他们无法对此视而不见。

尽管不想这么做，但巴克斯特还是把目光投向了沃尔夫。他看上去和前一天截然不同：胡子剃了，穿着一件得体的衬衫，看起来仿佛是她很久以前记忆里的那个沃尔夫……在拼布娃娃案之前……在火化杀手案之前……在一切变得如此糟糕之前。

她注意到他低下头看了一眼手里的彩色便条。她并没有问他那是什么，而是把注意力转向桑德斯。即使按照桑德斯自己的标准，他今天看上去也相当糟糕。

"你怎么比以前还憔悴？"

"昨晚太难了，"他打了个哈欠，大大的眼袋挂在眼睛下面，"我的车又被人砸了。"

巴克斯特张开嘴，想说点什么。

"别担心，"桑德斯对她说，"昨晚送埃德蒙兹回家的时候，他已经把所有证物盒都拿走了。"

"那就好，不幸中的万幸。"克里斯蒂安说，他一直在听。

"我的车窗还没修，卫星导航仪大概也拿不回来了。"桑德斯指出，"不过你高兴就好。"

门一开，乔走进来，放下手里的设备：

"欢迎各位！欢迎各位！"他热情地向大家打招呼，"我需要采集各位的 DNA 和指纹，不过首先我得说：昨晚很有意思……"

他快步走到一台笔记本电脑前，电脑旁边摆着一摞打印文件。

"我已经得到地板下面血迹的匹配结果了。"

"得到了？"埃德蒙兹问道。

"没错，因为是芬利的。"

克里斯蒂安清了清嗓子："这对我们现在有什么帮助？"

"是没什么帮助，"乔承认，"不过里面的纤维并不是来自芬利去世时穿的衣服。"

"所以……"克里斯蒂安开口说，想搞清楚这个奇怪的小个子男人为何如此兴奋，"你觉得那是别人身上的吗？"他说了个显而易见的推测。

"是的。"乔点点头，像个疯子一样咧嘴傻笑，已经准备进行他计划好的下一话题，"想想看：我们之前证明的只是可能在某个时间点，有人跟芬利一起在那间密室里，藏在那个隔层当中。但现在我们知道有人跟芬利一起在那间密室里，藏在那个隔层当中，而且他的衣服上沾了被害人的血……看出区别了吗？"

五个人一脸茫然，作为对他的回应。

"这是有区别的呀！"乔向他们强调。

"只是一种可能，"克里斯蒂安说，"说不定是芬利自己某一天下到过那个地方，然后在那天穿了不同的衣服？也许就是建这个隔层那天？"

"理论上，这么想也没错……但我不这么想，"乔还在负隅顽抗，"我们来看下一样东西。"他戴上一次性手套，把一把仿制枪放在托盘上，它和在芬利身边找到的那把十分相似。"沃尔夫……"

"白大褂？"

"你能过来把这把枪拿起来吗？"

沃尔夫热情地走到乔跟前，用手指包住枪柄，然后用另一只手把它托起来，调整好手指扣在扳机上的位置。

"很好，"乔微笑着，"请你再把它放回托盘……好的。现在我们来检查一下。"

他关上灯，然后轻轻打开一盏紫外线灯。紫外线灯在他手中嗡嗡作响，仿佛一柄光剑。人们聚在紫外线光线周围，挡住了黑暗；沃尔夫的指纹闪着明亮的光，覆盖着枪柄和枪管。

"到处都是，对吧？经过同样的测试后，我们再看看芬利的枪。"乔把笔记本电脑的屏幕转向他们：枪柄上面排列着一排相对整齐的指纹，扳机上则有一个模糊不清的部分指纹，"只有我觉得这个指纹分布太整齐了吗？"

"尤其是对一个整晚都在酗酒的男人来说。"埃德蒙兹补充。

"最开始你可没这么说。"巴克斯特指责乔。

"当他置身一间密室,从容地拿起枪似乎也没什么问题,"乔耸耸肩,"但你们让我提出任何可疑的情况,所以我觉得我可以把这点提出来。"

巴克斯特皱了皱眉,没再说话。

"而且尸体方面也有类似的情况,"他继续讲,没有注意到他的听众们对他的毫无顾忌感到不适,"原本认为是他自己弄的磕碰伤,仍可以保留这种可能。唯一明显的伤处是鼻梁软骨的挫伤,但这似乎也说明不了什么,毕竟跟桑德斯一样,芬利脸上估计也没少吃拳头。"他放声大笑。

没人回应他。

"无论如何,某人在掩盖行踪方面做得很出色。我们掌握了谋杀现场,但仅此而已。结论:我不确定我们是否还能找到更多线索。"

"无论这结果好与不好,我们的工作都不会有改变,"看到同伴们沮丧的表情,沃尔夫说道,"我们还得继续:寻找动机,追查那支枪。其他的都不重要。"


离开新苏格兰场后,克里斯蒂安开车到马斯维尔希尔区看望玛吉。玛吉说她打算在调查结束后把房子卖了。她受不了继续留在这里,也没法像芬利原本设想的那样,让孙子孙女住在那间房间。克里斯蒂安答应帮她卖房子,再找个地方给她落脚。为了让她高兴一点,他做了一个极为冒险的尝试,做了他的"拿手好菜"马麦酱①煎蛋。出人意料的是,这道菜吃起来竟然比它的名字还要可怕。

"不大好吃,是吧?"他边问,边把自己杰作的残渣刮进垃圾桶。与

---

① 马麦酱(Marmite)是一种使用啤酒酿造过程中最后沉淀堆积的酵母制作的酱料,主要在英国及新西兰生产,含有丰富的维生素 B。马麦酱颜色为浓棕色,带黏性,有独特的气味。

此同时，玛吉正在喝第三杯水。

"倒没有，只是我尝不出是什么味道。"她笑着说。

"你知道，有很多幸运的姑娘早上一睁眼就可以吃到这道菜。"

"那她们中有人回来过吗？"

克里斯蒂安不得不停下来，沉思片刻。"既然你说到这个……"

玛吉笑得前仰后合。

"我有件东西给你。"玛吉说着，站起身，消失在走廊里。

片刻过后，她回来了，手里拿着一个纸箱。纸箱上面有伦敦警察局的标志以及大大的红字"证物"。

"这是什么？"克里斯蒂安皱着眉，问道。

"哦，跟这个盒子没关系。芬利经常从单位拿一些回来用。车库里都是。这里是一些旧照片，警局的一些东西，还有些剪报。我觉得你可能想要。"

"你确定要给我吗？"克里斯蒂安从她手里接过盒子。

"只是些东西而已，"玛吉说，"不是他。"

12 点 14 分，克里斯蒂安向玛吉道别，带着一盒纪念品走到屋外的阳光下。显然一位邻居向记者报了信，赚到了五十英镑，这导致克里斯蒂安的雷克萨斯附近聚集了一小群记者。

挤出一丝微笑，他朝自己的车走去。

"局长先生，请问这个案子现在有什么突破性的进展吗？"

"嘿，你知道我不能跟你谈这个。"他笑着，腾出一只手，去开车门。

"盒子里是什么呢？是您刚刚发现的证物吗？"

"说不准，"克里斯蒂安回答，"抱歉。"他从一个摄影师身边挤过去，打开了驾驶室一侧的车门。

"局长先生，关于谋杀肖探长的凶手，您现在掌握了什么线索？"

克里斯蒂安钻进车里，关上车门。他发动汽车，降下车窗回答。"线索？我想……我得说芬利他是……他是我的……"

"局长先生？"记者在他即将离去时催促他。

"芬利不该这样死去。"他说，神情恍惚，仿佛陷入自己的思绪当中，"他和玛吉，都应该获得更好的生活。那些该对他的死负责的懦夫，应该因他们的所作所为永远被烈火灼烧……我掌握的就这些。"

克里斯蒂安在瞠目结舌的记者们面前升上车窗，慢慢驶离。

# *Chapter 13*

## 第十三章

沃尔夫在本田思域的暗色车窗上检查了自己的形象。

他重新读了一遍布莱克给他的地址，疑惑地回头望了望那栋漂亮的公寓楼。大堂里的看门人正盯着他，二十分钟的深思熟虑几乎让他箭在弦上，不得不发。于是他拿着在加油站便利店买的花束，从旋转门走进去，来到前台。

"我找艾什莉·洛克伦，"他偷偷瞥了一眼那张皱巴巴的便条，"114公寓。"

坐在前台后面的那个人似乎已经不堪重负，拿起电话听筒仿佛举起了一只铅锤。

"姓名？"

沃尔夫开口回答，附送了一个微笑："福克斯，福克斯就好。"

那人终于认出了他，不由得坐直了身子，按下一串号码。他很高兴自己能在拼布娃娃案仅存的两位幸存者重聚的过程中扮演一个小角色。

"恐怕没人接。"他对沃尔夫说，现在他知道自己面对的是一个小有名气的人物，瞬间变得更有礼貌了，"不过……我真不该和您说这个"，他故作神秘地把一半身子靠在桌子上，"最那边有一个小游乐场，您很可能在那边找到他们。"

幸运的是，在付出了一份小费和不情愿地拍了一张自拍合影之后，沃尔夫按照这个男人的指示，找到了一个令人愉快的小小游乐场的入口。心跳逐渐加快，他开始慢慢走过去，扫视着父母们千篇一律的面孔，直到找到她。她的金色长发被压在一顶帽子下面，披散在肩头，看起来还像他记忆中一样美丽。她坐在一张长椅上，大笑着，看着一个衣冠楚楚的男人抓着一个小男孩玩转圈。

"他会吐的！"她用自己柔和的爱丁堡口音提醒那个男人。

沃尔夫有点没想到，她还会留在这里等着他。他也不指望通过这样的突然现身，回到之前他们曾共度的那几天时光。他只是想给自己做个解释，解释自己为什么一直没联系她。他觉得她值得他这样做。

他走了过去。

艾什莉真心希望乔丹不要吐在特德的麂皮皮鞋上，但也不打算制止他们。她从没见他如此高兴过。

当有人走到她旁边的垃圾桶附近时，她把夹克的最后一寸拉链也拉了上去。他们转圈的时间比往常要久，所以她向他们露出了质询式的微笑。

"妈妈！快看！"乔丹还在大笑，他的脸色确实有一点不好。

"我知道，宝贝儿，我看着呢！"她回应道。

她转过头，看到一个身材高大、穿着黑色外套的男人渐渐走远，然后注意到垃圾箱的最上面有一束廉价的花。

她似乎想起了什么……关于某个人……某件事……她情不自禁露出了微笑。

埃德蒙兹留了下来，和乔一起，给证物盒里的东西编目。每入档一件物品，乔就变得更加兴奋，很快就让实验室里的所有设备同时运行，而他自己则在各种设备之间上蹿下跳。

埃德蒙兹的手机在口袋里嗡嗡作响。他拿出手机，看到托马斯的名字闪烁。由于在新苏格兰场人生地不熟，他只能移步到房间另一边，同时意识到乔可以听到他说的每一个字。

"嘿……不，没什么事……好吧？……好——吧？……你怎么？！……今晚？"

埃德蒙兹瞥了眼身后，皱着眉头看着乔。后者正竭力掩饰自己的偷听行为。埃德蒙兹压低了声音。

"这可真……这可真不是时候……没错，我知道……我都知道。我只是觉得现在这主意不怎么样……那好吧，嗯……拜。"

他看着手机屏幕，摇了摇头，回到他的座位上。过了一会儿，他掏出手机，敲出一条短信：

抱歉。我们可以待会儿再谈吗？

埃德蒙兹无视乔好奇的目光，试图把注意力集中到手头的工作上。但他很快又想到刚才的电话，以及迫在眉睫的灾难。

"该死。"他低声骂了一句，揉了揉眼睛。

整个下午，巴克斯特都在和儒歇玩"钓鱼纸牌"。这款芬利最爱的纸牌游戏已经成为她在探视期间的例行活动。也许只是想多了,但他似乎变老了,所以她决定不提血中毒、器官衰竭以及未来十年的牢狱之灾这些"房间里的大象"①。离霍莉过来还有一个多小时,她给他做了一个三明治,然后回了家。

沃尔夫正坐在玛吉家前院墙外面,看着天光渐渐暗淡。这时一束灯光绕过街角,一辆车在屋子前停了下来。车上下来一个穿着破洞牛仔裤和运动鞋的年轻人。

"兰德尔警官?"沃尔夫不确定地问,眼前这个人更像是个大学生而非警察。

"是。"他微笑着走上前,跟沃尔夫握了握手。

"很感谢你能在假期里过来跟我见面。我是威廉·福克斯。"

"我认识你,先生。"

"我不会占用你太多时间。你可以把新年那天晚上你到这里之后的动作一步步演示给我看吗?"

"当然,"兰德尔愉快地回答,"不过我不确定我可以补充多少证词以外的内容。"

沃尔夫耸耸肩:"权当给我解闷。"

"好吧,当时我正在参加一个'社会福利紧急情况'的电话会议,车就停在这里。"他开始说。他沿着花园小径往里走,"楼上的灯亮着,所以我还按了门铃,敲了敲门。然后我透过信箱往里面喊话,想表明我的身份。没有人回答。我拽了拽门,发现门上了锁。"

"确实是锁着的?"

---

① "房间里的大象"(the elephant in the room)是英语中的一种固定表达,意思是一件事明明存在,但大家却视而不见,集体回避它。

"没错，先生。所以我决定破门而入。"

"用了多大力气？"

"踢了一脚就开了。"兰德尔指着门把手下面的凹痕说。

沃尔夫打开门，他们走进了走廊。

"我又喊了一遍，逐个检查了一楼的房间，然后上了楼。"

当他们上楼时，脚下的木板吱嘎作响。

"我查看了所有房间，最后只剩下这间上了锁的。"

沃尔夫点点头，把门推开，走进犯罪现场。兰德尔跟在他身后。年轻人困惑地看着地板上暴露出来的隔层。

"我们觉得当时可能有人藏在这里，"沃尔夫解释说，"你觉得呢？"

"我……我从没想过……"他支支吾吾。

"谁都不会这么想。别担心——没人会怪罪你。"沃尔夫向他保证，"后来发生了什么？"

兰德尔闭上眼睛，试图回忆。"打开门后，我看到尸体脸朝下趴在地上，枪在他身边。我……检查了一下脉搏，然后离开房间，去呼叫总部。"

"演示给我看。"

他们退出房间，来到楼梯平台上。沃尔夫跟着他下了楼，回到车上。

"我就是在这里呼叫的。"

"房门就这样开着？"沃尔夫问道。

兰德尔点了点头。

"你从这里离开过吗？"

"没有。"

沃尔夫回头望了一眼，没有人可以在不被人看到的情况下从房子的正面逃走。

"然后呢？"

"呃……然后局长来了。"

"好吧，他是从哪个方向过来的？"

年轻人指了指外面的街道。

"他看起来很慌张，走过来就对我说：'芬利？'我摇了摇头，他就跑进房子里去了。"

"你在什么地方？"

"我还待在这里，等其他人过来。"

"再然后呢？"

"我们都进屋了，"兰德尔朝门廊走去，"局长坐在最上面的楼梯上，表情很震惊。我带他到厨房，说可以给他弄杯喝的，他说不用。所以我检查了所有的房间、门窗……说实话，我只是不想碍那些警探的事。"

"找到什么了吗？"

"一切正常。"

"钥匙是那样插在门里的吗？"沃尔夫指着后门说。

"是的，肯定是从里面反锁的。"

"车库，你检查了吗？"

"检查了。"

沃尔夫揉了揉脸，感觉还是一头雾水，而且没什么可问的了。

"你真觉得这是谋杀？"兰德尔问他。

"是的……我们觉得是。"

"那就意味着凶手得在那下面藏几个小时，对吧？"

沃尔夫看起来很困惑，还在试图把新获取的信息碎片拼凑在一起。

"要是有人从前门离开，我肯定会看见的，"兰德尔继续说自己的想法，"其他的出口都被锁死了。现场的房间是从里面密封的，他们只能一直藏在地板下面：从我破门而入，到局长冲进来，再到警探们到场……还有验尸官。"

"但没有留下任何证据。"沃尔夫嘟哝着，他有些头痛。

"你说什么？"

"不好意思，没什么。谢谢你，兰德尔警官。你真的提供了不小的帮助。"

# Chapter 14

## 第十四章

2016 年 1 月 9 日　星期六　晚上 8：05

托马斯全力以赴，准备了这顿迟来的圣诞大餐。

在圣诞歌曲的伴奏下，他和巴克斯特很快就喝多了，吃得更多。当夜幕降临，一个劣质的彩色拉炮几乎把他们家点着。放弃了收拾厨房的工作，他们换上睡衣，抱着厄科，看起了电影。

托马斯又站起身，往圣诞树上喷空气清新剂。树枝上已经挂上了汽车空气清新剂——仿佛某种新潮的装饰品。"拆礼物吗？"他满怀希望地提议道。

巴克斯特一跃而起，把电影暂停，给他们的杯子里斟满酒，然后坐到地板上，伸手去够那堆包装精美的礼物中最上面的一件。

"这个可以留到最后再拆。"托马斯提议道。

巴克斯特把它拿到一边，拆开另一个。"游戏开始！侦探请准备！"她斩钉截铁地说。

"好啊。反正……你就是个侦探。"

她兴奋地点点头："在自己家里当侦探有意思多了。"

气氛有点尴尬。

"打开那个。"她对他说。

"袜子！"

"给你的。"

"真棒。轮到你了。"

"耳环！金耳环……跟我妈妈给我买的那一对好像。"

"你可以把它们退掉，不过我记得你说那天下大雪的时候，你弄丢了一只。"

"那天晚上为数不多的好事，"巴克斯特喃喃自语，"哦，是那个！"

托马斯撕开一个礼物，对着一双漂亮的拖鞋紧锁眉头。"你为什么总是对我的拖鞋靴有意见？！"

他们就这样，玩了好久。


看到标记着埃平森林的路牌，克里斯蒂安松了口气。开车回家时他总会有这种感觉。这座古色古香的市集小镇坐落于绵延的交通网络的最远端，是他远离压抑的摩天大楼和拥挤的首都街道时的避风港。由于对自己在媒体面前对那个简单问题的不专业回答感到遗憾，在前往他那栋拥有七居室的林地别墅前，他先去了自己最喜欢的餐馆，在通常的座位上用了餐。

他在一个小交通环岛前停了下来，身后随即有一组车灯亮起。克里斯蒂安挥挥手，对自己无故停车表示歉意，然后挂上挡重新出发。他知道自己的状态不是很好，想强迫自己集中精力。他打了转向灯，然后向左转弯，路边树影深深。没过多久，一道白光掠过他的仪表盘，一辆车插进了他身后的空当。克里斯蒂安皱了皱眉，加了点车速，但透过后视镜他可以看到两束车灯一直紧随其后，灯光在一段开阔的路上照得他有些眼花。

又有一辆车，从另一个方向逼近。

后面那辆车一直在加速，几乎要贴到他的后保险杠上，然后超车疾驰而去。克里斯蒂安看到那是一辆黑色的三菱卡车，看不出具体型号。他无意，也没有精力去记车牌号。他放慢车速，继续他旅程的最后几分钟。

克里斯蒂安把车开上自己的小路，按下电动门上的按钮。路过邻居家宽敞的房子时，他看到每晚的例行舞蹈依旧编排得完美无瑕。周遭的灯光映在墙上，照亮了花园里的部分风光，满天繁星高高在上，这是在伦敦无法享受的美景。

转动方向盘，进入车道，一道白灿灿的光打在他眼前……

一个强大的引擎发出刺耳的转动声响，空转的轮胎吱吱嘎嘎。接着他感觉到自己的头撞到了玻璃上。车子摇晃起来。当那辆黑色卡车向后倒退时，碎金属噼里啪啦落在地上。

克里斯蒂安几乎是在无意识的状态下，被人从座位上拖了出来，扔在两车之间。卡车的车头灯晃得他睁不开眼，接着便是两个无法辨认的身影对他一顿拳打脚踢。他所能做的只有护住脑袋，蜷成团，祈祷这一切赶紧结束。当一个暴徒踩在他胸口上时，他清楚地听到了自己肋骨断掉的声音，痛得大叫一声，同时意识到他们不会停手，直到把他活活打死。他奋力爬出去，钻到卡车底下。有人伸手想把他拽出来，结果只拽下一只鞋子。

他对着还在发热的汽车底盘喘着粗气，看着一双黑靴子在车子附近转来转去。这两个人显然经验丰富，交流的时候靠的是吹口哨，而不会冒险让任何人听到他们的声音。其中一个人去检查克里斯蒂安被撞坏的车，把纸箱里的东西倒在地上。另一个人则回到卡车上，发动引擎，拉动手刹。

克里斯蒂安别无选择，只好爬出来，向他那正在缓缓关闭的电动门移动。

卡车门在他身后砰的一声关上了。

他可以听到脚步声，后者远远比自己的速度要快。绝望中，他在重重的大门即将彻底关闭之前，从缝隙中间摔了过去。

那个身影透过铁门的缝隙注视着他，门不算高，他几乎嘲弄地摇晃着铁栏杆。克里斯蒂安躺在离他们只有几英尺远的地方，深知自己已经精疲力尽。如果他们选择翻墙过来，他大概逃都不会逃。

闪烁的蓝灯照亮了黑色森林上方的天空。

那个身影也看到了，平静地向同伴吹口哨。随后，他们一起回到他们的卡车上，准备倒车离开。

白光从克里斯蒂安身边离开，仿佛潮水退去。

当卡车迅速逃走，红色的尾灯消失在街角时，他躺在地上等待救援，努力让自己相信自己可以熬过这一晚，同时以前所未有的心情欣赏着闪烁的星光。


巴克斯特低下头，困惑地盯着那张装裱好的埃德蒙兹、蒂亚和利拉的全家福。她和托马斯决定暂时就彼此的礼物问题停战，开始讨论别人送来的礼物。

"我要这个干吗？"她问，"我又不是他奶奶。"

托马斯从她手里拿过这份礼物，端详了一会儿，面沉似水。"我觉得吧……确实。"他承认道，放了下来。

"现在我能拆这个了吗？"她问，拿起一个小小的商店包装的礼物。基于前面的情况，她对这份礼物也没什么期待。"最后一个啦。"

"拆吧。"

她小心翼翼地解开缎带，包装里滑出来一个小盒子。她困惑地打开盒盖，看到里面漂亮的钻戒，不禁吸了口气。她没有注意到托马斯已经单膝跪下，一个刺耳的声音表明他似乎把埃德蒙兹家的全家福跪在了下面。他轻轻地从她手中取下盒子，拿出戒指，在她瞠目结舌之时把戒指拿在手里。

"埃米莉·劳伦·巴克斯特……和你在一起的这九个月，是我这辈子最焦虑、无力、烦躁，觉得自己多余，最不自信的一段时光。余生我都希望这样度过……你愿意嫁给我吗？"

巴克斯特似乎被冻在了原地。

托马斯努力保持着满怀希望的微笑，尤其是在他觉得自己膝盖的位置有点湿的情况下。他开始怀疑也许埃德蒙兹说得没错。他花了将近一个小时的时间劝托马斯不要求婚，因为巴克斯特并不希望他那么做，那样只是在她已经相当沉重的负担清单上又添了一份压力。

她的电话响了。

巴克斯特晕头转向地站起身，走进厨房，托马斯则继续耐心地保持着那个羞耻的姿势。

"我是巴克斯特……该死！……他怎么——……我马上过去。"

回到客厅，她尴尬地对她男朋友笑了笑。

"我，呃……出去一下。不过……你知道……谢谢。"

她很慷慨地对他竖起了一对大拇指，然后冲上楼换衣服。

# Chapter 15

## 第十五章

"放了沃尔夫，伙计！"当沃尔夫冲进乔治国王医院的大门，朝着急诊室的方向狂奔时，几个人在他身后大喊。

玛吉已经到了候诊室，沃尔夫一进来，玛吉便抱住了他。显然，她一直在哭。

"他怎么样了？你说他被……袭击了？"沃尔夫问道。

她点点头，把他带到一排空座位前。"他断了几根肋骨，头部受了重伤。剩下的还有很多伤口和淤青……很多伤口和淤青。他会好起来的。"她告诉他，声音仍然在发颤。

"我们可以看看他吗？"他问道。

"他们说我一会儿可以进去看看。"

沃尔夫紧握着玛吉的手，在不舒服的座椅上过了夜。

巴克斯特和桑德斯分别坐在沃尔夫的两边。他们看着静音的电视，表情都是一样的茫然。玛吉则被允许进去和克里斯蒂安待上几分钟。这起发生在警察局长家门口的事件的具体细节已经被及时传送到了BBC①10点的新闻当中。对面住户的手机视频画面捕捉到了救护人员抵达后不久的现场情景：克里斯蒂安当时仍在漏油的雷克萨斯停在马路对面，几乎已经无法辨认。粗糙的路面保留了轮胎的痕迹，仿佛目击证人般展示了事件的经过。

"天哪。"桑德斯喃喃自语。BBC随后展示了这一天稍早时候拍摄的录像：克里斯蒂安将一盒证物放在汽车后座，然后向芬利一案的凶手传递了现在已经被广泛传播的信息。"典型的施压……制造问题……引蛇出洞。"

沃尔夫和巴克斯特都没吭声，甚至没注意到他在对此事发表评论。

"我去给埃德蒙兹打个电话。"巴克斯特站起身说。她不想让埃德蒙兹觉得他有义务在医院候诊室过夜。毕竟，他已经不再是警探了。她知道这个案子本来就在挤占他的家庭时光。

"嘿，"巴克斯特一走出视线范围，桑德斯便小声开口，"沃尔夫？沃尔夫！"他重复喊道，轻轻推他，想引起他的注意。

"怎么了？"

"你还好吗？"

"还好……只是，在想事情。"

"我不想在别人面前说这个，"桑德斯向他靠近，"我花了下午大部分的时间，整理了芬利去世那晚的时间表。"

"芬利被谋杀。"沃尔夫纠正他。

"没错。被谋杀。我仔细看了玛吉和局长的陈述，然后——"提出这

---

① 即英国广播公司。

一点似乎让他有些内疚，"发现了一点小出入。"

"继续。"

"出租车公司那边，没有那天午夜局长回到芬利家的记录。"

沃尔夫点点头，但对此似乎既不感到惊喜也不关心。

"他可能换了家出租车公司，"桑德斯自己回答，"但我也得知道是哪家公司。不过，现在我也没法问这个问题，对吧？"

"等我问问他，"沃尔夫说，这时静音的电视画面又切到了克里斯蒂安被撞毁的汽车上，"我们能找到芬利报警电话的录音吗？"

"那电话是静音的。"桑德斯回答，仿佛被人当成了傻子。

"我们应该再核查一遍。"

"我会看看我们还能做些什么。"桑德斯说道，然后慵懒地缩回自己的椅子上。

在沃尔夫保证自己会留在急诊室的情况下，玛吉同意让桑德斯开车送她回家。巴克斯特打过电话后就没回来，这倒让沃尔夫可以在候诊室的角落里安静地打个盹儿。

他被尖叫声惊醒。尽管在莱奥·迪布瓦的团伙以及他的无政府主义打手们中间待了一年多，他对这样的状况仍然无法适应。沃尔夫本能地举起双臂护住头，被旁人殴打的噩梦仍然笼罩着他。

一个正在分娩的女人被她惊慌失措的丈夫推了进来，迅速穿过一组大门。

沃尔夫看了眼手表。他确信自己还有至少四十分钟时间，于是站了起来，决定活动一下双腿。当他深一脚浅一脚地走在安静的走廊中时，反光的水坑聚集在紧闭的大门之下。他漫无目的地游荡着，并没有偶遇其他灵魂。这里安静得像是某人在夜班结束后看着太阳从城市上空升起，也像是在观看一头正在酣睡的猛兽一样。

他穿过小教堂的门，朝里面瞥了一眼，惊讶地发现前排坐着一个他熟悉的身影。

"巴克斯特？"走进这光线柔和的空间时，他还礼貌地敲了敲门。

她把一张揉皱的纸巾藏在手心里，转过身来望着他。

"哈……？我没事。"她回答道，仿佛他问了问题。

沃尔夫拉开门，皱着眉，坐到巴克斯特旁边，两人隔了一条过道。他抬头望着被钉在十字架上、真人大小的蜡制耶稣，同时注意到上帝之子身下已经堆积了不少小纸团。那是巴克斯特用它做练习的结果。

"我以为你走了。"他对她说。

"我只是需要点时间想事情。"她用手捂住脸，深深地吸了口气。

"不能回家想？"

"不能回家想。"她回答道。

沃尔夫点点头，又回过头欣赏面前那座造型怪异的雕像。艺术家认为有必要用黑色的血来装饰其瘦弱的身躯，这令牺牲的主题以及人们对全能者的亏欠得以呈现：手掌上的圆形金属支架被撕裂，尖刺深深地嵌入皮肤，残缺的脚被钉在离地面十二英寸高的地方。

凶手用残肢发送信息——最初的拼布娃娃案。

巴克斯特并没有被打动。

"需要我离开吗？"沃尔夫问她。

她转过头，虚弱地露出微笑："不。"

他把这回答当成邀请，于是从口袋里掏出几张星巴克的收据。"打中脑袋算几分？"

"五分。尿布三分。"

"我觉得那个叫缠腰布。"

巴克斯特撇了撇嘴，表示并不在意。"要是能把纸团扔到他的发带上，算十分。"

"那叫荆棘冠。"沃尔夫嘟哝着，揉了几个纸团。"十分！"第三次试投之后他大喊。

"你坐的地方跟我这边角度不一样。"巴克斯特不服气地说，依旧和以前一样争强好胜。"这是作弊。"她站起身，来到过道，一屁股坐在硬地板上。

她期待地望着沃尔夫。

"好吧……现在公平了？"他问道，紧挨着巴克斯特的屁股坐下，两人挨在一起。但巴克斯特并没有表示异议，两人继续扔纸团，没有说话。

"你觉得……你觉得我是不是也可以做这种……这种爸爸带孩子玩的事情？"他脱口而出，因为他的脑海里再次浮现出艾什莉看到七岁儿子吐在那个穿得人模狗样的浑蛋肩膀上时的笑脸。

"你就想跟我说这个？"巴克斯特问道，"听着，沃尔夫，我现在还醉着呢，而且天知道，即使在最好的情况下，我的脑袋里也什么都装不住。"

沃尔夫关切地望着她，后者又投出一球。这句脱口而出的话是他听她说过的最有自知之明的一句，让他意识到他不在的这段时间，她有多大变化。坐得如此之近，他可以看清她妆容下面那无数细细的伤痕，同时内心涌起强烈的内疚，因为他没在她身边。

"是啊，"他叹了口气，"我也觉得不可能。"

巴克斯特放弃投掷，转头问他："你觉得我能做个还说得过去的妻子吗？"

不幸的是，在沃尔夫做出更机智的回答之前，他惊恐的表情已经说明了一切。

"是啊，"巴克斯特苦笑着，"我也觉得不可能。"

"那个蒂莫西求婚了？"

"托马斯。"

"真吓人。蒂莫西他说什么了？"

"没有人叫蒂莫西，他叫托马斯。"

"所以他求婚了？"沃尔夫听起来很吃惊。

"是的。"

"跟你？"

"是的，跟我！"她吼道，"你可能觉得这难以置信，沃尔夫，但我身边就是有这么一个关心我、想让我开心的人……你这个浑蛋。"

感觉到了一丝侮辱，沃尔夫又扔了个纸团。"三分！"

"你打中的是大腿。"

"什么？！"

"顶多是大腿根。"

"你在开玩笑吗？那百分之百是他老人家的蛋蛋！"

"无所谓了，"巴克斯特投降，"反正我一直都没计分。"

一切真的不一样了。

"你打算怎么办？"沃尔夫问她。

"我真的不知道。我们相处得很好。一切都很好。我不明白他为什么非要……"她拖长了音，摇摇头，"所有人都活得这么复杂吗？"

沃尔夫耸耸肩，蹭着她的肩膀。

"我记得钱伯斯有一次跟我聊过……"她开口道，"关于我们的希望和梦想，关于我们想要从生活里得到什么。"

沃尔夫没搭腔，对她能够在他面前说起钱伯斯这个名字感到震惊。

"我可能是说了一些类似'一辆豪华新车，还要给厄科搞一个花园'

这种话，那不重要。但你知道他是怎么说的吗？在这世界上，他最想要的是什么？"巴克斯特沉浸在回忆中，眼睛里闪着光，"无聊地活着。就这个。他只想要一种简单而平凡的生活——能够一觉睡到天亮，不被噩梦惊醒；能把所有注意力都放在伊芙身上，好好跟她说说话。当时我觉得他好蠢。"

她把剩下的纸球扔到地上。比赛结束了。

"我们这种人，"她盯着那个主宰着这间教堂的谋杀现场，说道，"不会有好结局。钱伯斯和伊芙就没有。连芬利都没有，"她哭了，"玛吉的生活已经毁了。我们还能指望什么？"

沃尔夫握住她的手，握得很紧。

"我们是被诅咒的人，"她轻声说，"我们的生命里只有死亡和痛苦。我们这种人，只配孤独终老。"

她放声大哭，沃尔夫把她揽入怀里，紧紧抱住。

"你没有被诅咒，"他温柔地对她说，"你是我在这世上最喜欢的人。是你选择了死亡和痛苦，好让其他人从中解脱，因为你比所有其他人加起来都要强大。总有一天，你会得到比我们所有人都好的结局。"

巴克斯特从他怀里挣脱出来，朝沃尔夫微微一笑，开始在自己的包里翻找纸巾。她的样子糟透了：布满血丝的眼睛周围是黑色污迹，蓬乱的头发垂在背后。她红唇微启，试图调整呼吸……

沃尔夫倾身向前，向她靠近，甚至没有察觉自己在移动……

巴克斯特的胳膊肘毫无争议地打中一记三分，沃尔夫顿时眼含热泪。

"搞什么鬼，沃尔夫？！"她吼道，在他满地打滚时站起身。

"抱歉抱歉，"他皱着眉，抱着自己，"你现在是跟蒂莫西在一起。"

"托马斯！"

"我们可以忘掉刚才发生的事吗？我刚才不知怎么了，你又美又悲伤……我道歉。"

"还是在我们刚才谈过那些事情之后！"她并不想让他毁掉自己在没有他的情况下建立起来的生活。

"我好像受伤了。"沃尔夫提醒说，仍然在痛苦地扭动身体。

"是你……离开了我，"巴克斯特看上去也很受伤，"你并不想要我。"

他一脸茫然。

"一年多，沃尔夫！"

"我们已经谈过这个了，"他说，勉强坐起来，"我是想回来的。"

"胡说八道。你就是个胆小鬼，不敢面对自己做的一切。"

"不是那样的。"

"而就在这时候，芬利被人杀了。我几乎栽进了一场活生生的噩梦。而你又在哪儿呢？你躲在洞里。就为了躲过你该承受的这一切？"

沃尔夫挣扎着，站起身。"要是我能回来找你，我会的。"

"说真的，你的话我现在一个字都不信——你在干吗？"

他开始解衬衫扣子。

"沃尔夫？"

他让衬衫从肩膀上滑下来，露出后背，转过身。

她倒吸一口气。

他的皮肤青一块紫一块。身体一侧都是沙砾般的伤痕，十分坚硬。另一侧有一排不整齐的订书钉痕迹，订书钉显然已经取下。背部中央，则是一个她早已熟悉的图案：

*L.A.D.*

莱奥·安托万·迪布瓦的私人印记，被烧焦，直至坏死的皮肤——

这将提醒那些忘记忠诚二字的人。

"要是我能回来找你，我会的。"沃尔夫重复说。他转过身，面对她，惨笑着。"死亡和痛苦，是吧？"

巴克斯特慢慢走向他。

"该死。"她低声咕哝着。

"我知道。"他自言自语，蜷曲的头发垂在眼前，一整天长出的粗胡楂遮住了下巴。

"你很好闻。"她对他说，声音颤抖。

"乔治给我带了须后水。"

"乔治是谁？"

"这不重要。"

她深深吸了口气，但随后却转身离开。"我要走了。"

"好吧。"

她捡起自己的包，沿着过道走出去几步，然后停下来。"该死！"

沃尔夫困惑地看着她又朝自己走过来。

"该死！该死！该死！"她的目光同他相遇，内心的斗争仍在继续，她的脸上露出痛苦的表情。

沃尔夫不安地回以微笑。

"不要。你猜怎么着？不要！"她下定决心说。

再次转过身，她朝门口冲了过去。

沃尔夫弯腰拾起自己皱巴巴的衬衫。

"该死。"

还没等他抬起头，巴克斯特便扑到他身上，用自己的长腿环住他的腰，粗暴地吻着他。沃尔夫一路后退，撞到雕像上，后者摇摇晃晃仿佛在表示嘲讽……然后砰的一声倒在地上。

两人都僵住了，赶忙转过身，看到耶稣的脑袋滚到了长椅下面。

"这不算什么预兆，对吧？"沃尔夫问，仍然抱着她。

"不算。"她说，温暖的气流吹到他脸上。

她把他的下巴扭到自己面前，当他把她放到教堂地板上时，两人双唇交叠。

巴克斯特把莱塞尼尔·马斯的黑外套拉到自己身上。

过了一会儿，她睁开眼睛，坐直身子，沃尔夫在她身边轻轻地打着鼾。

"不！"她倒吸一口气，从临时毯子下面爬出来，寻找自己的内衣，结果莫名其妙地发现它们在三排座位之外。

听到走廊有声音传来，她赶忙穿起衣服，同时听到有推车经过的声音。她跨过没了脑袋的耶稣，抓起自己的包，偷偷从门口溜了出去。她遮住眼睛，避开清晨的阳光，沿着前一晚的路线穿过急诊候诊室，回到停车场。

"埃米莉！"一个声音从她身后追过来，"埃米莉！"

她转过身，看到玛吉跟着她走了出来，赶忙用运转自如的手指拨弄着蓬乱的头发，但这对她那弄花了的睫毛膏并不起作用。

"玛吉！"她热情地向她打招呼。

她的朋友上下打量着她："你还好吗，亲爱的？"

"我？很好。"巴克斯特咧嘴笑了笑，牙齿上也染了口红。

"只是……希望你不要介意我这么说，但你看上去像是刚被人拖进灌木丛里了，"见巴克斯特没有回应，玛吉另起话题，"你看见威尔了吗？"

"没，没见到他。"

"他保证说会留在这儿的。"玛吉露出很受伤的表情。

"不……他留下了。但是……"

"但是……你没见到他。"玛吉替她收了尾,仿佛一切了然于胸。

"确实如此。"巴克斯特回应道,仿佛正在庭审现场。

"你有没有感觉到自己的衬衫有一半还敞着呢?"

巴克斯特低下头,看着自己匆忙穿衣服的成果,叹了口气。

"过来,"玛吉说着,两人一起把门口让出来。她替巴克斯特把衬衫重新扣好,抹掉脸上到处都是的睫毛膏,同时努力收拾她的发型。

"我觉得自己犯了个大错。"巴克斯特盯着空气,喃喃自语。

"除非你不想那么做,否则就不算错。"玛吉对她说,正在用一块湿毛巾和应急发刷帮她恢复妆容。

"我把一切都毁了。"

"瞧瞧!"她欣赏地看着自己的杰作,"真漂亮!"她把自己温热的手放在巴克斯特的胳膊上,"人生苦短,哪有时间遗憾。如果托马斯爱你,他会原谅你的。如果你跟威尔注定要在一起,那你们已经迈出第一步啦。"

"但托马斯……你都没见过他。他是个好人,耐心地陪着我,那么慷慨,长相还很英俊,他以前给利特伍兹商品目录做过模特……而且他是个好人……"

"你说过了。"

"我该怎么办?"

"恐怕我说了不算。"

巴克斯特一脸崩溃。

"时候到了,"玛吉向她保证,"你就知道该怎么办了。听上去很蠢,但确实是有那么一个时刻,一个瞬间,就像我知道自己该和芬在一起……那个瞬间总会来的。"

*Chapter 16*

# 第十六章

"酒保！"克里斯蒂安在布里奇特对面的"克莱德和船"酒馆里喊道，"继续上！"

吧台后一个冷漠的苏格兰人摇摇头。

"好吧，好吧。"克里斯蒂安怒气冲冲地说。他摇摇晃晃走到吧台前，装模作样地从口袋里掏出一沓钞票，扔到酒保面前。"给这里的每个浑蛋都再上一轮酒！"他一边挥手，一边向人们的掌声鞠躬。嘈杂的酒馆里充满了赞叹之声。

"还记得你说过让我在你变成酒鬼的时候提醒你吗？"芬利平静地问道，"你是个酒鬼。"

克里斯蒂安醉醺醺地朝他的朋友傻笑，捏了捏他松弛的脸颊。"放轻松，我们这是在庆祝！顺便说一句，你今天还挺好看的。"他朝芬利点点头，肯定了他为了特殊场合才穿上的这件衬衫。他点上一根烟，离开了吧台。

芬利叹了口气，跟在他的搭档身后，回到他们那个昏暗的角落。玛吉和她的五个同事正在享受格拉斯哥特警队所有成员的注目礼。

克里斯蒂安推开他的同事们，想要重新夺回她身边的位置。"看起来你需要再喝一杯。"他指着弗伦奇说，后者在他不在的时候一直陪着她。

"如果你请。"

"我不请。"

坐在玛吉两边的男人剑拔弩张。

"看来你也需要再叫一杯。"玛吉对克里斯蒂安说，后者困惑地盯着自己还剩下半品脱①的苦艾酒。结果玛吉从他手里把酒杯夺过来，一仰脖，一饮而尽。

"好酒量！"克里斯蒂安边说边拍巴掌，结果把烟灰弹到了她的身上。"×，对不起！"他说着，伸手去擦。

"没关系。"玛吉笑着说，起身去清理自己最喜欢的衣服。

芬利目送她从人群中走出，再走进女盥洗室。他注意到她头上戴着一个蓝色蝴蝶结，后者和她眼睛的颜色一模一样。他瞥了眼台球桌边的克里斯蒂安，后者正趁玛吉不在开始向她最漂亮的朋友大献殷勤，即便喝醉了也没影响他施展魅力。他注意到她的手正尽可能有意无意地触碰着他的胳膊，同时突然意识到自己身边一个人都没有。

"嘿，大英雄。"

芬利转过身，发现玛吉正在对他微笑。

她的朋友发出刺耳的笑声，半个酒吧的人都朝她望过去。克里斯蒂安搂着她的腰，他们正在玩某种喝酒游戏。

玛吉皱了皱眉。

---

① 1 英制品脱约合 0.568 升。

"他……他今晚……特别讨厌。"芬利对她说。为了不吐脏字他已经尽力了。

"没关系，"玛吉转过身对他说，"无论如何，我想跟你聊聊天。"

十分钟过去了，克里斯蒂安又喝掉了一品脱，抽掉了两支烟，并在前臂上获得了一个电话号码。他想知道玛吉去了哪里，于是跌跌撞撞地站起身，发现她和芬利在点唱机旁边。

"在这儿呢！"他满面笑容地说，"再喝一个，怎么样？"

"不了，谢谢，"玛吉举起她的杯子，"芬刚给我们俩要了一杯。"

她转回头，继续跟芬利聊天。

克里斯蒂安有点困惑，摇摇晃晃地走向吧台。

"威士忌，我的好伙计，"他对着酒保叫道。唱机正在换碟，发出咔嗒咔嗒的声响。"这歌不错！"他突然喊道，一口喝掉杯里的酒，然后晃晃悠悠地走到玛吉面前，"你得和我跳支舞。"

"我正在和芬利聊天呢。"她说道，面带微笑。

"好吧，但这……是我最喜欢的歌。"

"她说了，不想和你跳。"芬利露出警告的表情。

克里斯蒂安举手投降，转身走开，但很快又一转头，抓住玛吉的一只手腕。"来吧！"

"不要，克里斯蒂安！"

芬利绕到她身后……

"克里斯蒂安，你弄疼我了！"

……然后用力把他推向吧台，惹得整个酒吧的注意。

"打架去外面，伙计们。"酒保喝令道。

"不用，"芬利说着，两眼死盯着克里斯蒂安，"我们这伙计好像喝多了一点。现在没事了，对吧？"

　　克里斯蒂安又从口袋里抽出一根烟，点燃。

　　"对吧？"芬利重复道。

　　"没错，"他耸耸肩，看到自己的同事们露出最为礼节性的假笑，"反正我也不想跟这婊子跳舞。"

　　芬利从没在打人时下手这么重，所以当克里斯蒂安跌在桌子上又站起身时，他自己也吃了一惊。克里斯蒂安揉了揉自己的下巴，捡起掉在地上的烟，抓起一把翻倒在地的酒吧椅，朝芬利冲过去，把他掀翻在地，这时他的同事们才冲过来，把两人分开。而当弗伦奇不小心把饮料泼在刚才一直和克里斯蒂安聊天的护士身上时，克里斯蒂安又朝他冲过去，引发了第二场争斗，结果酒吧的人也不得不介入其中。

　　"我要报警了！"酒保大声吼道。

　　"我们已经在这儿了，你这蠢货。"有人提醒他。

　　又一把酒吧椅加入战局，砸在吧台上，打翻了杯架和上面的所有东西。芬利挣扎着站起身，给了克里斯蒂安一记左勾拳，让他失去了意识。

　　"你从不吸取教训。"他对自己神志不清的朋友说。

　　芬利回到玛吉身边，鼻子还在流血。他向她伸出手，后者小心翼翼地把手放进他的掌心。两人匆匆穿过五彩斑斓的玻璃门，走进十一月的寒风中。

　　在索特马吉特街的公共卫生间把自己清理干净之后，芬利终于请玛吉吃了顿饭，尽管这一安排几乎让他负担不起。他们叫了一辆出租车，努力说服海岸餐厅在他们点甜点时继续营业。他带她到卫星城跳舞，最后两人一起沿着河畔散步，送她回家，芬利把自己的夹克披在她身上。

　　他们终于还是来到了玛吉和别人合租的房子前。黑暗的街道上，只有一扇窗子还亮着灯，她的朋友们还在等她。芬利朝上面一张怒气冲冲的脸挥了挥手。

"所以……"他支支吾吾地开了口。

"所以……"玛吉微笑着。

"不算上刚才的打架，我得说今晚还是相当愉快的。"

她凑上前，吻了他的脸颊。"有件事我不想太早告诉你，因为我不想毁了这个晚上。我过得也很愉快。"

"好——吧。"

"几星期之后，我就要换工作了。"玛吉对他说。

"是吗？"芬利点点头，稍微感觉轻松了一点。

"在伦敦。"

"伦敦？"

"对不起，我没早点和你说。"

芬利朝四周张望，似乎走了神。

"芬？"

"跟我来。"他再次伸出手，带她到一座电话亭里。

"我们要做什么？"她问道。

他拨了一个早已熟记于心的号码，等待回应。"头儿，我是芬利·肖……"

"别给你们头儿打电话！"玛吉惊恐地小声说，想要把他拽出来。

"……收到后请给我回电。"他似乎要放下听筒，但却只是停了一会儿，"顺便说一下，我申请调职去伦敦……为了一个女孩。"

他挂断了。

"芬，你疯了吗？"

他转向她："听着，我不想让你有压力，我也不知道我们接下来会怎么样，我也不太了解伦敦，不知道那边有没有适合我的工作，"他解释着，尽力表达自己的感受，"但我知道，你值得我冒这样的险。"

*Chapter 17*

# 第十七章

2016 年 1 月 10 日　星期日　上午 9：10

巴克斯特坐在托马斯家的浴室地板上，头上开着淋浴，手里拿着托马斯给她的戒指。热水淋在头上，似乎让她对于自己还没准备好面对的想法变得迟钝。四十分钟的淋浴让她的手指失去了知觉，托马斯已经敲过两次门。

她伸手，转动旋钮，关掉淋浴器，感觉到湿漉漉的皮肤上的阵阵寒意。不到几秒钟，她的头脑便恢复了运转。但她对此无法忍受，只能再次转动旋钮，让内心的骚动平息，直到她的世界里只有水落下的声音。

"放了沃尔夫，伙计！"

"这家伙还没走？"在和玛吉一起回到急诊室的路上，沃尔夫皱着眉头。

他们被告知克里斯蒂安已经转进了私人病房，可以在早餐后去探视，他们可以先去医院食堂吃个早饭。沃尔夫对玛吉脸上诡秘的微笑感到困惑，但她只是回答，自己相信克里斯蒂安的情况正在好转。

　　他们走进狭小的私人病房，沃尔夫的轻松表情立马僵住了，他低估了克里斯蒂安受到的攻击的严重性。他对此感同身受，想起了自己被袭击后第一次照镜子时看到的惨相。不过克里斯蒂安的情绪似乎很好，三个人闲聊了十几分钟，玛吉找出不少老照片来充当谈资。

　　"玛吉，我不想听上去这么粗鲁……"沃尔夫开口。

　　"你们这些警察，总是有警察的事要谈。"她替他说完，似乎对自己总要给他们腾出私人空间这件事早已见怪不怪。

　　沃尔夫不好意思地点点头。

　　"没事，"她站起身，"我去候诊室等着。"

　　给了克里斯蒂安一个安慰的拥抱之后，玛吉让他们单独谈话。

　　"有什么消息吗？"克里斯蒂安满怀期望地问。他的一只眼肿得合不拢，还被磨砂面的安全气囊灼伤了。

　　"没有，"沃尔夫回答，"谁在调查你被袭击的这个案子？"

　　"他们留了张卡片。"克里斯蒂安说，指了指床头柜。

　　"我会跟他们联系。"

　　"好……但我想这不是你让玛吉离开的原因吧？"

　　"不是，"沃尔夫承认道，"桑德斯还没查到你那天晚上回芬利家时出租车公司那边的记录。也许你用的出租车不是你在叙述里提到的那家，或者——"

　　"好，我们可以接着聊聊。"克里斯蒂安打断了他，瞥了眼开着的房门。

　　沃尔夫起身把门关好。

　　"我本以为不会被人发现的，"克里斯蒂安说，"那晚是我自己开的车。"

　　沃尔夫对这个答案并不意外。

　　"天知道当时我超出了酒驾限额多少，"他继续说，"一看到那条短信，我就慌了。我赶紧跳上车。威尔，你应该做你认为正确的事……我得承认，我犯了错。"

沃尔夫琢磨了一会儿，站起身。

"用了别家公司的车，"他总结说，扣上外套，"不出我所料。"

听到门响，巴克斯特心头一紧。

把咖啡杯往右边移了几英寸后，她觉得自己更喜欢它原本所在的位置，于是又移了回去。她望向前门，荒腔走板的艾德·希兰①的《积木屋》正在不断逼近。

"呜呜呜呜呜！"托马斯哼着颤音，在脚垫上蹭了蹭鞋底，放下钥匙，才发现她坐在那里。"欢迎回家！圣诞树不见了，你很高兴吧，"他对她说，边闭眼睛边深深地吸了口气，"闻闻，这清新的空气——我想可能是厄科大便了。"

确实如此。

托马斯从喋喋不休的电视机前走过，吻了下她的前额。巴克斯特坐在原处，一动没动。

"咖啡？"她提议道。

"哦，天哪。"托马斯说着在桌边坐下。"出什么事了？"他握住巴克斯特的手，风衣都没顾上脱，她的手却慢慢从他掌中滑脱出来，"埃米莉，怎么了？"

巴克斯特清了清嗓子。"你知道我们生活里都会有那种人吗？"她说话开始颠三倒四，像是病了。"那个人？突然逃走的那个？"

"我……想想。"他回答，同时关切地注意着她的状况。

---

① 即 Ed Sheeran，英国创作歌手，1991 年 2 月 17 日出生于英国英格兰西约克郡。《积木屋》（"Lego House"）是他 2011 年发表的作品。

"就像你跟我说的那个女大学生，"巴克斯特说着，试图回想起那个故事，"叫杰玛什么的？"

"杰玛·霍兰！"托马斯点点头，不禁露出笑容。

"没错，就算你现在和我在一起，我们也都有自己的……事情。但如果她现在开门进来，你会有什么感觉呢？"

"我很清楚她现在已经是个'他'了。"托马斯说。

巴克斯特有些恼火。"好吧，这例子不好。但威廉·福克斯……沃尔夫……他就是我那个'逃走的人'。"她解释说，抬头和他对视。"我昨晚没回家，是因为——"她屏住呼吸，"我和他在一起。"

托马斯一脸困惑。

"我说的'在一起'就是那个'在一起'。"她进一步解释。

"我觉得这没什么问题。"

"好吧，但还是——"

"你想让我'知情'。"

"我不知道这在现在还有多重要。"

"对，"他表示同意，一脸茫然，"我想大概不重要了。"

"我可以找一些烂借口，比如被你的求婚吓坏了，或者昨晚喝太多了。我可以把上个月发生的一切也拿来做解释，但这一切都不过是借口。"

托马斯点点头，电视上不合时宜地出现了一个欢快的广告。

"我已经开始收拾东西了，"她继续说，把戒指盒放在桌上，推到他面前，"我猜你会想要把它拿回去。"

他低头看了看，又抬头看了看她："所以，就这样了，是吧？"

"嗯。我只是想——"

"你用不着这样。当我说想和你共度余生时，我是认真的。如果你不想这样，拒绝我也没问题。抱歉。"他说完站起身。

"你要去哪儿？"

"外面。"走过沙发，托马斯拿起遥控器，却发现下一个电视台的广告比上一个还要让人难以忍受。但他对此十分淡定。

"外面哪儿？"

"走一走。"他烦躁地回答，手不停按着遥控器，但无济于事。最后他把这个黑色的小东西朝电视机砸过去，这似乎才起了一点作用。"抱歉。"他再次对瞠目结舌的巴克斯特说。当他走到门外时，电视机还在冒着烟。

沃尔夫终于冲了个澡，这对他来说是个好消息，对其他人更是如此。他和桑德斯利用下午时间会见了调查克里斯蒂安遇袭一案的埃塞克斯警局的警探。袭击案的受害人是伦敦警察局的局长，这一点足够令人震惊，但这对调查本身显然也十分有益。警探们铆足了劲，唯恐自己的全力付出还不足以让此案水落石出。他们同时也对另一个警探团队的介入热情高涨。

然而，一夜过后，他们的调查并没有太多成果。那辆三菱卡车已被找到，被人遗弃在哈特菲尔德附近的一条骑马专用道上，熊熊燃烧着；法医还在现场提取证据。在对街道摄像头的录像进行高清处理之后，他们已经可以断定两名嫌犯基本上是男性——身高超过六英尺，肌肉发达，经验丰富，可以在完成任务后把现场清理得一干二净。现场残留的物证已被全部收集并带回警局进行编目。

闻上去干净了许多之后，沃尔夫把一条毛巾裹在腰上，半裸着大步穿过帕丁顿格林警局，回到他的牢房里过夜。

埃德蒙兹已经彻底失去了时间概念，他在一盏绑在剪草机上面的破灯底下继续工作。他把花园当成了办公室，撇下蒂亚和利拉，让她们自己看星期日下午的电影。他给自己写了张便条：提醒自己，进一步搜寻那伙人在船舱仓库以外活动的档案。有关那批毒品的调查已经展开，他认为这条线索将对他们产生直接影响。他向后一靠，伸了个懒腰，关节发出令人满意的咔嗒声，这时房子里突然传来一声尖叫。

他弄翻了凳子，匆匆穿过自家黑暗的花园。

"亚历克斯！亚历克斯！"蒂亚叫着，打开了厨房灯，利拉正缩在她怀里号啕大哭。

他一进后门，便明白发生了什么：一串湿靴子留下的脚印出现在地毯上，有人从客厅进入，还在厨房里悠闲地转了一圈。

"有人进了房子！"她喘息着，摇晃着利拉，希望她平静下来。

"待在这儿。"埃德蒙兹对她说。他拉开餐具抽屉，找到一把刀。

他走进客厅，发现沙发周围也有一圈脚印，这名闯入者显然是在他的未婚妻和女儿熟睡之时在她们身边绕了一圈。意识到这一点，埃德蒙兹不禁心头一颤。他注意到空气中弥漫着一股怪味，于是冲上楼梯，沿着脚印寻找。他检查了衣柜，然后又跑下来，这时气味变得越来越浓。他一进门廊，便听到里面有咝咝的声音。三个证物箱被重新码放，叠在一起，看上去像是正在融化。

他小心翼翼地走过这堆融化物，检查了浴室，然后走进房前的花园。他一路小跑，来到路边，但结了冰的街道上却没有任何动静。他站在原地，在黑暗中观察了大约一分钟，然后回屋，踢了踢那堆残骸，希望能保留下些什么。最后他匆匆回到自己家人身边，同时拿出手机，拨通了巴克斯特的号码。

"酸？"桑德斯问道，乔正蹲在埃德蒙兹家地板上的那堆东西旁边。

乔摇晃着手里的罐子，把它举到灯光下，看着里面旋转的液体逐渐变红。

"没错。"乔站起身，回答道。

埃德蒙兹惊魂未定："他们就拿着这东西，在利拉身边转了一圈。"

当巴克斯特伸手握住埃德蒙兹的手时，沃尔夫似乎很震惊。她从一进门就绕过他身边，避免跟他对视。

"她们去她妈妈家了吗？"巴克斯特问道。

埃德蒙兹点点头。

"所以我们大家都可以认为，我的车被撞到也不是单纯的事故，对吧？"桑德斯问道，"先是我……然后是局长……现在是埃德蒙兹。我们被人盯上了。"

"这意味着我们离目标也更近了。"沃尔夫说。

"大概离被灭口也不远了。"桑德斯喃喃自语。

所有人都皱着眉头望向他。

"怎么？"他一脸无辜地问道。"说说而已。"为了换个话题，他转向巴克斯特，"沃尔夫说昨晚他干的事真是不值当。"

"啊哦哦哦哦！"埃德蒙兹发出尖叫，因为巴克斯特的指甲抠进了他的皮肤。

"他只是说自己好像一直在等待什么不可能发生的事情，"意识到周遭气氛有些不对，桑德斯赶忙解释说，"他觉得不爽。"他又补充，不知道自己该不该说下去。

"他跟你说什么？！"巴克斯特说，显然这时她已经不再回避和沃尔夫的眼神接触了。

其余人则望向桑德斯，大家都不确定他说错了什么，包括他自己。

"呃……他说他只是想打个盹儿，但没睡成。"

巴克斯特气得张大了嘴。

"我想，"沃尔夫开口，终于可以自己收场了，"他说的是后来我们在候诊室长椅上躺着的时候。"

"是啊……是啊。"桑德斯耸耸肩，一脸困惑。

"哦，"巴克斯特叹了口气，"我没待上一整晚，先回去了。"

"她大约是……"

"11 点走的？"

"过两分。"沃尔夫盯着她，"11 点过两分。"

"还说你没在监视我！"巴克斯特假笑着说。

"当然没有！"沃尔夫回答，以最不自然的方式解释了这场尴尬的对话。他不确定是否真的有"可疑的沉默"这种东西，但如果有，现在这情景绝对当属其中。他赶忙另起话题："我想知道这几个箱子里到底有什么，值得他们这么折腾。"

乔看着脚下的一摊残留物，做了个鬼脸。"很遗憾，我们永远也不会知道了。"

# *Chapter 18*

## 第十八章

1979 年 11 月 5 日　星期一　晚上 9：14

**篝火之夜**

芬利重重地摔在地上，手掌被水泥地擦伤，肺里的烟慢慢上涌，这令他感觉呼吸困难。他挣扎着喘了口气，身体的一侧感觉热烘烘的，同时手掌上阵阵刺痛袭来。

"芬！"克里斯蒂安不知在什么地方叫喊，声音倒是越发清晰："芬，快站起来！"

克里斯蒂安扛着一大堆东西，摇摇晃晃地走过来：他把几袋一公斤装的白色粉末堆到一起。芬利跪坐起来，开始收拾散落在周围的袋子。

"还有多少？"克里斯蒂安小跑着过来帮忙时，芬利急忙问道。

但克里斯蒂安并没有回答，只是自顾自地把袋子往上摞。

"还有多少？"芬利再次发问。

"我得回去！"克里斯蒂安嚷道，大楼远端的爆炸让他不由得遮住了眼睛。

"到底还有多少？！"芬利继续追问，但他的搭档再次跑回了库房的位置。"啊！"他沮丧地躺在由海洛因堆成的小山上，放弃了抢救它们的工作。

尽管已经筋疲力尽，但芬利还是很快挣扎着站起来，继续搬运剩下的海洛因。他穿过已经变形的金属百叶窗，绕过火车的残骸，然后僵在原地，对眼前的状况大惑不解：他站在金属楼梯下面，之前克里斯蒂安会从上面把装了袋子的手推车扔给他……但现在已经没有袋子了。

手推车不见了。

克里斯蒂安也不见了。

"你这狗娘养的白痴！"芬利啐了一口，爬上已经摇摇欲坠的楼梯，重回火海当中。


凉爽的装卸间给了克里斯蒂安一种不切实际的安全感。

汗珠流进眼睛，整个金属房间就像一个巨大的烤箱。克里斯蒂安拉着手推车，走向烟雾缭绕的走廊尽头。当他经过最远端的门口时，温度已经让他难以忍受，他考虑往回走，但房间的状况却明确告诉他，火已经逼近他身后了。到达房间尽头，他费力地把手推车从尸体上面拖过去，结果不小心脱了手。

他摔到房间外面，听到门在他身后砰的一声关上了。

"该死！"他喊了一声。

整个后墙都着了火，他能感觉到自己的眼睛都在燃烧。

他用围巾堵住鼻子和嘴巴，开始把钞票整齐地码放在手推车上。不到半分钟后，他回到紧闭的房门前，伸手去拉门把手，结果还没碰到就听到皮肤起泡的嗞嗞声。他大叫一声，回头看到身后的火舌也在向他逼近，正从天花板朝他猛扑过来，让他一度愣住了神。

他灵机一动，掏出芬利给他的枪，对准铰链……

"克里斯蒂安！"

"芬！"他咳嗽着回应，"芬，我被困住了！"

芬利想要从另一边把门打开，但只弄出几声巨响，门纹丝未动。

"芬，快点！"他绝望地喊道，茫然地望着自己已经被堵住的逃生路线；他可以明确听到空气里的燃烧声，同时感觉耳边有一股股热浪掠过。

他的身后传来猛烈的撞击声。

克里斯蒂安转过身，看到一个身负重伤的人。就算他称不上小屁孩，也顶多只有克里斯蒂安这个年纪。他穿着休闲服装，显然是仓库的管理人员，而非这次拙劣的抢劫计划中的专业雇佣军。这个陌生人似乎同样因为克里斯蒂安的存在惊呆了，两人对视了一会儿，随后才回过神，看到对方手中的枪，本能地扭打在一起……

两人同时举起武器，但率先开火的是克里斯蒂安。

他惊讶地望着这个健壮的年轻人倒退着跌在墙上，手里的枪滑落到地上。

芬利也听到了这边的枪声，疯狂呼喊着克里斯蒂安的名字。他大叫一声，终于徒手把燃烧着的金属门推开。他看到自己同伴手里的武器，又看到对面墙角瘫坐着一个人。他奋力扶住门。

"检查一下脉搏！"他吩咐克里斯蒂安，后者还呆呆地站在原地，"看看他死没死！"他大声喊道，把尸体拖到门口，尽可能让自己站到房间里。

克里斯蒂安这才回过神，放下枪，冲到那人跟前，炽热的天花板碎片已经开始在他周围掉落。当那人的眼睛盯着他时，他感觉一阵恶心，因为他认定那人已经死了。他知道芬利在看着他，于是把两根手指放在那人喉咙上，感觉到皮肤下面仍有规律的跳动。

"对不起，"在跑回自己搭档身边时，他轻声说，"他死了！"

"那赶紧走吧！"苏格兰人喊道，已经站在门口。

"还有钱！"克里斯蒂安在他身后喊道。

"别管了！"

"芬！"

"别管了！"

克里斯蒂安抓住手推车的把手，还想一个人把它从狭窄的门口拉过去。

"芬！帮帮我！"他尽力拽着，却没办法拉过门槛，只能无助地看着两捆钞票从平板车上滑落，瞬间被大火吞噬，"芬！"

芬利只好赶忙回到克里斯蒂安身边，用他的大手抓住金属把手。两人一起用力，终于把手推车拽了出来。

芬利站在水边，看着焰火。

在各种拍照和答记者问的吹嘘之后，他看到克里斯蒂安一个人坐着，缠着绷带的手还在颤抖。但他并没有去他的身边。

他的同事们都在漫无目的地游荡，看着消防队完成后续工作，或是欣赏那辆福特科迪纳上的弹孔。至少在那一刻，他们还不知道他和克里斯蒂安隐藏了些什么……他从没感觉过自己和这些共事多年的人如此疏离，一瞬间的决定便改变了一切。他真希望自己能把车开进火里，把它烧掉，把钱都烧光，让罪恶感和羞耻感统统化为灰烬。

如果我们不拿走，它们也会被烧成灰。

它们只会永远被锁在证物柜里。

没人知道我们拿了这些钱。这是没有受害人的犯罪。

　　克里斯蒂安的话不断在他脑子里回响。只是，这次犯罪并非没有受害人。还有一具烧焦的尸体，正是出自他们之手。

　　芬利把那把手枪从腰带上取下来，用一条干净的绷带托住它，以免沾上他的指纹。他不确定自己为什么要把它捡走，因为他在理智上显然相信，大火会让一切证据都不复存在。

　　小心驶得万年船。他心想。

　　他凝视着漆黑的水面，思考着一个谎言能以多快的速度引向下一个，并把枪管擦干净。但后来，不知怎的，他放弃了自己原本的计划。

　　他快速把枪裹在绷带里，塞到裤子后面，然后抱着自己受伤的手臂，继续看完剩下的表演。

# *Chapter 19*

## 第十九章

凌晨 3 点左右，在被一张金属轮床撞到之前，乔已经听完了平克·弗洛伊德的《月之暗面》、齐柏林飞艇的《第三张》以及凯蒂·佩里的《花样年华》。在成功让早班的清洁工体验到魂飞魄散后，他把身上的白床单扯下来，爬下床，去寻找咖啡因。

他眼神迷离地检查着自己前一个夜晚留下的各种任务，仿佛一具呆滞的僵尸，浏览文件，输入终端……直到来到第四块屏幕前。乔把咖啡放在旁边，瞬间清醒。他拿出一沓打印文件，在法医实验室里来回踱步，任由纸张不断掉落。

"我……这……太牛了！"他大声说，从门口跑出来，一头撞上刚被他吓得半死的清洁工，后者正在用真空吸尘器，并没有听到乔的声音。

儒歇背对着明亮的窗户。睡意很快消散，他理了理枕头，伸直双腿，赤着的脚碰到了羽绒被上的什么东西。过了一会儿，他用脚指头碰了碰，还是搞不清楚。直到坐起身，他才发现自己刚才一直在踢霍莉的脸。

她醒了过来，儒歇赶忙收起自己的脚。

"嘿。"她微笑着，拢了拢自己的金色短发。

她看上去筋疲力尽，像只猫似的缩在他的床尾。昨天下班后她过来探望他，两人一起享用了一顿美味的晚餐：意大利面配烤吐司、奶油硬糖汁兑天使的喜悦①。奶酪被替换成了一把药片，稍微有些扫兴。吃过饭后，她便照顾他上床睡觉了。

"抱歉，"她站了起来，还穿着满是褶皱的工作服，"我打了个盹儿。"

儒歇感觉很过意不去。在全职工作的基础上还要照顾一个病情不断恶化的病人，这显然让她很吃力。霍莉天性善良，善良到相信自己仍可以在这个腐朽的世界里有所作为。他开始觉得，巴克斯特正在利用霍莉天性中的这一面。

"你为什么不休息一晚呢？"他建议说，只是坐直身子就让他痛得龇牙咧嘴，"出去转转……看场电影……或许可以在弗兰基和本尼餐厅吃顿晚餐，或者搞一搞你们这些孩子最近喜欢玩的那些把戏。"

"看电影，去弗兰基和本尼吃饭？"霍莉大笑道，"这就是你去城里玩时的安排？"

"听上去对现在的我来说相当不错。"他虚弱地笑了笑。

"是的……其实对我来说也不错。"

"那就去嘛！"儒歇对她说，表现得比两星期前她刚看到他时还要精力充沛。"我很想和你一起去，但，你知道的：联邦调查局……直升机……追车……枪战……死人。"

她大笑着从床上站起来："那你觉得怎么样？"

---

① 天使的喜悦（Angel's Delight），是用奶油、君度、金酒调和而成的鸡尾酒。

"你猜怎么着？其实挺好的，相当好。"

"你不是开玩笑吧？"

"当然不是，"儒歇挪到床边，"我去给你弄顿早餐。"

"你最好不要。"

"那你就答应我，休息一晚上？"他问她，同时作势要站起来。

霍莉看上去很沮丧。

最后，双方达成了协议，霍莉在出门前会给他打个电话，到家后再打一个。她答应至少喝三杯金汤力①，作为交换，儒歇晚餐时会吃些蔬菜。他还要求去厨房跟她一起吃早餐，为此他将答应这一天剩下的时间都待在卧室里。另外，两人还就开火做饭、收邮件以及看电视剧《讨价还价》等附加条件达成了共识。

在她提出抗议之前，他硬撑着把脏盘子拿到了水槽里，还为她演了一出"垂死的女主角爱上拯救她的男主角"的可怕戏码，这让此前的联邦调查局枪战都变得不那么糟糕。

"我得走了！"意识到时间，霍莉说。她开始收拾东西。"照顾好自己。"

"我会的。"儒歇向她保证，还把她送到门口。

两人拥抱道别，还不习惯整天都要分开。不过，霍莉似乎确实很高兴。

"我真不敢相信你今天好了这么多！"她对他说。

当她轻快地走下楼梯时，儒歇朝她挥了挥手。但当门一关，儒歇便倚靠在门上，痛得几乎无法呼吸。为了维持恢复良好的假象，他用尽了全力。他可以看到厨房柜子上的止痛药，但身子却不听使唤。于是他只能坐在门口，盯着纸袋，视线因泪水变得模糊。

---

① 用金酒和汤力水制成的一款鸡尾酒。

"你到底在搞什么，威廉？"玛吉质问道，这时厨房里的水开了，"我都快冻僵了！"

沃尔夫蹲在敞开的前门旁边，摆弄着门锁。"对不起，再等一分钟，我保证。"

"这门有什么毛病吗？"

沃尔夫敲打了两下门把手，检查里面的机械装置。他耸耸肩，然后把门关上。

"前几天卡住了。只是检查一下，看他们换门框的时候有没有把锁装好……方便等你需要的时候，我们还可以进来。"

"你可真贴心。"

他怀疑地看着她。

"好吧，反正你对我不错，"她微笑着说，"喝茶吗？"

"我先把垃圾拿出去。"他对她说，进了厨房，拿出装得半满的垃圾袋。

他打开老式的后门，反手把它关上，然后把垃圾扔进垃圾桶。他沿着花园走了一段——两边都是成熟的灌木丛——来到后院的篱笆旁边。他爬上矮墙，透过树林，查看被人们忽视的区域。四周无人，他翻过薄薄的院墙，落在一堆乱七八糟的东西当中。

"该死。"他叫了一声。

手机在口袋里嗡嗡作响，没想好接下来怎么办，他只好先摸索着寻找手机。他觉得在巴克斯特从自己身边逃走之后，他还没做好跟她谈话的准备。不过拿出手机时，他便松了口气。打电话的人是桑德斯。

"你没事吧，乔说他找到了一些东西。"

"谁？"

"实验室那人。"

"啊。"

"局长不想被人打扰，所以我们约在 12 点半到医院开会。"

沃尔夫看了眼时间："待会儿见。"


拐过又一条无法辨识的走廊时，桑德斯对沃尔夫说："查到芬利的 999 电话了。总共时长二十四秒。接线员询问他需要哪种急救。然后两次对他说听不到他的声音，告诉他如果不方便说话，可以咳嗽或是轻轻敲击电话。她听到了两种不同的敲击声，然后就挂断了。没有证据表明寻求帮助的人是芬利……还是别人。"

"呃……"沃尔夫说。

"录音已经传给技术人员史蒂夫了，但我觉得没必要对这个信息保密。"

他们走进私人病房，发觉自己是最后到达的。

克里斯蒂安被扶了起来，坐在床上，手里拿着控制吗啡注射的按钮，身后的屏幕上显示着他的各项生命体征，所有人都可以看见。巴克斯特机敏地占据了远端的角落，这样就不必和任何人有眼神的交流或接触。与此同时，无意中提起了托马斯那次灾难性求婚的埃德蒙兹，此时占据了另一个角落，生着闷气。而对这一切都浑然不觉的乔还沉浸在对自己才华的钦佩当中，笑得像个傻子。

"啊！桑德斯、福克斯，快请坐。"他招呼他们，示意他们可以坐在克里斯蒂安的床尾。

克里斯蒂安把手放在吗啡按钮上："请不要。"

"没关系。"沃尔夫说。

"你们自便……开心吗各位？"乔开口了，对房间里的氛围毫无察觉。"好吧，是这样，几年前，我申请了一个表面纹理分析 3D 映射系统的资金项目，他们一开始不想批，因为——"

巴克斯特大声地打了个哈欠。

"好吧，你不关心这些。打个比方，最接近的说法是给物体做面部识别……比如说……子弹。"乔微微一笑，"我昨天花了很多时间，把芬利和局长先生案卷档案里的证物输入电脑。终于找到了一件匹配的样本。"

他拿起一个证物袋，里面装着一些金属物体。"证物 A：篝火之夜仓库爆炸案中找到的几十颗子弹中的六颗，都来自同一把手枪。"

"你是怎么知道的？"桑德斯问他。

"子弹的尺寸和质地？"埃德蒙兹猜测。

"要是我没记错，"克里斯蒂安插嘴，"那天晚上开了好多枪。"

"很高兴你会提问。"乔说，看上去确实很高兴。他拿起一张子弹的放大照片，后者的彩色线条突出了纹理形状的部分。"枪管中的微小瑕疵。子弹穿过枪管，在金属表面留下轻微划痕；同一支枪，这样的纹理总是一样的……堪称子弹的指纹——如果你们愿意的话。"

"别说得这么邪乎，伙计，"桑德斯立马接茬，用他在克里斯蒂安面前最礼貌的语气，"从逻辑上讲，除非完全不称职，否则每把枪在被交到它的主人手中之前，都会有人随便打几发的。这对你来说算新闻不？"

"哦，那跟我说的没关系，"乔解释说，"这里的瑕疵并不是说质量问题，只是会留下轻微痕迹。"他拿出其他几张子弹的照片，上面同样有彩色的线条标记。"然后我们就可以寻找这些相似的痕迹。"

"和芬利的枪吻合吗？！"埃德蒙兹兴奋地脱口而出。

"那倒不是，"乔说，听上去有点泄气。他拿起第二个证物袋，里面也装着一颗子弹，子弹已经有些变色。"证物 B，"他宣布，"B 代表'屁股'。就在几天后的乔治广场，这颗子弹打在这位伟人的左屁股上——"他特意向克里斯蒂安示意，后者挥了挥手，仿佛赢得了什么大奖，"跟之前的子弹匹配度为 92%！"

他的听众们看上去有点无聊。

"话筒开了吗？"他开玩笑说，拍了拍自己的胸膛，"你们明白我在说什么吗？"

他的听众们似乎还是不明就里。

"还没明白？两颗子弹，同一把枪，不同的犯罪现场！那么，它是怎么到那里的呢？"

埃德蒙兹和沃尔夫齐声回答：

"那个荷兰人。"

"不死胭脂鱼头。"

乔显然对这一时刻等候多时。他再次拿起那颗子弹，"你们说的是那个在这颗子弹射出前两天就已经死掉的家伙，对不对？！"他也兴奋了起来，"所以结论是：那个荷兰人并不是唯一一个从那场大火中逃出来的人。还有其他人逃了出来。"

"那是不可能的。"克里斯蒂安说，看上去比五分钟之前更糟。

沃尔夫瞥了他一眼，注意到监视器上的心率数值在上升。

"这一切都指向那间仓库，"乔自信地对大伙儿说，"这就是关键。无论这第二个幸存者是谁，他现在都是我们的首要嫌疑人。"

# *Chapter 20*

## 第二十章

1979 年 11 月 5 日　星期一　晚上 9：16

**篝火之夜**

天空正在燃烧。

建筑摇摇欲坠，金属框架正在呻吟。他目不转睛地盯着，空气中不断有火花飞溅，仿佛萤火虫在翩翩起舞。不到五米远的地方，原本的钞票堆所剩不多，也已经燃烧殆尽，只剩下烧焦的纸片和灰烬。残酷的是，那颗子弹并没有命中要害，而是钻到了他的肩胛骨下面，这令他痛苦万分，而最终要把他处死的却将是这熊熊烈火。

那也将是对他接下来目的地的预告。

天花板继续在他周围坠落，这让他最后一次看到星光。然后仓库彻底垮塌，仿佛天鹅之绝唱。

地板在他身下轰鸣。

重重的大门从门框上剥落。

他闭上眼睛，任由自己坠落。

他躺在工厂废墟里，怀疑上帝这家伙是不是太会享受了。当最后一个巨大的毒气罐在附近爆炸时，他仍闭着眼睛，静待一切结束。

"来吧，"他小声说，"来吧！"

他感到一阵凉风吹拂后颈，于是睁开眼。两堵墙交错的角落处，出现了一个出口。他从地板上捡起枪，拖着步子走了过去。四周是黑色的海水，五颜六色的烟花在天空中绽放。当他来到铁丝网边时，一簇蓝色的闪光映在货柜上。

在灯光与焰火交错的某个角落，一台相机发出微弱的闪光——它捕捉到了芬利和克里斯蒂安的荣耀时刻，捕捉到了斯特拉斯克莱德警方数十年来最大规模的一次抓捕行动，捕捉到了一座五英尺高、几乎塞满海洛因的塔楼，以及两名逍遥法外的男子的身份。

# Chapter 21

## 第二十一章

"嘿！嘿！嘿！"沃尔夫和玛吉经过护士站时，一个盛气凌人的女人喊道，"所有访客都必须登记。"说完她回过头，继续打电话。

两人头一次听说还有这样的规定。沃尔夫乖乖地走到登记簿前，从容地浏览着其他被这个高傲女人逮住的不幸人士的名字，然后拿起了笔。但他转念一想，反倒把那珍贵的一页撕了下来，还把笔揣进兜里，以防万一。

"威廉！"玛吉小声说。

"抱歉，我只是不喜欢她对你说话的方式。"他说着，趁还没有人注意到，带着玛吉离开了这里。

克里斯蒂安准备出院，沃尔夫自告奋勇，陪玛吉一起来接他。后者显然已经进入了护士的角色当中，把自己车的后半部分改装得像是救护车。沃尔夫开着车，终于摆脱了拥堵不堪的城市交通，驶上阳光斑驳的小路，在森林中间穿行。当他们驶上私人道路，克里斯蒂安的人工导航便不再被需要。路面在阳光下闪闪发光。他们从大门中间穿过，看到一栋优雅而现代的房子。这栋房子采用斯堪的纳维亚风格，总共三层，由木材和玻璃建成，与周边的树木相得益彰，仿佛自然生成。

"哇哦。"沃尔夫在驾驶座上赞叹道，不过他的评价大概无关紧要，毕竟他现在住在一间牢房里。

他们停了下来，克里斯蒂安把钥匙拿给沃尔夫，还把门禁密码告诉了他。警报声在这座极简主义的建筑四周响起。刚跨过门槛，克里斯蒂安就坚持要自己给前门上锁，锁完后还检查了两次，确保万无一失后才去拧里面的门把手。他拧开门锁，待大家都进屋后再把门反锁上，玛吉和沃尔夫始终耐心地看着他。

"原谅我的强迫症，"他对他们说，"我想我大概还需要一些时间，才能重新在这里找回安全感。"他说着，带他们走进房子的主厅。

一块三层楼高的玻璃墙俯瞰着下面近乎完美的花园。一扇古色古香的木门把花园与远处的森林隔开。一个带长廊的阳台看上去仿佛悬浮在他们上方，引得游览者的目光向上探看，直抵宏伟的拱形天花板。

"我的老天，克里斯蒂安，"玛吉叫道，"我觉得你的老房子就很漂亮了。现在你一个人住在这儿？"

"很遗憾，是的。"他费力地坐上自己最喜欢的一把椅子，不禁痛得咧了咧嘴，玛吉赶忙过去帮他。"威尔，现在你可以告诉我目前的进展了吗？"

沃尔夫还在眺望外面的森林，贪婪地享受着冬日阳光。"哈？"

"目前的进展，"克里斯蒂安重复了一遍，"你会把我牵扯进来吗？"

"如果是那样，你会是第一个知道的。"

"肯定跟他无关！"玛吉大声说，"你先上床休息吧，老伙计。"

"好吧！好吧！"他投降了，在玛吉为他的枕头和药物忧心忡忡时，还朝沃尔夫眨了眨眼，显然很享受目前受到的照顾，并不会把自己当成负担。

"我要走了，"沃尔夫宣布，从窗边站起身，朝门口走去，"我叫辆出租车去车站。"

"你确定吗？"玛吉问，"我可以载你回去。"

"不用，"他微笑着说，"你盯着克里斯蒂安就行了。"

吊起的花篮在微风中轻轻摇曳，饥渴于照到阳光的冬日花朵在相互扼杀的同时，一道向天空攀缘：求生的本能，寓于残酷的荣耀之中。

埃平地铁站一定是沃尔夫去过的最奇怪的地方了，这里比游泳池略热闹，但比公园凉亭还冷清，得到了充分管理，既没有垃圾也没有人群。他踏上自己等候多时的列车，闭上眼睛。车厢渐渐被填满，载着人们一同驶向地下，驶向城市的方向。

沃尔夫在圣詹姆斯公园站重回地上，走了一小段前往新苏格兰场。一到接待处登记，服务人员便告诉他要等人陪他一起入内。这时他注意到几个全副武装的警员正站在一起。

"抓住那个人！"其中一个朝人头攒动的大厅叫道。

沃尔夫正兴致勃勃，准备欣赏某个毫无戒心的白痴被五个无趣的外交保护组警员按在地上，这时他回过头，想看看他们在说谁，而这只会让外交保护组的任务变得容易，因为他们接下来就要把他按到地上。

沃尔夫觉得自己的调查没有取得太大进展是可以被原谅的，因为他又被铐上了手铐，坐回同一张椅子上，还是在一星期前的那个审讯室里。幸运的是，没过多久，瓦尼塔就走了进来，坐到他对面的桌子后面。

"我们长话短说，好吧，福克斯？"她跟他打招呼，"我就知道你做不到。我就知道你肯定会忍不住，无视我们的协议。不过你能坚持这么久，我还是很惊讶。我想这很不容易。"

"谢谢，"沃尔夫点点头，由衷地为自己骄傲，"顺便问一句，我想知道我们的协议中有哪些内容被无视了，我的意思是，你指的是什么？"他转了转眼珠，对自己的自豪少了几分。

瓦尼塔翻开她的文件夹。

"星期六晚上 8 点 58 分，你在宵禁后离开了自己被指定的监管住所，直到第二天中午才返回。"

"那是因为我在医院陪克里斯蒂安……局长。"他提醒她。

"然后，"瓦尼塔接着说，"花了整整四小时，你才再一次打破宵禁规定。"

"我去了亚历克斯·埃德蒙兹家的犯罪现场！"沃尔夫现在变得很沮丧，"对整个周末都在忙正事的人来说，你们可真待我不薄——"

"我也很忙，参加了个培训。"

"……不过有时候，只是偶尔，在你好好学习的时候，会有讨厌的暴徒到警察局局长家，在家门口把他暴打一顿，还会在非社交时间往别人家里泼腐蚀性液体！"

但他的恼怒只会让瓦尼塔更加得意，"所以非你不可，别人都处理不了？"她翻了一页，"我们还发现，在星期五下午，亚伦·布莱克警官接受了一次不必要的非法调查，目的是获取艾什莉·洛克伦目前的住址，"她抬头望着他，"你认真的吗，福克斯？拼布娃娃案名单上的人！你肯定知道她的地址会在我们的系统里吧？"

沃尔夫开口，刚打算反驳——

"还有最后，"她打断了他的发言，看上去有点被眼前的白纸黑字刺激到了，"乔治国王医院的牧师说，他发现你躺在教堂里，赤身裸体，"她皱了皱眉，"还是在我主耶稣的无头雕像旁边，"她挑了挑眉毛，"解释一下？"

沃尔夫再次开口……然后闭上了……摇了摇头。

"我会在报告中详细叙述你对芬利·肖一案调查的贡献的。再见，福克斯。"她站起身，准备离开。

"我要和巴克斯特谈谈！"

"不可能。"

"那我要和我的律师谈谈。"

二十分钟后，沃尔夫到一个空房间打电话，有一位警官陪同。打电话时，那位警官站在外面，他的影子在门下面的缝隙中徘徊。沃尔夫先把细节绘声绘色地对柯林斯和亨特律师事务所讲了一遍，然后拨通了他还记在心里的几个号码之一。

"玛吉？我是威尔。我需要你帮我个忙。"

"地板下面的头发是局长和巴克斯特的，"乔宣布，"这没什么好奇怪的，他们在那房间里待的时间最长。"

巴克斯特、埃德蒙兹和桑德斯已经在法医实验室集合，他们决定不等沃尔夫了，他已经迟到了半个小时。

"埃德蒙兹家的靴子印呢？"

"男性，鞋码 11，足弓略平，没什么特别的。"

她没好气地追问："那酸呢？"

"我还在做测试，确定它的具体成分——很可能是一些奇怪的自制混合物。如果是那样，我们或许可以缩小它的制取范围，确定来源……也有可能办不到。"

"好吧，看来我和埃德蒙兹又得挨家挨户搜集线索了。桑德斯，你——"

这时布莱克火急火燎地冲进实验室，看上去很慌张。他看到托盘里的肉质组织，皱了皱眉，从它旁边绕了过去。

"那是……脑子吗？"

"严格来说，不再是了。"乔嘟哝着。

"老天，我讨厌来这个地方！"他在一块干净的地板上蹭鞋底，嘴里还在抱怨。

"不用客气……随时欢迎你光临。"

布莱克转向巴克斯特："抱歉打扰你们，头儿。"

"出什么事了？"

"沃尔夫。"

"他怎么了？"

"他被抓了……你知道的……又被抓了。"

# Chapter 22

## 第二十二章

"别动，亲爱的。"她对他说。她站在他们破旧的小厨房中间，正试图把他皮肤上的敷料剥下来。

他咬紧牙关，又灌了一大口啤酒。

"那医生对你做了什么？"她不满地问。

"那人弄得一直都不太好……估计这就是他得给我们这种人处理伤口的原因。"他开玩笑说，吻了吻她有文身的胳膊内侧。

"我得集中精力。"

"我也是。"他说着，把她拉到自己的膝头。

"我在给你治疗呢！"她大笑道。

"好吧，那我也得治治你！"

这时响起了一阵敲门声。

他们同时警觉了起来，不再说话，站起身。

"去卧室，"他小声吩咐她，抓起手枪，"谁？！"

"我是迪利翁，你这浑蛋！让我进去！"

他放松下来，把枪藏在桌子上的衬衫下面，然后开了门。

"哇哦！你怎么搞得像坨屎。"迪利翁一进门便对自己光着上身的朋友大发感慨，后者小心地把门锁好。

"你也一样。掉坑里了？"

两人都大笑起来，紧张的气氛就此打破。

"洛娜。"迪利翁笑着说，注意到她闲站在卧室门口。

"啤酒？"

"好啊，那太好了。"

她从他身边走过，去冰箱里拿酒，注意到他夹克下面的枪柄露了出来。她并没有吱声，感觉他的眼睛在盯着她，于是拿出两瓶啤酒，重新回到谈话当中。

"谢谢。"迪利翁跟他碰了下瓶子，喝了一小口。

"什么风把你吹来了，迪利翁？"他问道，同时观察着迪利翁那条比自己烧伤得更严重的手臂。

"听别人说我的老伙计差点完蛋了，我就不能来看看？"他回答说，然后变得严肃。"一切都完了，头儿……非常生气。那仓库……那场大火……条子……什么都没了。"

"我想把它们夺回来。"

"前几天，广场那事，你干的？"

"毒品没了，钱还在。我还能去把它弄回来。"

"实际上，头儿准备……换个法子。"

"那对我没用。"

"不……我想不是的。"

迪利翁伸手要掏枪，洛娜立马用手里的酒瓶子砸中他的脑袋，然后骑在他的背上。但除了流血的手掌在他的夹克上留下了几道血迹，她瘦弱的身躯并没能对他造成阻碍。他把她狠狠地摔在墙上，同时一发子弹射穿了他的肩膀。他痛得大叫一声，举起枪，但对面又有两发子弹射了过来。

迪利翁倒在厨房地板上，洛娜一动不动地趴在他身边。

"亲爱的……？亲爱的？"他喘着粗气，放下枪，在朋友合上眼的同时从他身上跨了过去。"没事了。"他对她说，压住她大腿上的枪伤。

他伸手在迪利翁的尸体上摸索，找到了车钥匙。

"好了，找到了，找到了。抱住我，"他低声说，把她抱在怀里，"一切都会好起来的。"

# Chapter 23

## 第二十三章

2016 年 1 月 12 日　星期二　傍晚 6：04

某扇门砰的一声关上，大镜子里沃尔夫的映影短暂地扭曲了一下。经过被限制在审讯室里的几小时之后，能够听到走廊里传来亲切的声音，他感到惊讶，同时也有些宽慰。

"怎么不去弄杯咖啡喝呢？"一个声音向某人建议，微妙的措辞表明这其实并非建议。

他满怀期待地看着房间门，克里斯蒂安一瘸一拐地走进来。沃尔夫好奇一个男人究竟需要多少套定制西装，才能像克里斯蒂安这样。倘若不是脸上伤痕累累，他依然可以风度翩翩、完好如初。

"看到你真让人开心！"沃尔夫说，"不过，我其实并不打算让你到这里来。"

克里斯蒂安微微一笑，但即便是这样轻微的动作也会让他感觉很疼。"好吧，我想一次私下接触可能会对眼下的情况有不小的帮助。"他走到桌子旁，拔掉麦克风和录音设备的插头，"瓦尼塔出招，我接招？"

沃尔夫点点头，手铐在金属椅子背上来回蹭。

"你好好坐着，我去解决。"他转身准备离开。

"还有件事。"沃尔夫脱口而出，焦虑地盯着镜子。

"这里没别人，"克里斯蒂安向他保证，"我确认过了。"

沃尔夫略微放松了一点："他们逮捕我时对我搜了身，但我肯定他们没找到。"

"没找到……什么？"

"衬衣口袋。"

克里斯蒂安困惑地把手伸进沃尔夫看似空荡荡的衬衣口袋，但随后他的指尖便触到了一块小小的正方形塑料片。

"没错吧。"沃尔夫如释重负，看着克里斯蒂安仔细端详手里的存储卡。

"这是什么？"

"亚历克斯·埃德蒙兹是个谨慎的家伙，"沃尔夫开口说，"而且是个不算太偏执的偏执狂。在那些证物被销毁之前，他已经花了一晚上，给所有内容都拍了照片。"

克里斯蒂安看上去大吃一惊："所以……这些东西还在我们手里？所有的？"

"所有的，"沃尔夫点点头，"你需要尽快把这份拷贝……"

看到克里斯蒂安扶着前额，好像头很痛的模样，沃尔夫停了下来。

"你还好吧？"沃尔夫问他，无助地看着他跟跟跄跄地走向镜子并靠在上面，镜面上的映影如同一池被搅乱的清水，"克里斯蒂安？跟我说话，你怎么了？"

他竭力想听清老人在低声嘟哝什么，却只能徒劳地拉扯自己的手铐，无济于事。终于，克里斯蒂安把自己推离镜子，摇摇晃晃地走过来，像是喝醉了一样。

"克里斯蒂安?"沃尔夫担心地问,但他随即连同椅子一起被掀翻在地。他的双手还锁在椅背上,脑袋撞到了地板。在即将失去意识的时刻,他抬头看到这个始终风度翩翩的人在小房间里来回踱步:焦虑、发狂……绝望至极。

"×!我怎么没想到!我他妈从来……"

沃尔夫脑子里一团漆黑,视线仿佛被黑洞吞噬,什么都看不见,也不知道在冰冷的油毡上躺了多久。他的头骨好像裂开了一般,嘴里有血的味道,直到耳鸣不断增强,他才感觉眼前出现了模糊的光影。

克里斯蒂安终于恢复了足够的冷静,开始着手解决眼前的问题。他蹲在沃尔夫身前,俯视着他,沃尔夫则一脸茫然。

"你怎么就不能把这东西留着呢?"克里斯蒂安恳求道,"你为什么不留在自己手里呢?我们本可以成为朋友的,"他胡言乱语道,听上去很紧张,眼睛里已满是绝望的泪水,"我想芬也希望这样。"

沃尔夫没有回应。

克里斯蒂安深情地拍了拍他,把存储卡拿到他面前。"你的调查。"他宣布。

看到他把卡片一折两半,沃尔夫低吼了一声。

"结束了吧?"克里斯蒂安问他,沃尔夫盯着他,满眼怒火,"我恐怕得亲耳听听你的回答,结束了……对吧?"他俯下身,耳朵贴近沃尔夫的嘴唇。

"× 你妈。"

"我就知道你会这么说。"克里斯蒂安惨笑道。他抬头望了望天,咬咬牙,又给了沃尔夫一拳,让他彻底昏迷。

再回过神来，他发觉自己正坐着，克里斯蒂安在用一条血迹斑斑的手帕轻轻擦他的脸。而犯罪现场已经被打扫得干干净净。

"看着我，"克里斯蒂安命令道，挑衅地打了个响指，"看着我！"他抓住沃尔夫胡子拉碴的下巴，抬起他的脸，直视他火热的目光，"你的证据没了，你的团队明天早上就会被遣散。法医什么都不会找到。至于你……这辈子你都可以在监狱里住着了，"他告诉他，"都结束了。"

# Chapter 24

## 第二十四章

2016 年 1 月 13 日　星期三　上午 10：30

在宽敞舒适的办公室里，瓦尼塔俯瞰着下面街上的愤怒：安德烈娅·霍尔的"放了沃尔夫"运动正在如火如荼地进行着。

两人到目前为止的最后一次碰面仍让她心有余悸，那是在她职业生涯最低谷时期的一次采访，而那次采访至今仍让她夜不能寐。她看不太清这位具有毁灭性力量的记者是否在人群当中。聚集在新苏格兰场周围的抗议人群中，红发者占据了绝大多数，这群乌合之众渴望在转瞬即逝的浪潮当中重塑自我，她们模仿霍尔女士的发型、衣着，显然还有她个人的价值取向。

瓦尼塔听到她的访客站起了身，和她一起站到窗边，不由得感到紧张。透过玻璃上的映影，她看到他喝了口咖啡。

"老天，"沃尔夫说，看到街上挤满了自己前妻似的人物，他并不比瓦尼塔感到更愉快，"好几十号人呢。"

"确实。"

"这可不是好事。"

"是，确实，"她附和道，"好吧，祝你好运。"

沃尔夫从没考虑过自己会约自己的长官出去，但此时他正在考虑这个决定。

"今晚有什么安排吗？"他试探地问，"我知道一种柠檬鸡米饭的做法——"

"福克斯。"瓦尼塔打断了他，眼睛仍盯着窗外。

"吉娜？"他满脸堆笑。

"出去。"


安德烈娅正在做收音设备的测试，准备开始录制节目，突然人群中传出兴奋的呼喊声。她把麦克风扔给自己的摄影师罗里，弄得后者手忙脚乱。她推开因自己而聚集的人群，向外走去。

尖叫声从四面八方传来。

"他在这里！"一个模样古怪的女人过于兴奋地尖叫起来。

"放了沃尔夫！"

挣扎着走到前面，安德烈娅看到沃尔夫目标明确地朝一辆停在路边的黑色出租车冲过去。

"威尔！"她喊道，但声音完全被周围的吵嚷淹没，"威尔！"

她站在人群前半部分，看到他停下来，回头望向喧闹的人群。

"抱歉！"她大声嚷着，以肘开路，"威尔！"

她听到关门声。

安德烈娅冲到路上，但已经晚了，只能目送黑色出租车在街角消失。


在沃尔夫看来，牛津街上的"国王和王国"远离那些炙手可热的店铺，是位于这条街末端最好的酒吧（只是因为有人曾在马头酒吧偷了他的酒）。这至少意味着这里很安静，没有吵吵闹闹的年轻小伙子，他们总是喝得四仰八叉，躺在路边，像流浪汉一样讨人嫌。

夜幕彻底降临，整个团队的人都聚集在破烂铺子后面的一个黏糊糊的座位里。

"马头那边还有弹球机。"桑德斯指出。

"这里还卖胶水吗？"巴克斯特问道，她袖子上的一半羊毛都粘到了桌面上。

"嘿，我们找这个地方，只是因为它像个狗窝！"沃尔夫对众人解释道，然后才注意到酒吧老板正在收拾旁边桌子，但已经太迟了。他做了个鬼脸，一脸无辜地望向天花板。"他在看吗？"他朝埃德蒙兹嘀咕。

"啊——哈。"

沃尔夫继续保持他那别扭的姿势。

"你也知道他不是霸王龙，对吧，这样他也能看见你，"埃德蒙兹小声说，"好了……他走了。"

乔正在奋力擦拭杯子底部的油污，桑德斯则摆出要大干一番的模样，在一杯扎啤里倒了一杯威士忌。

沃尔夫开口，简明扼要地讲完了前一天的情况。众人愕然许久。

"所以……"桑德斯很努力才跟上他的节奏，"那张存储卡只是个幌子？"

"没错。"沃尔夫回应。

"那你是怎么说服瓦尼塔把你放掉的呢？"埃德蒙兹问他。

"我给了她更好的条件，"他面无表情地喝了一大口啤酒，"我告诉她，如果她让我办完这个案子，局长的位子就归她了。"

"但是……怎么会是局长呢？"乔问道，坚信自己肯定又弄错了。

"恐怕就是他。"

"是我认识的那个局长先生？"

"没错啊！"

"但是……"埃德蒙兹说，"局长不是在那个警员之后才到达现场的吗？"

"没错。"沃尔夫点点头。

"所以……？"

"他先躲在隔层里面，"沃尔夫开始讲述他的推理，"他听着兰德尔警官破门而入，然后又跑去了楼下，确保他认定只有芬利一个人在房间里。这时克里斯蒂安再爬出隔层，把地板复位。他悄悄下楼，从后门逃走，同时兰德尔正在打电话请求增援。接着他翻过后院的栅栏，从邻居家的花园穿过，'抵达'芬利家的前门，从而让他的不在场证明成立。他成了第一个'回到'芬利家的人，重新把门打开，同时掩盖了自己的行踪……这很简单。"

桑德斯眯着眼睛看着他："你能重复一下……你刚才说的内容吗？"

"不要。"

"怎么……你是什么时候知道的？"巴克斯特问他，忘记了两人还在冷战当中，他们之间的那一点点纠纷显然不足以让这场战争持续。

"我其实并不确定，"沃尔夫耸耸肩，"但我发现了一个疑点。"他揉了揉下巴，那里还挂着彩，很痛，"门把手。"

"谁的手？"桑德斯迷迷糊糊地问，此时有三个锅炉工走进了酒吧。

"门把手！门的把手，他有一个习惯，"沃尔夫解释说，回想着前一天早上克里斯蒂安关门的情景，"总会把门随手反锁上。"

"总会把门随手反锁上。"巴克斯特重复了一遍，未置可否。

沃尔夫没有理会她。"你的警察报告，"他继续对桑德斯说，"上面写着兰德尔警官必须破门而入。"

"谁？"

"兰德尔。"

"什么耳？"

"老天，桑德斯，你快去找杯咖啡什么的喝吧！"

桑德斯举了举杯子，脸上浮现出醉醺醺的笑容。

"好吧，好吧，"沃尔夫放弃了，转回头问巴克斯特，"那么，芬利和玛吉会在什么时候锁前门？"

"从来不锁。"她承认。

"而那天晚上，他们也没有锁。门把手只是从里面被拧上了。"

埃德蒙兹点点头，他看起来很兴奋。"你可真是神探可伦坡[1]！"

"当然。"沃尔夫咧嘴笑着。

"可伦坡大概不太会被人暴揍一顿。"巴克斯特指出，以免他骄傲自满。

"不好意思，我还是想倒回局长是凶手那部分，"乔说，让谈话又回到了阴沉的氛围中，"他为什么要谋杀自己最好的朋友？"

所有人都望向沃尔夫。

"我不知道，"他承认，"而且说实话，我也不关心。他确实做了。而这对我们来说已经足够了。"

所有人都停下来，抿了口酒。

"这可真是个……大新闻。"埃德蒙兹说，希望可以在愤怒和兴奋之间找到平衡，"伦敦警察局局长犯了谋杀罪。"

---

[1] "神探可伦坡"是美国电视电影《神探可伦坡》的主角，就职于洛杉矶重案组。他总是穿着一件皱巴巴的棕色风衣，顶着一头乱发，嘴里叼雪茄，看似不修边幅，却总能以敏锐的推理能力侦破各种案件，并让犯人无从抵赖。

"有谋杀嫌疑，更准确地说。"巴克斯特纠正他。

桑德斯兴奋地点点头，重新回到谈话当中。"我们能用什么招数，他全知道。我们完蛋了。"

"那我们该怎么办？"埃德蒙兹问道。

所有人再次望向沃尔夫。

"什么都不要做。"

"什么？"

"我们什么都不要做。"沃尔夫说，无视巴克斯特逼向他的目光。"就像桑德斯说的，他是警察局局长，我们做什么都在他的掌控当中。我们没有胜算。桑德斯的车在自己家里被撞了。有人在埃德蒙兹家人熟睡的时候潜进他家里！而且这还是在他知道我们怀疑他之前。在我被捕的情况下，他在一栋满是警察的大楼里袭击了我，但我什么都没法证明。"

"他开始不计后果了。"巴克斯特说。

"这只会让他变得更加危险，"沃尔夫反驳道，"别忘了，他可是谋杀了他最好的朋友，却没有留下任何直接证据。我们已经把他逼到了死角。但也许芬利也犯了同样的错误。我们都不知道他会如何应对。我们什么都做不了。"

"那我们就任由他杀了芬利，不去管他？"桑德斯挑衅地问。

"当然不是，"沃尔夫说，"他相信所有证据已经在埃德蒙兹家被销毁了，但实际上，那些跟仓库还有乔治广场相关的证据都在他们家花园的小破棚屋里。"

"私人侦探事务所。"巴克斯特和埃德蒙兹齐声纠正他。

"他认为自己已经占到了上风。如果看到我们按兵不动，他只会更坚信自己已经赢了。保留下来的案件档案，以及法医那边的结果，都会在明天早上送到瓦尼塔的办公室。她会好好利用的。"

"那然后呢？"埃德蒙兹问道。

"就这样呗。你可以把你的家人接回家了。"

埃德蒙兹点点头。

"我爷爷经常说，'好死不如赖活着'，"桑德斯补充说，把杯里的酒洒到了埃德蒙兹身上，"我没见过他老人家，他老人家在逃跑的时候被地雷炸飞了。不过，这并不能说明他的建议不靠谱。"

众人看上去更加困惑了。

"我觉得这对你来说挺合适的，桑德斯……你怎么看，白大褂？"沃尔夫问道。

乔勉为其难地点点头。

最后，沃尔夫转向巴克斯特。她的表情让人难以捉摸。过了片刻，她才开口回答。

"随你的便吧。"她的回答太过草率。

沃尔夫皱着眉头望着她。

"怎么了？我同意你说的！"

"好吧，这确实不理想。"

"只要能办好案子，谁办的并不重要。你已经告诉瓦尼塔凶手是谁了，她没有理由把事情搞砸。把证据都给瓦尼塔……我们可以结案了。"

沃尔夫怀疑地看着她，但随后点了点头。他把啤酒杯举到空中。

"敬芬利！"他招呼大伙儿举杯，希望自己撒的谎足够圆满，足够保护他们。


安德烈娅正坐在自家书房的书桌旁，觉得被工作包围总比坐在空荡荡的大房子里等杰弗里回家舒服一些。她等着新苏格兰场的总机把她的电话转接到凶杀与重案指挥部。一个声音接起了电话，这个声音她认识，跟前几次通话时一样。

"霍尔女士！今天有什么能为您效劳的？"

"沃尔夫，抱歉——请帮我接威廉·福克斯。"

"恐怕我昨天已经提到过了，他既不在办公室里，也已经不再是伦敦警察局的一员了。"

"你把我的口信告诉他了吗？"

"我可以向您保证，他不与您联络，绝不是我们未能严格执行相关程序的结果。故而我们可以得出结论，那完全出自他自己的意愿。"

"这说的是人话吗？！你故意的吧？"

"我非常抱歉让您产生这样的感受。或许我可以建议您——"

"不了，你不用或许了。明天我还会给你打电话。"她怒气冲冲地说，挂断了电话。

安德烈娅在旋转椅上胡乱转圈。她拿不定主意要不要联系玛吉。但突然间，她停了下来，打开自己的手机，在人数众多的通讯录里寻找一个许久未曾联络的号码，祈祷它能够在这些年频繁的手机升级中幸存下来。

难以置信的是，它还在。


一进家门，托马斯便闻到了烧焦的味道。这意味着房子里着火了，或者是，老天，巴克斯特又在做饭了。他脱下外套，伴着21世纪初的后硬核朋克音乐走进厨房。巴克斯特随即注意到他站在那里，而烟雾报警器的残骸还在她脚下吱嘎作响。

"嘿！"

"嘿。"托马斯回答，心不在焉地拥抱了她一下，把最后剩下的一点酒倒到自己的杯子里。

"我做了你最爱吃的菜！"她微笑着说。

"那就是说，这菜实际上是别人做的？"

她的笑容消失了。

"抱歉，我开玩笑的。不过这一点都不好笑。提醒我一下，我最爱吃的是什么来着？"

"我的柠檬鸡米饭。"

"老天，"他想小声惊呼，结果声音有点大，"这是单向乐队①的新歌？"他半开玩笑地问道，把可怕的音乐声关小了一点。

"是玻璃下巴②的，"巴克斯特回答，又把音乐调大，"再来杯酒？"她主动提议，在他喝自己杯里的酒之前，又开了一瓶，"所以，我在想……"她开口，决心在这种氛围中搭建一座摇摇欲坠的桥，"我的朋友艾薇儿，她很漂亮，对吧？"

托马斯看上去有些不安。"我想是的。"

"她打扮得就……很可爱。"她继续说，扬起眉毛。

"短裙？"托马斯提醒道，终于抿了口酒。

"没错，短裙……你为什么不跟她约个会呢？"

托马斯把酒喷到地板上。"你说什么？！"

"我觉得她不会介意的。"

"好吧，那你就是随便说说，对吧？因为我想我会介意！"

巴克斯特看上去很困惑，怀疑自己可能误判了形势。"我只是做点补偿……让事情重新变得正常。"

托马斯把玻璃杯放到料理台上。

"我一点也不想要你的'补偿'，埃米莉。我希望这一切都不曾发生过。你不能就这样……"他把话咽了回去，看上去很伤心，"抱歉，我今

---

① 单向乐队（One Direction），一支来自英国的流行乐队。
② 玻璃下巴（Glassjaw），美国硬核摇滚乐队。

晚不是很饿。"他放弃了对话，走出房间。"过来，厄科！"

睡眼惺忪的猫睁开眼，抬头望着巴克斯特。

"你别这么想。"巴克斯特表情严肃地对它说。

厄科从桌子上跳下来，跟着托马斯离开了房间。

"叛徒。"巴克斯特怒气冲冲地对着自己的酒杯咕哝了一句。


离宵禁时间只剩五分钟了，沃尔夫在埃奇威尔路跳下列车，冲上楼梯。当他拐过街角时，看到乔治像个关心过度的家长一般站在门口等他。他上气不接下气地跑上警察局的台阶。

"十！九！八！"乔治倒数着，然后骄傲地揉了揉沃尔夫的头发，后者足足提前了七秒钟，跨过警察局的门槛，"我只是出来给自己弄杯可可。你也来一杯吗？"

沃尔夫上气不接下气的回答很难让人听懂。

"那我给你也弄一杯。"

在乔治把他"塞进牢房"并聊了十分钟后，沃尔夫从口袋里掏出那张揉得皱巴巴的医院登记表，他的手指移到了引起他注意的那一行：


| 姓名 | 受访者 | 日期 | 进入时间 | 离开时间 |
|---|---|---|---|---|
| J·杜 | 克里斯蒂安·贝拉米 | 10/01/2016 | 18：35 | 18：50 |


沃尔夫把这张纸放在一旁，给自己写了张便条：

访客？？？调取星期日傍晚 6：35—6：50 的监控录像。


事情还没结束。

# Chapter 25

## 第二十五章

克里斯蒂安在狭窄的病床上翻了个身，意识在睡眠与清醒之间徘徊。当他沉重的眼皮开始垂落时，一个模糊的身影出现在眼前。他茫然地注视了一会儿，然后立刻坐直了身子。

一个男人坐在他的床边，注视着他，一束血红的花放在他腿上。

"你知道自己睡觉的时候会说梦话吗？"男人问克里斯蒂安，表情骇人。克里斯蒂安惊恐地环顾四周。"嘘，嘘，嘘，我只是来和你聊聊天，仅此而已。"

克里斯蒂安镇定下来，试图表现得放松一点。他靠在枕头上。

"你知道，"那人开始抚摸自己染得不大好的头发，"孩子们只是让你遭点小罪，毕竟，你要是死了，对我也没好处，对吧？不过——"男人重重地叹了口气，"你那漂亮的小脑瓜似乎没接收到我想给你的信息：我可不希望伦敦警察局的人在我身边嗅来探去。你已经告诉过我，你能处理好……"男人耸耸肩。

"我会的……我发誓。"克里斯蒂安终于开口。

"别，你得休养身体。我会自己去处理的。"

"不要！"克里斯蒂安脱口而出，忘记了自己身在何处，"你不必亲自动手，我已经在处理了，我保证。"

大块头男人看了他一会儿。

"最好是这样。我不想再过问此事了。我们两个做得都有些过火。你让我想起了那些我以前叫他们朋友的人。"

"我欠你的，基利安。"

"你对我来说很重要，克里斯蒂安，你知道，对吧？"

克里斯蒂安露出微笑。

"但你一定不是不可或缺的。"

# *Chapter 26*

## 第二十六章

2016 年 1 月 14 日　星期四　上午 8：46

当瓦尼塔开车驶入新苏格兰场的地下停车场时，车前灯自动闪烁。她拐进自己的停车位，关掉引擎，正要下车。

"老天！"瓦尼塔喘着气捂住胸口。克里斯蒂安突然抓住车门，把她吓了一跳。

克里斯蒂安开裂的嘴唇愉快地微笑着，俯下身和她说话。

"抱歉，吉娜，我不想故意吓你。看到你停车，我就想过来和你打个招呼。"

瓦尼塔紧张地笑了笑。"我没想到你今天会来上班。"她对他说，准备拿着包下车，结果发现自己被卡在车门和他的胳膊之间。

"我没有来上班……正式上班，只是有几件事要处理。"他解释说，强烈的目光令瓦尼塔更加不安。

"好吧，很高兴看到你恢复得不错，"她微笑着，用目光示意他的胳膊挡住了她下车，"借过。"

他似乎并没有听到她说的话。"我听说你昨天把福克斯放了，是吗？"

"没错。"

"我有点好奇……你为什么会做出这样一反常态、不合规矩的决定？"

"我想你应该满意这样的安排？"

"哦，当然，当然，我只是想知道你的理由是什么。"

瓦尼塔不得不把他的手臂推开，走上一条小路，朝废弃停车场那边的电梯走去。

"他的两次违反宵禁都有正当理由，"她解释说，努力让自己以正常的速度走路，"我觉得我应该再给他一次机会。"

她按下电梯按钮，听到头上某处机械的轰鸣声。克里斯蒂安又来到她的身边。

"没有其他原因？"他靠近她，注视着。

"比如呢？"

他耸耸肩。

"听着，"瓦尼塔开口，意识到他们两人都听得出她的声音在颤抖，"作为代理局长，我做出了一个决定，我——"

"你喜欢当局长，对吧，吉娜？"他打断了她的话，言下之意一清二楚。

他很清楚她为什么放了沃尔夫。

戏演完了，她转过头，直视着他："我可以习惯这个角色。"

电梯到了，两人都走了进去。

"今晚我要在家搞一个小型聚会，庆祝我即将重返工作岗位。你不到场，怕是有点不合适。"

"你应该好好享受自己最后的这点自由时光，"瓦尼塔露齿而笑，"我是说，在重返工作岗位之前。"

电梯门合上了，他们开始上升。

"那你会来吗？"

"我绝对不会错过。"

他们在大厅停了一下，两个人和他们一起加入这只铁盒子当中。

"早上好，局长先生。"其中一个人微笑着说。

"你也早。"克里斯蒂安点点头，回应道。"实际上，"他继续对瓦尼塔说，"我想你对威尔的决定是对的。他应该可以意识到后果……无论这后果是什么。"

电梯慢慢抵达他们的那一层，瓦尼塔转过身，面对着他。

"无论这后果是什么。"她表示同意。


巴克斯特顺路去公寓探望儒歇。她觉得自己在很大程度上已经完全忽视了他。出于他毫无说服力的康复状况，她认为自己也不必继续探讨关于他的问题，于是改为对这几天发生的状况的总结。

他对她说的那些令人震惊的消息的反应，和他应对大多数消息时如出一辙。"他们还会往奇趣蛋里放小玩具吗？"

"怎么……？是啊。你想我去给你买一个吗？"

他艰难地思考良久："不必了，没事。"

"我去给你买一个，"她气呼呼地说，"那……局长是杀人嫌犯……你怎么看？"

"啊，是啊。这可真是太糟了。"

她摇摇头。"好吧，这两天的事情我已经跟你讲完了，霍莉怎么样？"她问道，抑制不住嘴角露出学生时代探听八卦时的笑容。

儒歇摆摆手，对这个问题避而不谈。

"怎么？！"巴克斯特说，"她显然很喜欢你。"

他没有回应。

"他们都希望你可以幸福快乐。"她对他说，瞥了眼儒歇放在床头柜上的全家福。

"也许吧……"儒歇开口，希望把话题从故去家人的遗愿上转移开，"但霍莉大概还是找一个既没有生命危险，又不会面临牢狱之灾，再或者不会在牢房里死掉的人比较好。"

"哦，别这么夸张。"巴克斯特嗤笑道。"不过，你知道，最好不要总想着自己要死掉。"她及时补充道。电话嗡嗡作响时，她本能地看了眼屏幕："狗娘养的！"

"怎么了？"

"狗娘养的！"她重复了一遍，眼睛看着屏幕上的信息，"那个目中无人的浑球今晚要开派对了！"

"那可真是够目中无人的……也是够浑球的，"儒歇表示同意，"他邀请你了？"

"我在秘书的邮件名单上。"她摇了摇头，站起身。

"你还好吧？"

"我？哦，我好极了。不过我还得先去个地方。我得荣幸地告诉玛吉，她的老朋友，负责调查她丈夫被谋杀一案的负责人，她一直在向其倾诉甚至是照顾的那个人，实际上是个无情、懦弱的杀人犯。"

儒歇同情地看了她一会儿，然后开口想说点什么。

"如果是关于你那该死的奇趣蛋，"巴克斯特警告他说，"信不信我会打你。"

他乖乖闭上了嘴。

她瞪了他一眼，然后拿起包走了出去。

中午 12 点半，瓦尼塔正想在办公桌上享用一份毫无乐趣可言的沙拉，突然一阵敲门声吓了她一跳。

"哪位？"她喊了一声，把午饭放在一旁。当意识到那是她更专业因此也更讨人喜欢的下属时，她松了口气。"有什么能为你效劳的，警探？"

"我需要一份签名，一张更柔软的床，以及一份让我能在这星期的某个晚上去看塔伦蒂诺的新电影的许可。"沃尔夫说着，急匆匆地从他的陪同人员身边走过来。

"好的……不……我觉得这有点放纵，"她干练地回答，"谢谢你，纳克尔兹。"她示意陪同沃尔夫过来的短发警探可以退下了。

当女人从他身边走过时，沃尔夫皱了皱眉，"这女的叫……纳克尔兹？"

"给我吧。"瓦尼塔说。她很疲惫，无意回应他的闲聊。

沃尔夫把编号 IC432-R，也就是所谓的"给钱，浑蛋"表格放在桌面上。她看都没看就签了字。

"你都不问问这是干吗的？"沃尔夫惊讶地问。

"我想这是跟调查相关的？"

"确实。"

"我们那位可敬的长官今天早上在停车场抓到了我，"她解释说，"他知道我把你放掉的唯一原因，就是你跟我分享了真相，而我认为这是个可以让他倒台的机会。在他不理智地恐吓了我之后，我现在对他有罪这一点已经确信无疑了。"

她把签好名字的表格递给沃尔夫。

"巴克斯特不能帮帮你吗？"沃尔夫转身离开时，她问道。

"我不想把她牵扯进来。"

瓦尼塔若有所思地点点头。"我讨厌那个女人，这应该不是什么秘密了。她那咄咄逼人的态度、显赫的名声——”她停了下来，以免自己的咆哮太歇斯底里，“但如果说有人能够把事情办得周全，对自己负责……她一定可以。至于亚历克斯·埃德蒙兹，无论是作为警探还是私家侦探，他都对得起自己的报酬。再想想吧。”

然而，当沃尔夫把这当成坐下聊聊的邀请，并欣然接受后，她便后悔自己多嘴了。他瞥了一眼他们之间那碗蔫不拉几的叶子。

“你种的草要死了。”

“那是我的午饭。”

他板起面孔：“芬利曾告诉过我，比匮乏到什么都不怕失去的人更可怕的，是贪婪到什么都不愿失去的人。事情将变得很凶险。”

“只要你准备好，我就可以开战了，”她回答道，“说到这里，他今晚邀请我去他家参加鸡尾酒派对。”

沃尔夫一脸厌恶，不过说话的语气还很平静：“我猜会有一些大人物到场吧？那些他想要取悦的人。这可能是施加一点压力的机会。”

“或者是把他灌醉，让他自己说出一切。”瓦尼塔提议道。

沃尔夫考虑了一下自己的选项：“想要个男伴吗？”他狡黠地笑了笑。

“如果你还是穿成这样，那就算了。”她对他说。

他低头看了看自己的“潮流穿搭”，耸了耸肩。

# Chapter 27

## 第二十七章

2016 年 1 月 14 日　星期四　晚上 7：44

租来的燕尾服，腋下的味道很浓郁，几乎盖不住屁股，但这已经是"莫斯兄弟"①在如此短时间内能够拼凑出的最好的一套了。经过几次失败的尝试，沃尔夫放弃了领结，把它松垮垮地挂在脖子上。他又费了九牛二虎之力刮胡子，甚至打算把自己乱蓬蓬的头发整理好。

他安静地坐在出租车后座，和瓦尼塔一起穿过森林，驶向克里斯蒂安那座拥有专属邮政编码的豪宅。当他们最终抵达时，私人道路上已经停了各种昂贵的私家车辆。他们的司机在从一辆阿斯顿马丁和一辆没停好的路虎之间挤过时刮到了一面后视镜。当他们终于停好车时，一位专业的派对策划人正站在车道底部，手里端着香槟托盘。

"欢迎！"当沃尔夫先下车，给瓦尼塔开门时，女人笑得牙齿都跟着乱颤，"我可以记一下你们的名字吗？"

---

① 英国本土男装品牌，已经有一百多年的历史。

"吉娜·瓦尼塔，"沃尔夫回答，"我是她的男伴。"

女人检查自己手里的清单，手冻得试了好几次才翻过一页，然后递给两人各一杯香槟，仿佛给他们盖上了准入许可。

"二位可以直接到住宅那边。克里斯蒂安和他的客人们都在主厅。"

他们嘎吱嘎吱地走在五颜六色的碎石路上，从第一批溜出来抽烟的油头粉面的参与者身旁经过，通过敞开的前门走入屋中。

"哇哦！"瓦尼塔倒吸一口气，体验着和每个第一次经过这壮丽空间的人相同的感受：透过三层楼高的窗户，欣赏点点星空，仿佛置身宇宙飞船当中。

房间某处放着一台大钢琴，但在上流社会的大笑和自吹自擂中几乎听不到它的声音。即便努力穿得人模人样，但沃尔夫深知，身处这些人中间，他就像一根肿胀的大拇指一样显眼。他那饱经风霜的脸上，并不拥有这些人如制服一般穿在身上的蹙眉与鄙夷。

"威廉·福克斯？"有人在附近大喊道，引得几个好奇的目光。这人朝沃尔夫走了过来，跟他握手。"威廉·沃尔夫·福克斯！"

"福克斯，这位是马尔科姆·希斯洛普，切尔西和富勒姆的议员，到五月份很可能成为我们的新市长。"瓦尼塔一边向沃尔夫介绍，一边轻吻了这位闪闪发光之人油腻腻的脸颊。

"吉娜还是那么漂亮。"他例行公事地说，再度把注意力转向沃尔夫。"我很好奇……"他拿腔作调地说，"或许，我还是应当同你保持距离！"他装作保护自己，举起双手，引得众人一阵发笑。这本来是特恩布尔市长说的话，他在沃尔夫面前被活活烧死，由内到外。

"所以……现在这已经是件好笑的事了？"沃尔夫困惑地询问瓦尼塔。

他们迅速吸引了众人的注意力，也不可避免地吸引到另一侧房间克里斯蒂安的目光。当认出自己的访客时，他立刻脸色一变。沃尔夫无视众人的夸夸其谈，举杯向他们这位热情好客的主人敬了个酒。他看到克里斯蒂安转过身，继续和别人说话。不过随后，一个熟悉的身影穿过人群，朝他走过来。

"抱歉。"沃尔夫说，留瓦尼塔在原地，趁众人还没注意，拦住了这个身穿黑色连身裙的女人的去路。

巴克斯特离克里斯蒂安只有三步之遥，沃尔夫轻轻挽起她的胳膊，把她带到相反的方向。

"你在这里干什么？"他小声问道，两人脸上挂着笑容，远离喜气洋洋的人群。

"你真以为我会相信你那套'我们什么都不做'的鬼话？"她问道，假笑依然挂在脸上，以免引起怀疑。

舞会开始了，妨碍了他们的潜逃。

"我是在保护你们。"

"没什么用，而且太迟了，"巴克斯特说，甩开他的胳膊，转向他，"他杀了芬利，我一定要跟到底。"

一个看上去身份显赫的男人走了过来，向她伸出手："可以吗？"

"可以……干吗？"巴克斯特皱着眉头，打量他发育不良的四肢，仿佛他正抱着一只死去的小猫。

男人仿佛突然间泄了气："跳支舞？"

"不，你就算了吧，滚开，伙计！"

沃尔夫抱歉地笑了笑，护送着她迅速离开舞池，走向最近的门。

"沃尔夫，我们要去哪儿？"她抱怨道，"哎呀！"

他把巴克斯特推进一个小房间，按亮了灯。门一关上，沃尔夫的身体便压到她的后背，一个小水槽挤在他的身侧。

"很好，现在我们进入了有史以来最小的盥洗室，开心不？"巴克斯特问道，两度用手肘推开他，才勉强在这个狭小空间里转过身。

"这不是盥洗室，"沃尔夫抱怨道，他的太阳穴又被撞到了一次，"这是一个不可思议的柜子。"

此时此刻，巴克斯特的胸部紧紧贴着沃尔夫的胸膛。值得称赞的是，后者十分努力地克制着自己的反应。

"你真好看。"他微笑着说。

"闭嘴吧，"她厉声说，"沃尔夫？"

"嗯？"

"顶着我的那玩意儿，最好是你的手机。"她狠狠地说。

"确实。"但短信提示音不合时宜地在他上衣口袋里响起。

"噢，真恶心，沃尔夫！"她骂道，爬到马桶上，尽可能远离他。

"怎么了？！你真的很好看啊！"

"你还有十秒钟时间，"巴克斯特提醒道，"我们在这里干吗？"

"好吧，我已经没办法说服你不要参加了。我尊重你的决定。但或许你可以……悄悄地……假装自己没有参与这件事？"

"我不怕他！"

"好吧，但也许你应该怕他！"沃尔夫吼了回去，气得她差点一蹦三尺高。

他举起双手，表示道歉。巴克斯特谨慎地看着他。

"我不会躲起来。"她对他说。

沃尔夫的声音口袋再次发声。他没有管它，只是点点头，知道自己永远也说服不了她。"但只能我们两个参与。不要把其他人牵扯进来。"

"同意。"

门外传来一阵急促的敲门声，接着又是一阵。

"沃尔夫？"门外有人压低声音喊，"沃尔夫？"

沃尔夫困惑地看了巴克斯特一眼，打开门锁，朝她那边退去，结果埃德蒙兹急急忙忙地挤了进来。

"埃德蒙兹？！"

"巴克斯特？！"

两人招手示意，中间隔着沃尔夫。

"早该想到。"他笑着说，瘦骨嶙峋的身体被淹没在廉价燕尾服当中，"我本来不想让你遭这个罪。"

"你可真贴心，"巴克斯特微笑着说，"不过我很好，一直都很好。"

"他都这么做了，还'贴心'？"沃尔夫气恼地说。

"顺便说一句，你今天真好看。"埃德蒙兹对她说。

"谢谢。"

沃尔夫沮丧地摆摆手，转过身跟埃德蒙兹说话，结果给三个人都造成了伤害。

"顶着我的那玩意儿，最好是你的电话。"沃尔夫对他说。

"确实。而且我还给你发了短信……两条。我不知道你跑到哪儿去了。"

"我猜你也是不打算什么都不做，对吧？"

"当然。那浑蛋杀了我们的朋友，还有替他干活或者跟他合谋的人闯进了我的家。我要跟到底。我会帮忙……顺便说一句，桑德斯和乔也是。"

沃尔夫受挫地点点头，然后困惑地问："乔？"

"实验室那个白大褂。"巴克斯特解释道，蹲在马桶上让她的耐心消耗得很快。

"有人告诉玛吉了吗？"埃德蒙兹问他们。

"我告诉她了。"巴克斯特回答。

"那她怎么……她还好吗？"

"不大好。不出所料：她说我们搞错了，为什么要把事情搞得更糟，还要找克里斯蒂安做替罪羊，就是为了不让沃尔夫进监狱。到最后，该说的都说了。"

"谢谢。"沃尔夫真诚地说，转过身来，胳膊肘掠过她的胸脯。

"老天，沃尔夫！"她抱怨道，"赶紧说说你的大计划吧，然后我们赶紧出去。"

"住院期间，克里斯蒂安有一个访客，"他解释说，尽量不看她的裙子，"几小时后，证物盒就被毁掉了。我拿到了医院登记簿的那一页和笔，还申请到了当时的监控录像。"

"这个人不会用真名的。"埃德蒙兹说，然后再次和巴克斯特一起大叫，因为沃尔夫又在转身。

"我知道，但我们掌握了一个时间段，一份手写样本，如果运气好，还可以得到他的指纹。"

有人敲门。

"抱歉！"

"里面有人！"

"滚开！"三人同时喊道。

"所以，我一直在想，"埃德蒙兹低声说，"我们总觉得桑德斯的车被砸、克里斯蒂安被袭击和我家被闯入是同一伙人干的。但鉴于现在的情况，局长被人打个半死这件事好像有点矛盾。"

"他们可能是想混淆视听。"巴克斯特推测。

埃德蒙兹并未被说服。

"想做到混淆视听，可以有更简单、更省力的方法。可你们想想他的车、他的脸……他差点被人打死。"

"你怎么想的？"沃尔夫问他。

巴克斯特感到惊讶。显然，沃尔夫已经意识到埃德蒙兹的价值，开始听取他的建议了。

"有人跟局长勾结，有人要攻击他。来自某一方的胁迫或威胁，很可能就是促使他杀掉自己最好朋友的原因。我已经请求调阅更多关于追查仓库爆炸案潜逃人员的资料了。从那场大火中逃走的人也许不是杀害芬利的真凶，但他们肯定和这个案子有牵连。"

巴克斯特感到骄傲，埃德蒙兹有资格参与到他们当中。

"你想让我做什么？"巴克斯特问沃尔夫，"别转过来！"

"寻找动机，"沃尔夫背对着她说，"我们不知道那个造船厂里究竟发生了什么。芬利都快破产了，面临着房子被收回的危机，而克里斯蒂安却能住在这样的豪宅里。我们需要填补这部分空白。"

"好，"巴克斯特说，她已经从马桶上下来了，"那现在，我们是不是该出去添点麻烦呢？"

沃尔夫点点头："附议。"

他们回到走廊里，无视众人询问的目光。但他们很快意识到，自己并非克里斯蒂安身边唯一的麻烦……

舞池凝固了。

音乐停止了。

所有人的目光都集中在主人身上，他站在富丽堂皇的大厅中央，身边还站着一个衣着随意的女人，后者刚刚扇了他一巴掌。

"玛吉！"巴克斯特倒吸一口凉气，赶紧推开人群，想把玛吉拉回来。

走到她跟前，巴克斯特看到她一脸茫然，克里斯蒂安同样如此。他震惊地把手放在脸颊上，仿佛刚刚得知自己的整个世界已经崩塌了一般。当她大哭起来时，他甚至想过去安慰。巴克斯特把她发了疯的朋友带到了外面。

花了好几分钟，克里斯蒂安才清醒过来。他清了清嗓子。"我对此非常抱歉，各位！"他笑着说，"请继续——喝吧，跳吧，快活吧。不过我得失陪一会儿——找个冰袋，敷一敷！"

克里斯蒂安紧张的笑声很快让位于新一轮嗡嗡作响的谈话，钢琴重新归来的叮当作响填补了中间的空白。克里斯蒂安还是有点晕头转向，结果径直朝埃德蒙兹走了过去。

"局长先生。"埃德蒙兹笑着对克里斯蒂安打招呼，并准备朝瓦尼塔那边走去，后者也很欢迎他的到来。

克里斯蒂安继续走，来到吧台，感觉自己的一举一动都被他的宾客们注意着。他正准备招呼酒保，有人便送上了一条包着冰块的毛巾。

"谢谢——"他开口，抬头一看，发现沃尔夫正俯视着他。他痛苦地笑着说："是你告诉玛吉的？"

"你还挺意外？"

"是的……"他在周围嘈杂的声音当中压低了自己的声音，"我没想到你竟然会蠢到不听我的警告。"他把冰冷的毛巾敷在脸上。

"那倒没有，我都听了，"沃尔夫目露凶光，与克里斯蒂安对视，"所以现在，你也该听听我的了：躲回到你那漂亮的林中宫殿里吧。把你能找到的所有趋炎附势、口是心非之徒都找过来，用你那昂贵的美酒佳肴和没完没了的谎话满足他们吧……他们都将成为我把这里一把火烧掉时的火种。"

对于沃尔夫的威胁，克里斯蒂安沉思片刻。"玛吉会没事的，我向你保证。至于你们其他人……"他遗憾地摇了摇头。

沃尔夫把一只大手搭在他肩膀上，靠在他耳朵上对他说："我知道那天仓库里发生了什么。"

他给了局长一记"芬利式耳光",然后信步离开。

"你没事吧?"附近的一位宾客注意到主人面无血色。

克里斯蒂安没有回答,只是看着沃尔夫慢慢从人群中走过。埃德蒙兹和瓦尼塔正在房间的另一边怒视着他。巴克斯特重新回来,她已经把玛吉安全送走了。

"我说,"那位上了年纪的宾客加重语气,又问了一遍,"一切都好吧,克里斯蒂安?"

"都好……都好,一切都好极了,温斯顿。只是干我们这行,压力都很大。你懂的,"他微笑着说,仍然注视着他们……注视着他,"那些狼,来了。"

# *Chapter 28*

# 第二十八章

　　轮班的头一小时里，克里斯蒂安和芬利一直在尴尬地聊天，并未提及各自给对方造成的伤害。克里斯蒂安走起路来一瘸一拐，暗红色的淤青表明他的下巴存在潜在的断裂。芬利的鼻子又一次改变了方向，眼窝也再一次变得乌青。

　　"我们今晚吃什么？"当他们的新巡逻车艰难地爬过凯斯金·布雷斯公园的小山丘时，克里斯蒂安踩着油门问道。

　　"随便吧。"芬利回答，惜字如金。

　　克里斯蒂安受不了了，猛打方向盘，毫无顾忌地拐弯，沿着路边七扭八拐，钻进了一个臭名昭著的"尾行圣地"。但即便是这位搭档可能让他们二人同归于尽，芬利也还是冷眼旁观。克里斯蒂安猛踩刹车，把车停下来，下了车，坐在温热的引擎盖上。风吹拂着他的长发，当夕阳在烟雾缭绕的城市上空西沉时，他点起了一根烟。

　　芬利也下了车，和他坐在一起。

"我很嫉妒，"克里斯蒂安说，眼睛盯着远处的风光，"和往常一样……我喝得太多了。我是个彻头彻尾的浑蛋……这也和以前没差。但这是我第一次……真的感觉很抱歉。"

芬利还是一言不发。

"玛吉是个……"克里斯蒂安笑着摇摇头，"万里挑一的好女孩。你们两个进展太迅速了，所以我觉得嫉妒。但你不必顾及……"

"我没有。"

"顾及我？"

"哦，我要走了。我要第一次坐上飞机，离开这天天下雨的鬼地方，再也不回头了，"芬利解释说，"但这和我们的事情无关。是玛吉要走……我要跟着她。"

克里斯蒂安点点头。

太阳仿佛为了这个时刻停歇了一会儿，夕阳笼罩着苏格兰乡村巨大的灰色森林。

"我把钱分了两份。"克里斯蒂安对他说，把烟头弹进灌木丛，又点了一根。

"那是你的钱。"芬利说道。

克里斯蒂安叹了口气。

"我一分钱都不想要，"芬利坚持说，"但那天晚上发生的事情……以及那笔钱的去向，我会永远保密。我向你保证。"

"我不担心这个！"克里斯蒂安笑着说，"我这条命都是你救回来的！"他伸手搂住自己的朋友，亲密地晃了晃，"你是我最信任的人，但我希望你过得好。"

"我不想要。"他仍然坚持，甩开克里斯蒂安过于亲密的胳膊。

"这几天我一直在思考，何为诚实，何为正直，"克里斯蒂安说，"它们都不是一成不变的东西。它们并不是某种预设的定义，而更像是……一种愿景，总是和现实生活格格不入——它们考验我们，折磨我们，而且一直以来都在暗地里操纵着一种平衡：左边是诚实和正直，右边是我们想要的东西。而当我们在拥有诚实和正直的同时，还想替自己考虑考虑时……砰！一切都搞砸了。"

"我想知道，"芬利若有所思，"你还有多少蠢话没说出口？"

"我只是想说……人生很漫长。不管你愿不愿意，那一半钱都是你的。如果有一天，生活让你的诚实和正直一文不值，记得来找我要。好吗？"

"永远不会那样的。"

"那就当我开玩笑。好吗？"

"好。"

# Chapter 29

## 第二十九章

未散伙的"散伙调查团队"全员都聚集在酒吧的一角，几个人甚至冒险点了这家酒吧颇具挑战性的早餐。当沃尔夫试图逮捕咖啡里的漂浮物时，桑德斯已经开始解决他的全英式早餐了。与此同时，埃德蒙兹忍不住瞟到巴克斯特整理胸罩的动作，然后注意到乔也在盯着看。

他不动声色地示意了她一下。

"抱歉。"她低声说，看上去还是不大舒服。

沃尔夫在租来的燕尾服里掏出一大堆东西，放在桌面上，然后清了清嗓子，站起身。"上午好，各位，希望你们都过得——"他瞥了眼杯盘狼藉的桌面，"愉快。昨天，我和埃德蒙兹，还有白大褂忙了一天，准备了这份报告，包括几张 A3 办公用纸、几条令人震惊的消息、不同颜色的记号笔，还有埃德蒙兹未婚妻的平板电脑。"

"不过还请各位不要告诉她。"埃德蒙兹插嘴说，焦虑地看着沃尔夫笨拙的手指猛戳屏幕。

"有关克里斯蒂安那位神秘访客的医院监控录像。"沃尔夫把它举起来，让所有人都看到。

当这个人直视摄像机时，视频暂停了。沃尔夫把画面放大，然后不必要地旋转画面，还让图像在屏幕上蹦来蹦去，看来他已经熟练掌握并迷恋上这个新玩具了。

巴克斯特瞪了他一眼。

"我还没用声控呢。"图像终于停了下来，他兴奋地笑着。

哞！

"吔，我做到了！"他承认道。

图像显示的是一个跟芬利年纪相仿的男人，不过衣着更加体面，一头乌黑的头发整齐地梳向脑后。

"这人……"沃尔夫言归正传，"名叫基利安·凯恩，是造船仓库那个团伙的首领：涉嫌毒品制造、敲诈勒索，还包括无数起袭击指控以及好几起谋杀……基本上，就是个人渣。然而，在遭遇了那样一次可怕的袭击之后，这样一个人来拜访了咱们的警察局局长。好奇吧，各位？"

"这些，"埃德蒙兹把一沓照片放在桌子上，"是我们已知的他的同伙。"

"这个红十字是什么意思？"桑德斯塞了一嘴土豆饼问道。

"意味着他们死于那场仓库大火。"

"还有……"桑德斯在努力吞咽的过程中竖起了一根手指，"为什么有些人只有名字？"

"因为我们不知道这些人长什么样，"埃德蒙兹回答，不知道他想知道什么，"据我所知，这就是他的全部手下。"

"这意味着，从仓库大火中逃出来的那家伙一定在这里面！"桑德斯宣布，仿佛他刚刚说出了全部真相。

"是啊，"埃德蒙兹尽可能保持耐心，"所以，那场大火，加上雇佣军突袭队，总共消灭了凯恩团伙的一半人手。"埃德蒙兹取下那些画了十字的照片，"剩下这些人的档案，我也调取出来了，而且——"他把手放在一个上了年纪的抢劫犯的面部照片上，"这个人在火灾后一星期，死于谋杀。下面就是乔的部分了。"

乔努力想像沃尔夫以及埃德蒙兹一样帅气地站起来发言，结果被桌子和墙卡住了，只好作罢。

"总共有两颗子弹从他体内取出，而我想'该死，随便试试吧'，就把它们放进了机器里。你们猜怎么着？同样的凹痕又来了。它们来自同一把枪！"

"你的意思是，我们的嫌犯杀掉了自己人？"巴克斯特问。

"没错。"

"而且，"沃尔夫一跃而起，显然已经为了这个时刻等待许久，"有一个目击者描述了当时从现场逃出的一个人的长相，"他把手指伸向那几张A3 纸，"让我有机会画出这个……"

（模拟画像）

众人沉默片刻。

桑德斯张了张嘴，但随后意识到自己也无话可说。

"只有一个问题，沃尔夫。"巴克斯特问道。

"什么问题？"

"你他妈画的这是啥？"

"这个'模拟'，有点太模拟了。"桑德斯眯起眼睛，评价道。

"显然跟这些照片无法重合。"埃德蒙兹尽可能鼓励地说道。

"这意味着我们可以不用管它们了。"沃尔夫说，把凯恩同伙的照片全拿了下去，只留下那些不确定长相的名字。

"让我直说吧，"桑德斯一脸困惑地插嘴，"这个人在广场上朝芬利和局长开了火，在那之前或者之后，他还杀了自己的同伙？"

"不要怕，我健忘的朋友！"沃尔夫微笑着，又伸手去拿那几张纸，"因为我已经画出了方便的示意图，帮助我们厘清这一切……"

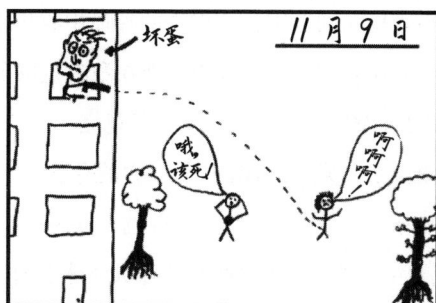

"你是个白痴，沃尔夫。"巴克斯特直言不讳。

桑德斯放声大笑，埃德蒙兹则保持克制。

"为什么不画张表格或者图表呢？那样看着更清楚吧。"乔问道。

"我会让你们知道，我是下了很多功夫的，"沃尔夫生气地说，"我说'很多'……不管怎样，还有一张，还有人想看吗？"

只有桑德斯一个人举起了手。

"这兔子是怎么回事？"巴克斯特问道，不知道自己为什么还要提问。

沃尔夫耸耸肩："我画兔子特别拿手。"

"不管怎样，"埃德蒙兹说，决定干预这场没完没了的报告，"根据描述，我一直在缩小嫌疑人的范围，从报告的片段中收集细节，以及追踪这些人在 1979 年 11 月之后的违法行为。现在我有足够的理由相信，这名从仓库大火中逃走的嫌犯是……奥恩·肯德里克。"

"结案了！"桑德斯大笑道，胡乱摇晃着乔的身子。

"应该是，"埃德蒙兹表示同意，"只要这个奥恩·肯德里克不是化名……而且那个冒用了这个假名的真人没有从地球上消失。把目前的线索放在一起，进行一些没有根据、不够牢靠的推测，我们得出了这个结论。"

他把沃尔夫那堆破纸推开，拿出自己做的一张更为专业的清单：

——仓库里发生了一些事情。

——奥恩·肯德里克知道这些事。

——奥恩·肯德里克为基利安·凯恩工作。

——基利安·凯恩到医院探望了克里斯蒂安。

（可能就是他的人把克里斯蒂安揍进了医院。）

——克里斯蒂安富裕得很可疑。

——奥恩·肯德里克的一个同伙企图谋杀他。

——那次事件后，奥恩·肯德里克就消失了。


"有人能把这几条联系起来，形成一套完整的推论吗？"他问大家。

每个人似乎都在冥思苦想。

"我想到了一个……"桑德斯跳起来，揉着下巴，"克里斯蒂安就是奥恩·肯德里克！"

"还有谁？"埃德蒙兹不耐烦地把他跳过去。

"你直说吧。"巴克斯特催促他。

埃德蒙兹本想做一个无辜的表情，但随后放弃了这个动作。

"好吧，我有一个推论，"他承认，"我想无论那天晚上发生了什么，克里斯蒂安和芬利都想要保守秘密。但他们没想到奥恩·肯德里克从大火中逃了出来，他把那件事告诉了他的老板基利安·凯恩，后者把它当作跟克里斯蒂安交易的筹码。也许芬利是想要揭露真相，或是敲诈——"

"芬利不会那么做的……"巴克斯特纠正他。

"让他说完。"沃尔夫说。

"……这就是他们杀了他的原因，"埃德蒙兹继续，"奥恩·肯德里克试图弥补自己在仓库的失败，但没能成功，反倒让凯恩认为应该把他除掉。然而奥恩·肯德里克干掉了来杀他的人，躲了起来。这意味着：我们只有找到他，才能知道那天晚上仓库里究竟发生了什么。"

"只要他还活着，"桑德斯指出，现在他正在吃乔剩下的东西。

"只要他还活着。"埃德蒙兹表示同意，"而且就算克里斯蒂安之前不知道有人从大火中逃了出来，现在也一定知道了。他也会知道我们在找这个人；所以我们还必须假定，凯恩和他的人也在找这个人。所以现在的关键，就是谁先找到奥恩·肯德里克。"

休会后，埃德蒙兹在巴克斯特身边坐了下来，后者仍在坦然地调整自己的乳沟。

"你今天好像遇到麻烦了。"他委婉地说，确保乔这次没有从吧台那边偷看。

"你觉得它们变大了吗？"她问。

埃德蒙兹坚决保持眼神交流。"我不知道。"

"你都没看！"

他重重地叹了口气，低头瞥了她的胸部一眼。

"我觉得没什么变化……你不吃吗？"他看到她的早餐一口没动，急于换一个话题。

"不想吃，"她说，表情厌恶，"我觉得这些东西有股怪味儿。"

埃德蒙兹把盘子里的东西拿出来，闻了闻，然后咬了一口。

"今天要帮忙吗？"她问他。

"当然，"他回答，嘴里塞满了食物，"不过，我还得在路上给利拉买点东西。"

店里的树莓汁和石榴汁都用完了。

这让巴克斯特大发雷霆。

冰箱前那个满脸粉刺的年轻人也许不应该承受她的雷霆之怒，也不该领受她在物资供需方面的公开教育。她说如果这个国家每家店铺的树莓汁和石榴汁都会用完，那么也许——只是也许——某个像上帝一般英明神武的人应该，可能应该，谨慎地考虑多储备一些。然而，当这个年轻人嘴唇开始颤抖，扭头跑回储藏室，应该是要去大哭一场时，她感觉糟透了，赶忙回到车上，等埃德蒙兹买东西回来。

过了一会儿，他从过道尽头走出来，一看到他的朋友在啜泣，神情立刻变得严肃。

"巴克斯特，你怎么了？"

"没怎么……我只是……抱歉。"

"不用道歉。是我的错，我不该离开……把你留在这儿。"

"我有什么毛病吗？"她笑了，抹了抹眼睛。

埃德蒙兹张了张嘴……低头看看自己怀里那包一次性尿布……然后疑惑地看了看巴克斯特。

"怎么了？"她问。

他看起来有点不安。

"怎么了?!"

"呃,你觉得疲惫吗?"

"一直都累。"

"胸部有什么感觉?"

"难受。"

"最近还感觉有什么东西变质了吗?"

"偶尔。"

"还会在果汁店里大哭吗?"

"很有可能。"

"恭喜你。"埃德蒙兹把那包尿布塞到她怀里,匆忙离去。

# *Chapter 30*

# 第三十章

沃尔夫坐在他就职于凶杀与重案指挥部时的旧办公桌旁，考虑要不要冒险吃掉一根巧克力棒，这玩意儿在拼布娃娃案之前就已经在抽屉里化掉了。他检查了一下保质期限，它本身可能就是一种暗示：

2015 年 2 月

啃了口巧克力，他继续手上的工作：检查克里斯蒂安名下手机号码的通话记录，以及 GPS 追踪信息。他没有回拨这些电话以确定号码的主人，事实证明，这大大增加了他的工作量。

下午 3 点 42 分，案件没有取得任何进展，沃尔夫也没有征得瓦尼塔的同意，接起了一个私人电话，这个号码令他不寒而栗。

"妈妈？……你们离这边还有一小时是什么意思？离哪儿一小时？……为什么？！……不，我当然没有。我只是……她在干吗？"他咬了咬牙，"啊，那她可真是太好了！……不，我现在已经不住那边了，"他解释说，绞尽脑汁地想该把父母送到什么地方，"我把地址用短信发给你们……发短信！……给你们发短信！"

附近的几个人朝他的方向看过来。沃尔夫比了一个"对不起"的口型。

"好，好，那太好了。待会儿见，拜拜！"

他挂断电话，把剩下的巧克力棒塞进嘴里，双手抱住脑袋。

埃德蒙兹从未对巴克斯特大喊大叫过，所以这次两人都觉得有点奇怪。

两人正在他的花棚里翻阅旧档案，但话题不可避免地偏移。巴克斯特终于含泪承认她犯了一个巨大的错误，前不久跟沃尔夫共度了良宵。她辩解说自己已经跟托马斯坦白，这多少还有点道理，但现在她怀孕的可能性却让情况对她有些不利。

埃德蒙兹感觉很糟糕，他叹了口气："你打算和他说吗？"

"和谁？"

"托马斯。"

她耸耸肩："等我把这个小崽子下出来，差不多就是时候了。"

埃德蒙兹的手机响了。他低头看了眼屏幕，然后不安地抬头看了看巴克斯特。"我去……"没等话说完，他便消失在门外。

在随后的一分钟里，巴克斯特觉得自己应该保持镇定，同时还要对埃德蒙兹进行打击，以确保他不会觉得自己赢了。然而当后者一脸困惑地回来时，她却把这些都抛在脑后。他把手机收了起来。

"是沃尔夫，"他解释说，"他随便问了几个关于你和托马斯的问题，还问你现在在哪儿住，你的公寓租出去了没有。"

巴克斯特坐直了身子，一脸关切："那你告诉他了吗？"

埃德蒙兹则是一副"我不知道正确答案"的表情。

"我跟他……说了……实话？"他答道。

巴克斯特从凳子上一跃而起，冲出了棚屋。

"我们得阻止他！"她回头朝自己困惑的朋友吼道，"路上你给他打电话！"

"谢谢你，备用钥匙！"沃尔夫感激他的备用钥匙，高兴地发现它仍然可以打开巴克斯特公寓楼的外门。这是他留下的为数不多的几样东西之一，是他过去生活的纪念品。

他在温布尔登大街用短信把地址发给他妈妈，然后搭上了南行的地铁。他爬上楼梯，来到房门前，用一把旧钥匙打开了门。

身体感染的难闻气味立刻扑面而来。

"老天，厄科！"他抱怨着，进入客厅，抓起一瓶空气清新剂。

沃尔夫用袖子掩住口鼻，眼睛从料理台上的绷带和药品，看到冰箱上贴着的"曲奇饼在冰箱里！"的欢快字条，最后才瞧见一个半裸着的男人。男人手里拿着武器，坐在卧室门口盯着他。沃尔夫发出不怎么"男人"的尖叫，举起双手，手里的"玫瑰花瓣天堂"喷洒向空中。

"沃尔夫，是吧？"儒歇微笑着，身上汗涔涔的，面色苍白。他放下了枪，身子靠在门框上。

"没错。"沃尔夫惊讶地回答，双手慢慢放下。"你就是那个'僵尸'，官方的名字是达米安·儒歇，对吧？我在新闻上看到你。很高兴见到真人。"他的眼睛落在儒歇胸前不断渗出液体的黑色单词状伤口上。

"我知道，看上去糟透了，对吧？"

"闻起来更糟。"沃尔夫说，希望儒歇没有注意到他已经悄悄地喷了二十秒钟"玫瑰花瓣"。

"巴克斯特和你一起来的吗？"

"没有，但她确实已经把你的所有事情都跟我说了……在这儿住着……逃避抓捕……等等，"沃尔夫扯着谎，看了眼手表，"可能要到时间了，我们得迎接两位客人。"

"客人？"儒歇问道，看着沃尔夫在房间里走来走去，把巴克斯特各种拍得一团糟的照片收起来。

"是的，不过不必担心，你什么都不用做……除了告诉他们这是我的套间。"

"公寓。"儒歇纠正他。

"那更好了！而你，是我的好朋友兼室友——"沃尔夫盯着儒歇看了好久，冥思苦想，"海伍德。"

"海伍德？"

"你穿件上衣吧，好不好？"沃尔夫收拾房间，打开窗户。

"穿上衣的话，血会渗出来。"儒歇不自在地回答。

"那就穿件红的？"他建议道，这时对讲机门铃嗡嗡地响起来，"哦，该死！好吧，表演时间到了！"

看到一辆车停在自己的车位上，巴克斯特大为光火。她把她的小黑留在车道上，埃德蒙兹则像白痴一样坐在副驾驶座位。她冲进公寓楼，三步并作两步爬上楼梯，冲进房门。沃尔夫目瞪口呆地看着她，她则朝他扑过去。

"你觉得自己这是在干吗？"

他看上去很不安："巴克斯特，我——"

"在你对我做了那些事情之后，你居然还能让自己——"

"巴克斯特，如果你能听——"

"你他妈的就是我命里的病。你知道吗？你就是想要我的命。"

"巴克斯特，我的父——"

"我来迟了，沃尔夫！"她气急败坏地吼道。

"其实我也没让你过来。"

"不，你这个浑蛋！我的'那个'来迟了。用礼貌一点的说法，就是'我有喜了'……或者'你把我肚子搞大了'……你明白吗，我他妈怀孕了！"

"恭喜！"沙发上的一个声音说。

她吓了一跳，慢慢转过头，这才看到福克斯夫妇正看着他们。老两口耐心地坐在儒歇身边，后者则明智地选择坐在一扇开着的窗旁边。

"贝弗莉！"巴克斯特微笑着。

"芭芭拉。"沃尔夫纠正她。

"还有鲍勃！"

"比尔。"

"真是个惊喜！要我给二位拿点什么吗？"

"不用，不用，"福克斯先生说，"海伍德已经招待过我们了。"

她倒不必问，便猜出了海伍德是谁。

"你怀孕了？"沃尔夫脱口问道，消息终于传递到位了。

"我想是的。"巴克斯特露出了笑容，看着有些癫狂。

"而且……我们可以确定不是托马斯的？"他抱着一丝希望问道。

"当然！因为托马斯把那个'做了'。"

沃尔夫一脸惊恐："就像……太监那样？"

"不，像那该死的输精管切除术，你这个——"她瞥了一眼他的父母，意识到他们还在听，"傻瓜。"

"我们福克斯家向来很能生。"老威廉在沙发上插嘴道，他的妻子也点头赞同。

"真恶心，老爸！"

"好吧，这可能确实是很有用的事前信息！"巴克斯特半是喊叫地答道。

"我是说，这小子就完完全全是个意外！"福克斯先生补充说。

"您不说我还真不知道呢，老爸，"沃尔夫看上去有点受伤，"感谢分享。"

"是什么风把你们吹到伦敦来的呢？尤其是，温布尔登？"巴克斯特问道，几乎没法把话说明白。

"是《狮子王》。"福克斯夫人说。

"《狮子王》？"

她点点头。

"奇怪得很。前几天我正和埃塞尔聊天，电话铃响了，我一接，是安德烈娅，真是没想到……你认识安德烈娅吗？"

"哦，安德烈娅我认识！"

"好吧，她说她那儿有两张头等舱的票，还有高档酒店一个晚上的招待券……然后她就想到了我们。有意思吧？"

"这可真是有意思！"

巴克斯特和沃尔夫都在思索这位前妻葫芦里卖的什么药，这时有人敲门。

"我去开！"儒歇去开门，仿佛终于逮到了逃跑的机会。

谈话也进入了令人紧绷的中场休息阶段，他们都侧耳倾听儒歇跟这位不速之客打招呼。

高跟鞋的声音正在靠近。

"安德烈娅！"福克斯夫人愉快地说，"你收到我的信息了，对吧？"她站起身，亲吻她的面颊。

"收到了！"安德烈娅转向沃尔夫，微笑着，仿佛在说终于找到你了，

"威尔。"

巴克斯特气得说不出话来，沃尔夫则慢慢溜出客厅。这时楼梯那边又传来有人跑上来了的声音。儒歇放弃了，守在门口，在埃德蒙兹往这个已经变得拥挤的房间里挤时替他撑住门。

"安德烈娅来了！"他气喘吁吁地宣布。看到房间里构成复杂的人员，他意识到自己来晚了。"等一下……这位是……儒歇？"他望向巴克斯特，脸上露出遭到背叛的表情。

"嘿！"儒歇有气无力地摆摆手，注意到安德烈娅眼睛一亮，后者显然记起了这个名字，然后望向自己。

"我不会让你再替我保守任何秘密了。"巴克斯特愧疚地对埃德蒙兹说。

"快坐着，亲爱的。"沃尔夫的爸爸对安德烈娅说，没注意到房间里的尴尬，"我们正在庆祝，威尔和埃米莉就要生宝宝了！"

"真的吗？"安德烈娅转向他们，表情中带着一丝扬扬自得，"生宝宝，哈？我想这一般都是因为你们……上了床……吧？好吧，我知道我现在的表情很像是'好吧，好吧，我早就知道了'，但我向你保证，我的表情百分之百是在说'我真的很惊讶呢'。"

"不怪你，一定是肉毒杆菌影响了你的发挥。"沃尔夫还嘴道。

"威尔！"他的妈妈呵斥他。

"我去躺一会儿。"儒歇终于撑不住了。

"晚安，海伍德！"福克斯先生在他身后喊道。

巴克斯特把埃德蒙兹拉到一边。沃尔夫则走到安德烈娅身旁，打断他父亲的高谈阔论：福克斯家为何都很能生。

"我能跟你说几句话吗？"沃尔夫问道。

安德烈娅点点头，跟他一起去厨房。她的样子很奇怪：依旧年轻、美丽，却不同于他记忆中的模样，仿佛是她自己亲手制造的来自另一时空的变异体。然而不幸的是，在固执这一点上，她却一如往常。

"是你把我父母叫到这儿来的？"

"你都不回我的电话！"

"我就是在躲着你！如果有人想躲开某个人，他们肯定会这么干！"沃尔夫小声说，仿佛有一本《如何避开某人》的手册，第一页上就写着：不要给他们回电话。

"我不是来和你吵架的，"她心平气和地对他说，"我想帮忙。"

"帮谁忙？"

"帮你。"

"帮我……什么？"

"所有的事情。芬利的事，我非常、非常遗憾。我是真心的。我只是想……只是想弥补我之前大意犯下的过错。"

沃尔夫摇摇头。

"真的！你看……"她拉开上衣拉链，露出里面最新的抗议 T 恤，胸部下面写着：

"放了沃尔夫！……再一次！"

"等下次你再把你的生活推向深渊，记着，我这里还给你留了位置。"她微笑着说。

"把它们收起来……把它，"沃尔夫对着安德烈娅的胸部，迅速纠正了自己，"把这 T 恤收起来。"

"你太孩子气了。"安德烈娅说，但接着她笑了笑，紧紧地拥抱了他。"再也别这样了！"她在他耳边低语，"我一直在担心你。"

　　沃尔夫无视他妈妈满怀期待的目光，轻轻把她推开。


　　"我没事的，"埃德蒙兹小声对巴克斯特说，后者正因找不到自己在墨西哥拍的照片焦躁不已，"我只是有点惊讶，仅此而已。"

　　"你能帮上他的忙吗？什么都帮不了。所以我才没告诉你。"

　　"分享烦恼……"埃德蒙兹说。

　　"就是解决了一半问题。"巴克斯特替他说完，赢了这一轮。

　　"他看上去糟透了。"

　　"他会好起来的。"巴克斯特对他说，但自己都不太信。

　　"那你的计划是……什么？"

　　"把儒歇送到一个安全的地方。他康复了，蓄起胡子，隐姓埋名，从此过上幸福的生活。"

　　"我觉得这个故事'没有幸福的结局'。"埃德蒙兹通过引用巴克斯特说过的话，轻松赢下第二轮。

　　"他说感觉自己好多了。"她坚持说，提高了音量，好盖过另一个房间里沃尔夫和他爸爸的争吵声。

　　"就算他真的在康复……最后能够好起来，"埃德蒙兹说，同时反思自己为什么一直在唱反调，"我们现在也有一个大问题。"

　　他忧心忡忡地瞥了安德烈娅一眼，后者似乎不情愿地被夹在了福克斯父子中间。

　　"我会找她谈谈。"

　　"儒歇现在正在因谋杀罪被通缉，这足够让你成为共犯了。"

　　"那你想让我怎么办？这可是儒歇！"她简短地说。

　　"你可能会进监狱！"

　　"他就要进监狱了！"

"我只是想说，保持一点距离会好一点。如果他们发现他是住在你的公寓里……"

巴克斯特点点头，至少承认了他说的在理。"听着，这可是儒歇，我欠他的，他一定要留在这里。"

埃德蒙兹又看了安德烈娅一眼："你可别相信她。"

"我不会的。"她向他保证，深吸一口气，走向那个红头发的记者。"嘿，"她说，打断了福克斯先生对 M4 公路工程的大肆抨击，"我能跟你说句话吗？"

露出一丝担心的表情，安德烈娅站起身，跟着巴克斯特来到外面的走廊，这是目前唯一可以私下交流的地方。

"如果是关于你和沃尔夫，"安德烈娅抢先说道，"我真的没有——"

"不是。"

她面露惊讶："那是关于什么？"

"你是个没人情味、不要脸、胡说八道的臭婊子，而且如果你还以现在这样的频率整容，用不了多久你的前额上就会开个大洞。"

"好吧。"她还听过比这骂得更狠的。

"但无论我们之间有什么过节，都跟儒歇无关。他是个好人，已经失去了一切——"

"你的秘密在我这里是安全的，"安德烈娅打断她，"我知道你觉得我在拼布娃娃那个案子里背叛了你，在某种程度上确实如此，但我可以对上帝发誓，为了我们之间能够建立起友好关系，我可以不制造一些无意义的牺牲。我也可以那样做的，但我宁愿把自己的事业冲进马桶，而你大概也不会因此喜欢我。"

"你可以把这套'就算不是我做的，别人也会做'的话收起来了。"

"我的老板在隔壁演播间安排了其他人，准备跟我读一模一样的话。

我很抱歉，但面对同样的选择，我也没办法交出不同的答案。"

巴克斯特苦笑着，朝房门走去。

"恭喜，"安德烈娅脱口而出，"我是真心的。"

出于某种原因，巴克斯特站住了，转回身。

"我们在一起的时候，威尔一直不想要小孩，"她继续说，"我很高兴他能改变主意。"

"虽然你们好像都这么觉得，"巴克斯特纠正道，"但这是个一失足成千古恨的错误。"

"他知道以后也是这么说的吗？"

"我现在只能猜测他的反应。最佳答案是：'哦，听着，我那魔鬼一样的前妻在巴克斯特告诉我这件事之后十秒钟就闯进来了，我还没机会跟她谈这件事。'"

安德烈娅看上去很内疚。

"我并不想谈这个，"巴克斯特说，"尤其是跟你。"

"好吧，"安德烈娅故做愉快地说，"那我们可以谈点别的，比如达米安·儒歇最后是怎么躲到你的公寓里来的呢？"

巴克斯特摇摇头："还是谈宝宝更有的聊。"她转过身，背对着安德烈娅，回到房间里。

巴克斯特惊异地看着闪电一道又一道闪现。闪电仿佛劈在连接天地的桥梁上，撕裂了空气，烧焦了一盒巧克力布丁的盖子。把它放进微波炉里加热时，她忘了把锡纸取下来。正在她琢磨自己好像还得做点什么时，这台电器把保险丝烧断了，替她省去了麻烦。

"没事吧？"托马斯问道，身上还穿着羽毛球服，一回到家就发现巴克斯特又一顿即兴完成的晚餐已经上了桌。

"没事！"她扯谎道，端上两枚布丁，确保没完全热透的那一个放在自己面前。回到座位上，她又喝了口酒，突然意识到自己这么做可能不合适。

她把酒杯放回原处。

"菜不错，"托马斯说着，对她笑了笑，然后拿起酒瓶，"再来点酒？"

巴克斯特用手捂住酒杯。

"不了……谢谢。其实有件事我想跟你聊聊。我有点……事。"

"哦？"托马斯回答，伸手去握她的手……不自觉地握紧了。

"听着，我不大擅长说这种事，但……我……"

她的电话突然在桌上振动起来。

"爱……"

她忍不住低头看了眼屏幕。

"沃尔夫。"

托马斯松开她的手。"你爱……沃尔夫？"

"什么？不！我爱你，我爱你啊！这个沃尔夫真是讨厌，非在这时候打电话……"她的手不自觉地在振动的手机上游移。

"所以你不会接的……对吧？"

"是工作。给我几秒钟，"她抱歉地接起电话，"一如既往地会挑时候。沃尔夫，你想干吗？"

托马斯大声叹了口气，抱住胳膊。

"克里斯蒂安的电话记录很干净，'没有定位数据，没有超出正常范围或是无法解释的通话记录'，"沃尔夫大声念着，"真是根硬骨头。他太小心了，什么痕迹都不会留下。"

"这种事不能等等再说吗？"

"都是为了芬利。"他回答说，似乎有些受伤。

"抱歉,你是对的,"她叹了口气,"那我猜他也不大可能用电脑。"她对托马斯微笑,但只收到了一个愤怒的眼神。

"但他一定会跟某人通信的,"沃尔夫说,"埃德蒙兹家被闯入的那天晚上,他躺在医院里,而且我也觉得他不会亲自去撬桑德斯的车锁。"

"那可能是基利安·凯恩和他手下干的?"

"不,我觉得埃德蒙兹是对的。这似乎不大像他们的风格。同一伙人,怎么可能先是在有证人的情况下,到警察局局长家门口把他胖揍一顿,然后还选择在晚上鬼鬼祟祟地行动?"

"那克里斯蒂安就应该还有个电话。"

托马斯失去了耐心,拿起勺子开始吃甜品。

"有可能,"沃尔夫同意,"我们得找到它。它有可能在他家,或在办公室。"

"只能硬来了。"巴克斯特指出。

"不被抓到就没事。我知道他家警报器的密码,"沃尔夫说,"我去搜他家,但只有你和桑德斯两个人可以在新苏格兰场自由出入,而你比桑德斯有一个优势,就是你不是他。"

"这逻辑倒是没毛病。我会看着办的。"

"谢谢。嘿……你觉得我们是不是应该聊聊——"

巴克斯特挂断了电话。

"你的布丁要凉掉了。"托马斯告诉她。

"我想也是。"她嘟哝着,拿起酒杯,渴望地端详着,然后又放了回去。

"所以……你想说什么事?"他催促着,仿佛在磨刀霍霍。

巴克斯特张开嘴,往里面塞了一勺没热透的甜品,摇了摇头:"没什么。"

*Chapter 31*

# 第三十一章

巴克斯特很少这样深入虎穴。

她偶尔会被叫到瓦尼塔的办公室接受各种数落，而且会发觉，和凶杀与重案指挥部总是保持着安静的无政府主义式平衡相比，寂静的走廊上的暗流涌动显得不是很和谐。

沃尔夫的新盟友瓦尼塔透露，她在 9 点半会和局长一起开会，在半小时的时间里，这间办公室会空无一人。巴克斯特拿上一个看上去很重要的文件夹，自信地从办公桌旁走过，形形色色的助理和行政人员几乎都没有注意到她，他们都已经被自己手头的琐碎工作套牢。她迅速朝左边看了一眼，确认办公室里是空的，然后又朝右边看了一眼，确保没人在看她，这才快步穿过办公室的门。

"来吧。"她低声说，克里斯蒂安豪华的办公室令她心跳加速，皮革与木头的气息刚好填补了朦胧的阳光穿透百叶窗形成的缝隙。

她走到那张大桌子前，拉开最上层的抽屉。

　　沃尔夫在克里斯蒂安位于埃平森林的豪宅里待了将近一个小时。

　　损坏的电动门足够一个人挤过去。在经历了一次睾丸创伤之后，他翻过一堵墙，来到后门。他尽可能少地造成破坏，强行打开后门锁，冲进走廊，输入五位数的密码，令警报器静音。房子里前几天晚上派对的痕迹已经全部消失，微弱的阳光温暖着开阔的正厅中央的地毯、椅子和沙发。咖啡桌上的棋子们蓄势待发，那台巨大的钢琴也不见了踪影，这一切令沃尔夫不禁怀疑自己那晚是不是做了个梦。

　　对自己彻底搜查主卧的效果感到满意，他移步到灯光昏暗的步入式衣柜中，里面两排放在配套的鞋子上方的紧身西装引起了他的注意。

　　隐约有些担心，沃尔夫看了眼时间，继续搜查。


　　上午 9 点 52 分，巴克斯特已经检查完了书桌的每一个抽屉、书桌旁敞开的公文包，以及挂在门后的外套口袋。意识到自己只剩几分钟时间，她感到绝望。"帮帮忙，你这硬壳浑蛋，藏哪儿了？"

　　她走到文件柜前，金属托盘毫不费力地滑了出来，她的思绪飘到了停尸间那些存放着尸体的整齐抽屉上。还没等回过神，她便听到瓦尼塔走近的声音。

　　她僵住了。

　　克里斯蒂安的侧影出现在窗口，两人谈话时他眉头紧锁。

　　巴克斯特被困住了。她轻轻关上文件柜，环顾四周，寻找藏身之所——从通往天空的窗户，到角落里茂盛的绿树，从衣钩上的长外套，到气势逼人的办公桌。她意识到瓦尼塔已经在看着她了，因为她笨拙地站在原地，无处可逃。

　　"我就说我忘了点事！"巴克斯特听到她在玻璃的另一侧说。瓦尼塔巧妙地调整了自己的位置，使得克里斯蒂安背对窗口。"我收到皮尔逊的邮件了，我们一起看看吧。"

"没问题，转发过来吧。"

看着门把手，巴克斯特从门口慢慢退后。

"那个，我们可以现在就去看看吗？"瓦尼塔问道，她的声音比自己预想的要急促，"反正我已经在我的电脑上打开了，而且咱们早就该给他回复了。"

"我还有事——"

"这可是根橄榄枝。"她向他施压。

"好吧，那样的话，当然……不过我得先拿点东西。"克里斯蒂安转过身，一把把门推开，对喘息声清晰可闻的下属投去了询问的目光。他循着后者的目光，扫了眼空荡荡的办公室。"我马上回来。"

在他走进房间时，瓦尼塔仍站在门口。克里斯蒂安走到窗前，拉起百叶窗，享受了一会儿一月的阳光，然后坐到电脑前。

克里斯蒂安的膝盖离巴克斯特的脸只有几英寸距离。

她屏住呼吸，慢慢把腿收到身下，在桌子下面调整姿势。她看着他那双漂亮鞋子朝自己逼近，只好抬起身，用身体抵住桌板。当他的双脚在她身体下面来回移动时，她的双腿开始因这艰难的姿势而颤抖。

沃尔夫找到了一些可能没什么用，但肯定比这干干净净的房子里的其他东西都有希望的东西：一些时间可以追溯到1981年6月的投资凭据。他打开手机拍照，突然注意到时间。

巴克斯特应该在9点55分离开克里斯蒂安的办公室。她保证过，如果一切顺利，她会给他发信息。

沃尔夫写了条短信：

你出去了吗？？？

大拇指悬在"发送"键上方，他琢磨要不要再等她一分钟。

巴克斯特可以听到克里斯蒂安在她头顶敲击键盘的声音，他裤子的布料从她胳膊上擦过。

她知道沃尔夫在等她的消息，意识到手机抵在屁股上，只能祈祷他不要打电话。她把三根手指伸进裤兜，感觉到金属的触感，但抓不住手机。她一用力，结果把裤兜撕破了。她的手滑了出来，碰到了克里斯蒂安的鞋。

打字声停了下来。

巴克斯特不敢呼吸，眼睛瞪得大大的，保持警觉，然而她狂跳的心却试图背叛她。她看到他换了个姿势，大概是在拿什么东西。

"凯茜，可以帮我和马尔科姆·希斯洛普约一下明天的午饭吗？"

巴克斯特抓住机会，把手机掏出来，从"振动"调成了"静音"。只过了几秒，沃尔夫的短信就发了过来，她赶忙把手机捂在胸前，遮住光线。

"哪里都行，可以给我个惊喜！"克里斯蒂安咯咯地笑着，挂断了电话。

她听到他把电话放回原处，拉开抽屉，然后又关上。他站起身，阳光瞬间倾泻进桌子下面狭小的空间。脚步声渐行渐远，然后是关门声。巴克斯特瘫倒在地毯上，因长时间保持尴尬的姿势而感到恶心。她皱起眉头，因为她看到有一部廉价手机，牢牢地贴在抽屉下面。

她筋疲力尽，一点庆祝胜利的兴趣都没有，一伸手把它撕了下来。

　　上午 10 点 17 分，克里斯蒂安结束了和瓦尼塔的谈话，正要回办公室，他的助理截住了他，拿着一杯讨人喜欢的咖啡，以及一沓不那么讨人喜欢的邮件。

　　"午饭定在卡普佩尔，明天应该是个晴天，屋顶的座位大概很不错。"

　　"谢谢你，凯茜。"他说，小心翼翼地从她手里接过热饮。

　　"哦，你看到巴克斯特警探来给你送的东西了吗？"

　　他几乎无法掩饰自己的惊讶："你说什么？"

　　"埃米莉·巴克斯特，"她认真地说，心里嘀咕自己是不是多管了闲事，"她大概四十五分钟前进了你的办公室。我只是以为——"

　　"啊，没错！"克里斯蒂安露出微笑。

　　他的助理也松了口气。

　　"没错，是她。"他扯谎道，脸上一直挂着微笑，直到回到办公室，关上门。

　　他匆忙走向自己的公文包，没有发现异样，公文包看起来没人动过。然后他依次打开抽屉，也没有发现丢了什么东西。最后，他把手伸到桌底，发现手机还是牢牢地贴在下面，于是松了口气。克里斯蒂安低头看着桌上的电话，琢磨着上面是不是装了窃听器。他把自己的粗心看成一种耻辱。他觉得他们很可能走投无路，只好想办法窃听他的电话，这倒让他有些放心，因为他们只能这样做：他们走投无路了。

　　他从桌底扯下那轻薄的手机，离开办公室，走进男卫生间。在脸上泼了些冷水后，他确信这里只有他一个人，然后迟疑地拨通了手机里唯一一个号码。通话直接被转进语音信箱："是我。有个麻烦，我得处理掉。"

*Chapter 32*

# 第三十二章

2016 年 1 月 18 日　星期一　傍晚 6：48

这一天的大部分时间，儒歇都在睡觉，不过他已经设好了闹钟，让自己可以在霍莉到来之前打开灯，快速洗漱一下，给房间收拾收拾，减轻异味。站在公寓的浴室里，他凝视着雾蒙蒙的镜子，几乎认不出自己——眼睛和脸颊都凹陷了……

## PUPPET

这些字母乌黑，一副骄傲的模样，仿佛用毡头笔写在玻璃上，而不是他胸口的映影。他伸出手指，弄花了镜子里的映影，几乎可以糊弄自己这样做真的能够起到作用。他定了定神，低头进行每晚的评估：突出的蓝色静脉在奄奄一息的肉体上蠕动，在皮肤表面形成结节，仿佛因它们携带的毒素而节节败退。

走廊有声音传来。

儒歇担心是霍莉提早到了。他关上水龙头，拿起毛巾，走到卧室门口。听到一连串咔嗒和刮擦声，他皱起眉头，从地板上捡起一件套衫，套在身上。

砰的一声，门慢慢打开了。

他后退一步，躲进卧室，看到一个身材魁梧的男人走进公寓。男人一只手拿着一把分量不轻的枪，另一只手关上房门。儒歇无助地看了眼自己放在房间另一边的武器，枪柄露在枪套外面。他知道自己没办法过去拿枪。他考虑了一下自己可以利用的资源：一把巴克斯特留在浴室橱柜里的指甲剪、各种喷雾、一罐漂白剂。他还可以把牙刷折断，做成一把简易的塑料小刀。

当闯入者沿着走廊进入房间，他把门推开一道缝。此人看上去已经六十多岁，那道缝隙虽然还不至于让他看到儒歇，但那人已经把手放在鼻子上抵挡异味。那人在主浴室外面停了下来，轻轻推开门，确保里面没有人。

儒歇打算趁这个机会冲出房间。幸运的是，当那人转回身，走进厨房时，他犹豫了一下，这时那人把武器指向了开放式客厅的区域。但等他再次行动，一块吱嘎作响的地板暴露了他的位置。那人立刻转回头，盯着卧室，枪口指向儒歇，眼睛死死盯着门与门框之间的缝隙。

那人开始靠近。

儒歇绝望地回头看了眼卧室窗户，明白自己无论如何也不可能从二楼跳窗逃走。他觉得即便是在这样的状态之下，还是应该奋力一搏。他看着那个男人走近，后者只是停下来瞥了一眼厨房柜台上的各种药品。

儒歇抓住时机，把门又拉开一些，足够自己爬到书柜对面。这个动作引起了闯入者的注意，那人再次把注意力集中在卧室的门上。

儒歇不敢移动。黑暗的窗户仿佛一面镜子，映照着公寓里面的状况。

在持枪者和他自己的映影的紧逼之下，他无处可去，因为他知道只要持枪者稍一转头，他就会被发现。然而这位持枪者的注意力完全放在那扇摇曳的门上，小心翼翼地接近这公寓里的最后一个房间。这让他有机会避开此人的视线，从家具中间爬过。

当那人背对沙发时，儒歇可以看到自己十分诱人的枪套挂在健身单车上方。但他不敢伸手去拿，暂时还不敢。

霍莉来早了。

她一整天都在盼望着可以见到儒歇，在午餐时间就跑出去准备晚饭的食材，结果在诊所冰尸体的冰柜里塞满了酒、鸡丁、奶酪和蛋糕。

她的心思已经飘到儒歇身边：她没注意到外面的门是半开的，被破坏的门锁下方的地毯上有一堆碎木渣。急急忙忙走上楼梯，她拿出钥匙，拎着塑料袋的手勉强把门把手拧开，用脚踢开门，走进房里，正准备和儒歇打招呼，一只粗糙的手便捂住她的嘴巴，一条胳膊抵在她的胸前，让她动弹不得。

她无法呼吸，更无法尖叫，只能在这袭击者怀中拼命挣扎。

"嘘——！嘘——！是我！"儒歇在她耳边低语道。

霍莉立刻停止挣扎，任由他松开手臂，后者把枪指向走廊后面。

"走。"他低声说，把手从她嘴巴上拿开，眼睛紧紧盯着敞开的卧室门。

霍莉吓坏了，照着儒歇的吩咐做，转身回到前门，感觉到他在她身后移动；他开了一枪，枪声震耳欲聋，同时用很连贯的动作把她拽向自己。她向后跌去，门的一部分就在她头上爆炸。儒歇把她拖进厨房时无意中掐住了她的脖子。当他们躲在橱柜后面时，双方又进行了两轮射击。

有那么一会儿，除了霍莉急促的呼吸声，一切都安静了下来。

儒歇第一次看向她，笑了笑，仿佛他们正惬意地坐在公园里，而非躲在巴克斯特的厨房里。儒歇紧紧地握着她的手，但当三声枪响击碎了玻璃和花岗岩，碎片在他们头上洒落时，他突然缩了一下身子。

霍莉哭出了声，恐惧的目光投向儒歇，巴克斯特家的玻璃器皿碎片在他头发里闪闪发光。他握起她的手，把它们放在她的耳朵上，然后眨眨眼，猛地跳起，还击了三枪，接着摔在地上。闯入者冲向前门，在后退的过程中连连开枪，把玻璃上霍莉的身影轰得粉碎。

儒歇挣扎着想要追过去，但只走了几步便瘫倒在地。

"儒歇！"霍莉尖叫着，从闪光的碎片上爬到他身边。儒歇喘着粗气，胸口的剧痛让他眼里噙满了泪水。"儒歇！你怎么了？和我说话！"她抓狂地检查了他的身体，想看看是否有枪伤，但什么也没发现，"你中枪了吗？！"

他摇摇头："只是……喘不过气。"

她伸手去拿手机，他痛得大喊。

"你会没事的，"她保证道，把手机贴在耳侧，"我叫救护车。"

儒歇握住她的手，脑袋无力地耷拉着。

"我在叫救护车了！"霍莉坚定地说。

他把手机从她耳边拉开，泪水从脸颊滚落。"外面。"他低声说。

她不明白。

"把我……弄到外面。"

"你不能动！"她惊愕地说。

他开始往外爬。

"儒歇！"她喊道，"好！好！"她又拿起电话，"温布尔登大街，我们在酒吧对面。请快点派车来。有个男人……我想他快死了。"

　　巴克斯特在半英里①外看到建筑物周围有蓝色的闪光。

　　她加快车速，远处的车灯不断闪动。转进温布尔登大街，她把车流甩在身后。她在距离公寓楼几百码②的地方违规停下了车，关掉引擎，沮丧地看着眼前的场景：警车已经完全封锁了道路，她数了数，总共有四辆巡逻车、一支武装反应部队，以及其他各种没有标记的警方力量。

　　霍莉在抓狂的情况下打出的电话让她有所准备，但随后情况又升级了。救护人员给儒歇检查过伤口后，请求了警方支援。再加上附近有听到枪声的报告，这导致警方几乎派出了全部力量。

　　巴克斯特拿出手机，给霍莉发了信息。不到三十秒，霍莉从人群中钻出，向街道上停着的车跑过去。环顾四周，认定无人监视她后，霍莉上了车，抱住巴克斯特。

　　"他们把他带走了，但不告诉我带去了哪里！"她啜泣着，"我都不知道他是不是还活着！"

　　巴克斯特轻轻地把她从怀中放开，看着她的老同学：她的头发和衣服上都是血迹，双手也沾满了已经干掉了的血。

　　"你受伤了。"她说。

　　霍莉摇摇头："没什么大事，只是腿上扎了些玻璃碴。"

　　"他们了解了多少？"巴克斯特说，准备通过处理实际问题消解痛苦。

　　"什么都不知道，"霍莉吸吸鼻子，"他让我把他带到街上，"她难过地说，"他还在替你考虑，就算……就算……"她又哭了起来，这几乎让巴克斯特有些生气。

　　"所以他们不知道有人闯进来？"

　　"对。"

———————

①　1英里约合1.61公里。
②　1码合91.44厘米。

"连那是我住的地方他们也不知道？"

"当然。"

"枪击呢？"

"这边有一半人听到了，但都觉得是来自他们那栋楼。"

"那他们觉得你是干吗的？"

"一个歇斯底里的路人甲，叫了救护车。"

巴克斯特点点头，安慰地拍了拍她的手臂。她说的这些表明目前情况还好。现在说这些似乎不合时宜，但她还是提醒了她，等警方传讯她时，她还得再说几个谎。

"他救了我的命。"霍莉低声对她说。

"还有我的。"

"我觉得他不会死。"

看着风挡玻璃上不断闪烁的警灯，巴克斯特的眼睛里闪烁着蓝光。"是的……我也觉得。"

*Chapter 33*

# 第三十三章

"……霍奇金淋巴瘤，"医生说，"一种癌症。"

玛吉只是点了点头。职业护士的淡然态度已经深深植根于她的内心。但芬利只是坐在一旁，张着嘴。

这是个风和日丽的日子，微风轻轻吹拂着百叶窗，除此之外，这间安静的办公室再无其他声音。

从新年开始，玛吉的体重就开始不断减轻。三十三岁的她也本不该如此频繁地感到疲劳。于是她向一位医生朋友求助，后者立刻建议她做一个全身检查，这原本在她看来有些小题大做。

"听着，玛吉，我知道这会让你们吓一跳，但我觉得你们还是知道为好。"

"那个……什么……怎么样？"芬利打断他的话，结果因为没记住正确的词而问不出来，"什么后——"

"预后？"玛吉给他提醒，微笑着看着他。

"没错，就是这个词。预后，怎么样？"

医生点点头，显然早已准备好了答案。"在早期阶段，我还无法给你们答案，我们还需要做进一步的检查——"

"还要检查。"芬利嘟哝道。

"……确认它是否扩散，以及扩散到了怎样的程度，"医生转向玛吉，"但她很坚强，身体状态也一直不错，所以我可以冒个险告诉你们，预后应该会不错。"

玛吉对丈夫露出鼓励的微笑，后者似乎也因这毫无根据、最终也毫无意义的观点感到了些许的安慰。她把手伸过去，捏了捏他的手。

"放心吧，"医生接着说，"国民医疗服务体系可以承担玛吉大部分的治疗开销。"

听到这番本来意在安慰他的话，芬利皱起眉头。当医生继续叮嘱玛吉时，他的思绪第一次回到当年那个装满赃款的后备厢上，里面的钱有一半是他的。


芬利离开后，克里斯蒂安在格拉斯哥待了一年半，终于决定搬回埃塞克斯。在老朋友的帮助下，他在伦敦警察局找到了一份工作，两人甚至在同一个部门工作了一段时间。后来克里斯蒂安调去其他部门，做起了中层管理工作。两人断断续续保持着联系，不过最近两年都没说过话，直到芬利突然打来电话。

就在玛吉确诊三天后，两人坐在一家咖啡馆里，持久的阳光把他们吸引到了河边的一张桌子上。

"生活赢了。"在寒暄之后，芬利宣布。

"什么意思？"

"十五年前，"芬利回忆道，"你说总有一天，生活会让我的所有正直与诚实一文不值。好吧，你说得对……生活赢了。"

克里斯蒂安眉头紧锁。

"我需要我的那一半。"芬利告诉他。

"当然，那一半是你的，"他回答，然后板起了面孔，"但这事有点不好办。"

芬利脸色一变。

"别担心！"克里斯蒂安赶忙补充，"钱都在我这里……其实还多了不少。但这就是问题所在。我没把那笔钱装在鞋盒里埋起来，而是去做投资了。多样化：股票、债券……还有不动产。我在做长远打算。"

"我他妈的需要钱！"芬利啐了一口，拳头重重地砸在桌子上，他们的饮料都溅了出来。

"你会拿到的，"克里斯蒂安平静地说，给了受惊的服务员一个安慰的微笑，"但我们得聪明一点。如果我直接把我一半的投资组合变现，然后交给你，这会让人起疑的。你说是不是？"

芬利哼了一声。

"你觉得我为什么还要像条狗一样天天上班？"克里斯蒂安问他的朋友，后者凝视着水面，看上去很沮丧，"出什么事了？如果你真的这么急需用钱，我可以先套现一部分短期股票。我们不会有太多损失。"

"就那么办。"

克里斯蒂安点点头："今天下午我就给你办……但你得告诉我，究竟发生了什么？"

芬利闭上眼睛，强忍泪水："是玛吉……她不太好。"

# Chapter 34

## 第三十四章

2016 年 1 月 19 日　星期二　上午 9：03

"昨晚他妈的发生了什么？"

"你他妈的没跟我说实话，仅此而已！"

"我告诉你要低调，你把她吓跑就行，结果我一觉醒来，你搞出来的那个犯罪现场传得满天飞。"

"那里住着一个手无寸铁的女人，这不是你告诉我的吗？你可没说那是一个全副武装的中情局特工！"

"他在她的公寓里？"

"是啊。最后我们把那个地方打得稀巴烂。"

"太糟糕了！"

"我要双份。"

"双份？我一分钱都不会给你：任务根本没完成。"

"我被打中了！因为你我差点死了。"

"被打中了？严重吗？"

"反正不好！"

"你需要什么东西吗？"

"不用。现在我更难受了。"

"好吧，给你双份……等事成之后。"

"成交。所以，如果她没在公寓里，她会在什么地方呢？"

"新苏格兰场。实际上，我现在正看着她呢。"

"我会过去。"

"你先跟着她，看看她去哪儿。如果有机会……"

"明白。"

"黑色奥迪，看着像出了事故似的。验证信息：罗密欧、维克托、零、九、酒店、查利、戈尔夫。"

"记下了。"

"随时跟我汇报。"


霍莉一夜未眠。

一整晚她都在网上搜索关于儒歇被捕的信息，希望有人能透露一些新的细节。她请了病假，没去上班，在巴克斯特的指示下去了她的公寓，撒了谎，让负责拉警戒线的警官相信她住在里面。进到公寓里，客厅的窗户破了个洞，寒风涌进，她不禁抱住自己。她暗自记住要在离开前用保鲜膜先把洞封好。走廊的墙上有很多弹孔，她没法处理。走进厨房，她看到儒歇的枪还留在地板上。她拉开背包，把枪放进去，再把所有的药物和敷料放在上面。

霍莉走进卧室，停下来看每一张装了框的照片，把它们连同钱包、电话、钥匙以及一切跟儒歇有关的东西都收进包里。

上午 9 点 26 分，巴克斯特接到技术员史蒂夫的紧急电话，这位技术员主要负责协助调查电话诈骗类案件。放弃了和瓦尼塔会面，她前往凶杀与重案调查组，看到史蒂夫仍在热衷于最基本的工作。他带她走进一间小房间，坐到他的电脑前。巴克斯特努力克制把他身上那件沾了咖啡渍的衬衫弄平整的冲动。

"从昨天下午开始，每隔十五分钟，我就会调取一次信息，"他边说边靠在椅背上，"关于你找到的那个不告诉我是谁的电话号码，以及那个存在你不告诉我是谁的电话号码里的……你也不告诉我是谁的电话号码，"他解释说，似乎有些艰难，"明白了吗？"

"没明白。"

"无论如何，现在它们都已经不活动了——SIM 卡已经和手机分离。直到今天上午 9 点，我还调取到了一次信号。然后，9 点 03 分，一号电话给二号电话打了个电话。持续时间 75 秒，地点是弓街与圣马丁巷之间。"

巴克斯特看了眼手表。半小时之前。

"还有，"史蒂夫继续，"这已经不是这个电话第一次在这个区域里使用了。11 号，在同一个地方，它拨出了一个持续两分钟的电话。"

"这意味着你可能已经找到他住的地方了！"巴克斯特兴奋地说，"你还发现什么了？"

"没有搜查令，我们办不到。我们可以收集通话记录，但不能获取通话中包含的内容。"

"该死的官僚主义。"巴克斯特啐了一口。

"公众对隐私权的态度很坚决。"史蒂夫说，对巴克斯特的反应有些惊讶。

"如果他们没做错事，有什么见不得人的？"巴克斯特妄加揣测，"地址的精确度有多少？"

　　"多亏了市中心天线塔的数量，相当精确。我估计大概在几百英尺的范围内。"

　　"好的。我去查查看。"她转身准备走。

　　"人们从不告诉我任何信息，"史蒂夫脱口而出，"但我忍不住注意到，另一部手机，也就是打出电话的那一部，它的位置在……好吧，就是这里。"

　　巴克斯特若有所思地点点头："相信我，你知道得越少……"

　　"算了，"史蒂夫笑着说，"祝你顺利！"


　　他刚把摩托车停下来，就看到一辆黑色奥迪从新苏格兰场的停车场出来，这辆车与克里斯蒂安的描述完全符合。他重新戴好头盔，跟在后面，在沿河行驶的过程中走走停停，保持距离。他意识到他们正一起走在他来时的路上，只不过方向相反。当他们经过伦敦兰心剧院前贴着的《狮子王》巨幅海报时，他的"意识到"已经变成了"担忧"。

　　奥迪停在了亨利埃塔街上，无视双黄线，这使得他必须先骑过去，以免引起其他人的注意。由于选择有限，又怕把人跟丢，他只好拐过街角，把车停在旅馆外面的人行道上。他匆匆赶回路口，看到巴克斯特和一个他不认识的人下了车。两人盯着街面上的建筑物，正在寻找着什么……

　　在寻找他。

　　他迅速从皮夹克口袋里掏出拆开的手机，装好，重新开机。


　　"所以，我听说你跟沃尔夫就要有孩子了？"

　　"滚你妈的蛋，桑德斯！"巴克斯特厉声回答，正好有电话打进来，"喂？"

　　"头儿，我是史蒂夫，技术员史蒂夫。"

"我们半个小时前好像谈过话,我记得你。"她向他保证道,两人缓步走在一条繁忙的街道上,头顶上是又一片干净的蓝天。

"那人刚刚把电话打开了!那人打了一通只有十秒钟的电话,但我可以追踪到他的精确位置了。"

"继续?"

"他还在那儿:亨利埃塔街和贝德福德街的拐角。"

巴克斯特打量着这条路。

"干得好,"巴克斯特挂断电话,然后对桑德斯说,"他就在这儿。叫其他人来。"


四十分钟过去了。巴克斯特和桑德斯充分利用了这段时间。按照霍莉的叙述,克里斯蒂安的这名同伙大约是一个五六十岁的矮壮白人男性,身材魁梧。他们利用这些特征询问附近的旅游酒店、小旅馆和咖啡馆,是否有这样一名可能在独自旅行的背包客在附近出现,并记下了所有相关的线索。

埃德蒙兹打过电话,说他五分钟之内赶到,这时巴克斯特又接到了技术员史蒂夫的电话。

"我是巴克斯特。"她接起电话。

"他又开机了。在亨利埃塔街。"

她大声吹口哨,召唤桑德斯,然后绕过街角,跑到他们刚才所在的大街上。街上有大约四五十人,相向而行:穿着廉价西服、抬头挺胸的商人;脚步飘忽不定的时尚达人,精致的胡须似乎表明此人正要回到肖尔迪奇①;穿着摩托车皮夹克的男人;戴着安全帽的建筑工人……

---

① 东伦敦的新兴文艺区。

"他现在在哪儿？！"她继续问，桑德斯已经赶了过来。

"还在亨利埃塔街，正在往考文特花园走，东北方向。"

"你能把其他人接进来吗？"她问桑德斯，两人在街上横冲直撞，迫使其他人不得不改变方向。他们经过巴克斯特的"小黑"。她伸手拍了拍它，检查是否被人贴了罚单。

桑德斯用自己的手机设置好电话会议模式。

"继续走。"史蒂夫指示道。

两人加快脚步，考文特花园开阔的广场在他们面前展开。

"他好像停下来了。"史蒂夫说，"那边有人停下来吗？"

著名的"智商税旅游区"像以往一样热闹，带立柱的市场仿佛一座出现在鹅卵石路面海洋上的孤岛，游客们被街头艺人吸引。巴克斯特扫视着路人的脸庞，但根本不知道自己要找的是谁。

"我到了！"埃德蒙兹在电话里宣布，气喘吁吁，"我在歌剧院附近。你们要我去哪儿？"

"好了，他又开始移动了！"史蒂夫大声说，"市场方向，他加快速度了！"

三人一齐冲向街道中央的建筑，穿过立柱，来到玻璃穹顶下面。他们各守一边，在长廊里搜寻，四周则是伴着弦乐四重奏用餐的人们。

"他又停下了，"史蒂夫告诉他们，"等一下……桑德斯，我给你也定位一下。"

"什么？"

"你往前走。"

桑德斯照做了，看着他经过的那些昂贵店铺里的每一个人。

"继续……继续……停！"

他又照做了，困惑地环顾四周，看着经过的人。他还从栏杆上往下看了看，以免他们的目标出现在下面。

"这里没人！"他在一群十几岁的游客走过时大喊。

"你就在他的位置上！他应该就在你前面！"

桑德斯在街道上徘徊，寻找符合描述的人。"我跟你说，我周围十英尺都没有人。"

"给他打电话，"埃德蒙兹建议道，他正站在对面，"史蒂夫，把那个号码拨过去！"

"头儿？"史蒂夫不安地问。

"打吧。"

片刻过后，一段低沉的旋律响起。

"走开！走开！走开！"桑德斯赶走了一群聚在垃圾桶旁边的小学生。"他把电话扔了。"他对他们说，从食品包装纸和外卖咖啡杯中间翻出了那部手机，然后跟他们一起回到外面。

巴克斯特绝望地盯着广场的人来人往。直觉告诉她注意他们刚才进来时的入口，搞不好亨利埃塔街会有什么让嫌犯原路返回的吸引力。她的目光落在一个身穿摩托车夹克的男人身上，认出他是跟他们一起进广场的人之一。

"抱歉，我来晚了！"沃尔夫终于加入了他们。

巴克斯特在人群中看到了他。"沃尔夫，盯住那个穿黑皮夹克的家伙！他正朝你那边走！"

沃尔夫停了下来。他那魁梧的身躯足以在人流当中充当路障。

他们的目标在不到十米远的地方看到了他，并认了出来。沃尔夫立刻改变方向，并保持原来的速度，以免在融入人群时被他发现。

沃尔夫在一个旅行团中间横冲直撞，最后却只找到一件扔在鹅卵石路上的皮夹克。

"该死！他把夹克脱了，"他告诉大伙儿，"我跟丢了！"

从教堂的柱子后面一现身，埃德蒙兹便盯住了他。

他与目标保持距离，从一个玩火的街头艺人后面走过，这个街头艺人设法在人群中间占据了相当大的一块区域。看着嫌犯在火焰灼烧过的空气中扭曲变形，他刚想跟其他人汇报进度，突然却犹豫了。

愤怒和肾上腺素涌上心头，他想到这个躲在围观的游客中间、身份不明的人，曾在他家里做过类似的事情——拿着腐蚀性的液体出现在他熟睡的妻女身边。每当他想到一旦她们中途醒来会发生什么时，总会有种噩梦袭来的感觉……

埃德蒙兹突然跳出来，让表演者分了心，后者手里的棍子掉在地上。他把一些人撞倒在地，擒住嫌犯，用胳膊锁住他的喉咙，把他放倒在地。此人相当敦实，在跌倒的过程中不断对埃德蒙兹施以重击，但埃德蒙兹还是紧紧扼住了他短粗的脖子。

桑德斯第一个赶来支援。

"嘿，各位！埃德蒙兹逮住他啦！"他站在他们身边，对着电话大笑。

"快过来，帮我一把！"埃德蒙兹喘息着说，这才感觉到有些支撑不住，"这家伙太他妈重了。"

"啊，好嘞，"桑德斯说着掏出手铐，"抱歉。"

# Chapter 35

## 第三十五章

埃德蒙兹协助警察把嫌犯弄进警车后座，紧急救援车也已经到位了。他快速翻看了一下那人的钱包，然后回到众人当中。他们各自捧了一杯满满的咖啡，在这个季节不寻常的阳光下取暖。

"约书亚·弗伦奇，"他低头看了眼那肮脏的驾照，"我觉得我在什么地方见过这人。"

他们等他做详细说明。

"他在旧档案里出现过几次，"他解释说，"以前在格拉斯哥跟芬利和克里斯蒂安做过搭档。"

"芬利这交友眼光有点堪忧。"桑德斯若有所思地说，看着那个愁容满面的家伙消失在车门后面。

"我们也是他的朋友，"沃尔夫反驳道，"我们没让他失望。我们拘留了克里斯蒂安的同伙，这案子应该差不多了。"

"那我们就收工得了？"桑德斯提议说，把剩下的饮料倒在鹅卵石路中间的缝隙里。

沃尔夫亲切地给了他的后背一巴掌，众人朝等待他们的警车走去。沃尔夫转身走向巴克斯特，她仍站在原地。

"你不过去吗？"他问她。

"我很想去，"她回答，"但这边有一个二级烧伤的街头艺人，一个iPad摔坏了的中国游客，还有两个蔫头耷脑的美国佬。你知道，警长得去应付这些无聊的差事。你们先过去吧，给他点颜色瞧瞧。"

沃尔夫点点头："我晚点打给你？"

"好。"她对他说，朝他们挥了挥手。


带着嫌犯从新苏格兰场的大厅中间穿过是没有必要的，但沃尔夫这么做有三个理由：一是不管怎样他都得去登记；二是他决不能让弗伦奇离开自己的视线；三是他必须敲山震虎。

大楼里的每一个人都知道他正在调查芬利·肖的"自杀"案；因此他毫不怀疑，不用等他上楼，他逮捕嫌犯的消息就能够传到楼上。这就是他想要的效果。他想让克里斯蒂安知道自己就要完蛋了，并且乐于看到他躲在办公室里不敢冒头。沃尔夫想看到他羞愧地走在同事们严厉的目光当中。当他们等电梯时，他甚至已经开始想象克里斯蒂安走投无路，爬上窗台，纵身一跃，跌落在下面的人行道上——真是个充满诗意的结局。

电梯门开了，瓦尼塔已经恭候多时。她预定了今天一号审讯室剩余的全部时段，并把自己的其他安排全部取消。她还提前跟她的媒体联络人打了招呼，预告自己可能会在今天晚上召开新闻发布会。

"律师到场之前，我什么都不会说。"弗伦奇说，在他们押送他穿过办公楼时，他显得兴趣寥寥。

"我这就去搞定。"沃尔夫答应他,把他推进审讯室。

"但……我还没告诉你她的名——"弗伦奇还没说完,门砰的一声在他眼前关上了。


某个更有耐心的人再次给弗伦奇的律师打了电话,审讯程序被无端拖长,沃尔夫则越发焦躁不安。楼上的杀人嫌犯正在等待自己的命运,而他只能在这里干坐着,这显然让他感觉很糟。

"盯紧他。"沃尔夫站起身,对埃德蒙兹和桑德斯说。

"你去哪儿?"桑德斯问他。

"出去转转。"沃尔夫说。他不想说出自己要去的地方,也不想告诉他们,比起让克里斯蒂安被众人审判,他还是希望让他保全颜面、自己投降。


沃尔夫敲门时,克里斯蒂安正凝视着虚空。

"进来!"他喊道,随手拿起一份文件,装作有事可做。

看到沃尔夫,他并不惊讶。沃尔夫翻出自己的口袋,又撩起衬衫,向他保证他们的谈话完全私密。他关上门,把手机电池取了下来,然后才走向他的豪华办公桌。

"坐吧。"克里斯蒂安有气无力地说,沃尔夫欣然接受。

慵懒的阳光充满了这间宽敞的办公室,作为最后一幕,这氛围轻松得有些出人意料。

"你今天可够忙的,"克里斯蒂安说,"芬总是说你这家伙很能干。"

"与我无关,"沃尔夫坦诚道,"都是巴克斯特的功劳。"局长表情有所松动,不知何故。"我们都在等弗伦奇的律师过来,"他继续说,抑制住打哈欠的冲动,"毫无疑问,他会跟我们做交易的。"

"毫无疑问。"克里斯蒂安同意。

"我想……我在想你是不是愿意跟我一起下楼。"沃尔夫故做轻松地说。

"不，谢谢，但我还是想待在这儿。"

"好吧，"沃尔夫回答，"只是问问。我想我们一会儿会过来找你……窗户在那儿。"他提醒道，以免克里斯蒂安忘了。

这个年长的男人咯咯地笑了："你觉得这里待会儿会发生什么？"

沃尔夫带着愤怒，叹了口气："都结束了，克里斯蒂安。"

"是吗？"

"我们逮到了你的卒。"

"但你们也牺牲了自己的王后①。"

两人沉默了几秒钟。

沃尔夫正准备用一贯的什么都不在乎的姿态掉回去，但他突然感觉克里斯蒂安微笑的方式有些不对劲……

饥渴于照到阳光的冬日花朵在相互扼杀……

被逼到角落里的野兽无计可施……

生存高于一切。

"你做了什么？"沃尔夫质问他，正在重新组装手机，但一时的惊慌让他手上的动作也变慢了，"你做了什么？！"

克里斯蒂安微笑着，靠到了椅背上。

随着手机慢慢重启，沃尔夫冲出房间，穿过办公室，朝楼梯间跑去。

沃尔夫一离开视线，克里斯蒂安便大口喘息起来。他的身子从椅子

---

① 此处的卒、王后均为国际象棋中的棋子。

上滑落，瘫倒在地板上，打翻了垃圾桶。垃圾桶里面的东西散落一地。他觉得十分难受。

巴克斯特走回到自己"停放"小黑的地方，感到相当自豪。她给 iPad 被摔坏的中国游客指明了街角苹果店的方向，请两位美国友人吃了午餐，直到最后才跟那个威胁要起诉他们的街头艺人翻了脸。

"算你们走运，这身衣服让我可以 80% 阻燃。"

"我十分确定你是百分之百的阻燃物。"

那人搞不好还会回来咬她。

把包扔到车座上，巴克斯特上车，掏出手机，查看弗伦奇那边是否有进展。在没有任何新消息的情况下，她决定直接开车回苏格兰场。她发动引擎，一连串杂音让她感到不安，尤其是在车子还没上路的情况下。她决定专心开车，把手机放回包里，结果错过了沃尔夫的电话。

她被困在一条单向车道上，围着巨大的步行区绕圈。在午餐时间的车流当中，她的车速只能维持在每小时十英里。因此，当她以自己的专属方式横冲直撞地来到斯特兰德街路口，刚加速准备冲过信号灯时，她就听到了一阵不祥的刮擦声，同时踩下了刹车。

过了一会儿，她撞开前面的摩托车，冲进十字路口。她喘着粗气，不停踩着刹车，周围的车辆变得模糊，只有喇叭清晰地响个不停。她猛拉手刹，奇迹般地冲了过去，毫发无伤，但车子仍在朝着坦普尔地铁站外的人流疾驰而去。她没来得及思考，便按下喇叭，听到人们的惊呼，车子从宽阔的台阶上摔下来。她徒劳地想要控制它，但车子还是贴着墙壁继续向前。她抓住变速杆，奋力拉到第二挡。但发动机却发出尖叫，拒绝减速。

当前保险杠撞到下面的人行道时，车子滑进了河畔的四车道。她被撞到一边。失去平衡的汽车在不断被撞击的过程中不停翻滚，像弹球一样在其他刹车的车辆中间旋转，黑暗的河水越来越近……

　　摩擦力终于起了作用，这辆奥迪底面朝天停在河边，撞瘪了的引擎盖悬在冰冷的水面上。当第一批好心人从车里出来伸出援手时，车轻轻地摇晃着。巴克斯特知道自己受了伤，她茫然地盯着落在车篷上嗡嗡作响的手机：

沃尔夫（新）

来电

　　她伸出手……然后跌进黑暗当中。

# Chapter 36

## 第三十六章

2009 年 12 月 25 日　星期五　中午 12：25

**圣诞节**

　　巴克斯特往嘴里塞了一把爆米花。结果它们都顺着她的格子毛毯滚了下来，掉进芬利和玛吉那张皮沙发无人涉足的缝隙里。越过她的节日袜子，她看到哈里和马弗[1]举起了喷漆罐，威胁要咬掉一个八岁孩子的蛋蛋。一切都变得诡异起来。

　　"这是什么片子来着？"芬利在他最爱的椅子上问道。

　　"《小鬼当家》。"巴克斯特含着一嘴食物回答。

　　"第一部还是第二部？"

　　"第一部。第二部在纽约。"

　　"那这一部是在什么地方？"

　　"不知道。我觉得谁都不知道。那不是重点。"

---

[1] 即后文《小鬼当家》中的角色。

"重点是如果这是在纽约,那它就是第二部了。"

"这他妈的肯定不是第二部!"巴克斯特激动地举起抓了一把爆米花的手。

"别吵了,你们两个。"玛吉严肃地说,不过还是没忍住笑。

她看上去瘦得让人担心,重新开始的化疗再次夺走了她深爱的头发。

一只沾满了彩色粉末的手伸进巴克斯特的碗里,后者不动声色地转过头。

"吃你自己的!"她怒吼道,拍了他几巴掌,沃尔夫则加倍奉还。

"跟小孩似的!"玛吉训斥两位警探。

战局以一颗爆米花蹦到沃尔夫的眼睛上告终,两人又继续看起了电影。

"有一次,我遇到了一个被油漆罐砸到脸上的人。"巴克斯特说道,伸手去拿香橙巧克力蛋糕。

"可怜的人。"玛吉说。

"没什么可怜的……不管怎样他都是个狗屁浑蛋。"

"别说脏话!"玛吉和芬利齐声说,巴克斯特则怒视她的同事,仿佛他是个满嘴污秽的人模狗样之辈。

"那人还好吗?"玛吉问。

"不怎么好……他的脑袋爆掉了!"

"埃米莉!"玛吉皱起眉头,芬利则在角落里咯咯地笑。

"不过这还不是最奇怪的部分,"她继续说,这让玛吉十分不满,"他那颗爆掉的脑袋跟油漆罐同归于尽,把油漆搞得到处都是。说实话,我一滴血都没看见,只看到天花板上流下来一些粉红色泡泡糖似的东西,好像他是外星人或者别的什么。"

沃尔夫转头对她说："别扯淡了！"

"别说脏话！"

"我说的是真的！"巴克斯特坚持说。

"我怎么不记得？"沃尔夫问她。

"你被停职了。"

他琢磨了一会儿，点点头，接受了这个听上去很有道理的答案。

"不过，"巴克斯特又开口，"我见过最奇怪的，是有个家伙——"

"礼物！"玛吉打断了她，"我们来拆个礼物怎么样？拆那个可能搞脏地板的，省得我再打扫了。"她明显地朝丈夫使了个眼色。

巴克斯特兴奋地坐起来，暂停了电影，伸手从她的零食堆底下掏出一件包裹得皱皱巴巴的礼物，递给沃尔夫。

"哎呀，这下尴尬了，"他说，"我都没想过要送你点什么。"

巴克斯特看上去很受伤。

"别管他，"玛吉对巴克斯特说，"在楼上。你去把它拿下来呗，芬？"

芬利咕哝着，边发牢骚边站起身，沃尔夫则忙着拆包装。

"不是吧，你？！"他惊呼道，举起一件褪色的邦·乔维"坚持信仰"巡回演唱会 T 恤，"你从哪儿找到的？"

"易贝（eBay）。"

他转身把它展示给玛吉。"我当时去看了演唱会，但买不起这件 T 恤，"他转回身，对巴克斯特说，"真没想到你还记得！所以你还是能好好听我说话的嘛。"

"只有在躲又躲不掉的情况下。"

"谢谢。"他俯下身，拥抱了巴克斯特。玛吉看着巴克斯特闭上眼睛并抱紧他的后背。

"真可惜安德烈娅过不来，"芬利在门口对沃尔夫说，饭菜的香气随着他一起飘了进来，"你说她去了什么地方来着？"

沃尔夫放开巴克斯特，挪回他原本坐的那一侧："去她爸爸那边了。"

"他这些天住在哪儿？"

"阴曹地府，"沃尔夫回答，把礼物轻轻放在沙发扶手上，"实际上，是贝德沃思。我不想去。"

"我不怪你……那我把这个拿进来，好吧？"芬利问，把手上的塑料盒放在地板上，松开搭扣。一只毛茸茸的小猫爬了出来，在客厅地毯上四处巡视。

巴克斯特眼前一亮。

"你送了我一只猫！"她像个孩子一样尖叫道，玛吉看到她的反应笑出了声，而巴克斯特则一把搂住了沃尔夫，"真不敢相信你这么好！"

"他这么好？"芬利苦涩地说，"我才是那个过去两星期一把屎一把尿拉扯这小家伙的人！"

玛吉朝他比画了一个"嘘"的手势。

"我只是不喜欢你一个人住着，现在你不是一个人了，"沃尔夫自觉地解释道，"这是一只被救助的流浪猫，我和芬利一起挑的。"

巴克斯特的微笑变得有些勉强："被救助？它怎么……这小家伙有什么问题吗？"

"什么问题都没有！"

"沃尔夫？"

"它只是每天需要吃一片药……"

"沃尔夫？！"

"让它的屁股更翘。"

"真恶心！"巴克斯特抱怨道，从沙发上滑下来，去迎接她的新宠物。

"等一下，"芬利骄傲地说，"我们有个小节目……哈喽！"他对小猫喊，小猫对他喵喵叫，"哈喽！"小猫转回头又叫了一声，逗得大家都笑了起来，"我一直叫它'厄科'，不过我觉得你可以起一个更好的名字。"

巴克斯特站起身，给了芬利一个大大的拥抱。"谢谢你，"她在他耳边轻声说，还扭着头在看她的猫，"'厄科'就很好了。"

芬利把玛吉抱到床上。

她尽可能撑了很长时间，不过到下午 3 点就已经睡着了。尽管芬利坚持说他们可以留下来，但他们的客人还是找了借口离开，让他们多休息。巴克斯特说要在夜班前回去打个盹儿，沃尔夫说他得给安德烈娅以及他的父母打电话。芬利很感激，甚至把儿子到访的时间都推迟到了第二天晚上。

"我，呃……还有份礼物给你，不想在他们面前打开它，"芬利有些紧张地说，递给玛吉一个普普通通的纸盒，"我不知道这个对不对……打开看看吧。"

"你怎么了？"她满腹狐疑地说，掀开盖子，茫然地看着里面的东西，伸手拿出一顶深棕色的假发，接着大笑起来，"这是个什么玩意儿？"

芬利看上去很气愤："这个是最贵的！"

玛吉笑出了眼泪，把这顶合成的非洲纤维产品戴到了头上，结果芬利也笑得一塌糊涂。

"我试过了。"他对她说，躺到她身边，仍然笑着，但脸上难掩失望。

玛吉尽可能紧紧地抱住他，然后把头靠在他的胸口。"你是我的英雄。"她喃喃地说。芬利抚摸着她的手臂，而她已经沉沉睡去。

他想到自己这天早上打开的那只里面装着现金的鞋盒。那是克里斯蒂安又一笔象征性的付款，还不够半年的医药费。

　　"别把我当英雄，"他轻声说，一边听着玛吉睡眠中呼吸的变化，"为了救你，我可以杀掉地球上的一切活物。"

# Chapter 37

# 第三十七章

2016 年 1 月 19 日　星期二　下午 3：09

在飞奔向急诊室的过程中，托马斯一脚踢翻了一位老妇人的手提包。这是他做过的最引人注目的事情，但随后他又折了回去，替老妇人收好东西，并致以最深的歉意。一个十分粗鲁的接待员给他指了一间小候诊室的方向，等他终于抵达时，他发现沃尔夫、埃德蒙兹和玛吉都已经在里面了。

尽管桑德斯提出了异议，沃尔夫还是坚持让他留在新苏格兰场，盯紧约书亚·弗伦奇。由于无法直视巴克斯特男友的眼睛，他把目光投向地板。

"你就是托马斯吧。"玛吉站起来跟他拥抱，显然一直在哭。然后她让到一边，让埃德蒙兹给他一个尴尬的"直男式"拥抱。

"嘿。"

"亚历克斯。"托马斯跟他打招呼，目光转向角落里的沃尔夫。不知不觉，他挺直了后背，显得更加高大。

"像我在电话里说的，她出了车祸……情况不太好。"

"你说他们……把她从河里救出来？"

"情况不太好，"埃德蒙兹重复了一遍，"她还没醒过来——"

"哦，老天啊！"

"……不过在做完核磁共振之前，他们一直在观察她的情况，一切正常。"

托马斯点点头，一言未发，坐了下来，和他们一起无助地等待着。


"她怎么样了？"桑德斯在审讯室外面打来电话，问道。

弗伦奇的律师跟她的客户谈了将近一小时，然后和瓦尼塔一起上了楼。

"没什么进展。"沃尔夫回答。

"好吧，这边的消息可能会让你好受一点。"桑德斯说，在办公室找了个安静的角落，眼睛盯着房门。"弗伦奇愿意说出实情：局长是如何付给他两万五千英镑，让他毁掉证物箱，又是如何付了两万五千英镑，让他去巴克斯特的公寓恐吓她，当然这件事最后搞得一团糟。还有……"他停顿了一下，"他是如何弄坏巴克斯特的车的。"

有人向办公室的打印机发送了一些东西，打印机开始发出响亮的咔嗒声和嗡嗡声，这迫使桑德斯不得不重新回到审讯室。

"他想要什么？"

"现在瓦尼塔正在和他的律师谈这个。不过，嘿！——等你一回来，应该就可以给这哥们儿的幕后大老板戴上手铐了。算个好消息，对吧？"

沃尔夫没有回答，只是沉默了一会儿："别让他离开你的视线。"

"当然，放心吧。"

下午 4 点 46 分，一位面容和善的医生出现在门口。

托马斯和埃德蒙兹都站了起来，期待地看着他。

"嘿，我是杨医生。我负责埃米莉的治疗工作，很高兴告诉你们，到目前为止，她的情况很稳定。"他微笑着说："核磁共振的结果很清晰，我们给她做了静脉注射，帮助她恢复体温。给她加了颈托只是以防万一，等她完全恢复清醒，我们就可以把它取下来。"

"她醒了吗？"托马斯问医生。

"醒了。如果愿意，你们中可以有一位先进去看看她。"

沃尔夫从座位上站起来。

托马斯回头盯着他，仿佛他真的会动手。

埃德蒙兹不动声色地摇了摇头。

玛吉抓住他的胳膊，轻轻把他拉了回去。

"好吧，"沃尔夫抱歉地点点头，"你应该进去。"他对托马斯说。

跟在医生身后，托马斯来到一间病房前，巴克斯特正躺在一大堆仪器和屏幕中间。穿着病号服的她让他觉得很奇怪，她似乎一下子变得消瘦了，宽松的衣服更显示出她的病态与脆弱。

"你们俩可以单独待一会儿。"医生对他说，关上了门。

托马斯坐到她身边，握住她的手："嘿。"

巴克斯特呻吟着，轻轻捏了捏他的手。他随意地说了些琐事，任由她睡去。由于手还被她握着，托马斯一时无法起身。他环顾四周，看着这了无生气的环境，随手拿起了巴克斯特的病历簿，翻看起来。

医生多给了他们两分钟时间，他不喜欢把病人和家属强行分离。他敲了敲门，推门进去，却发现病房里只有巴克斯特自己。

托马斯呼的一下把门推开。

沃尔夫、埃德蒙兹和玛吉都警觉地看着他。

"她怀孕了！"他冲着沃尔夫大吼。

"呃……是啊。"沃尔夫尴尬地回答。

"你知道了？"托马斯问道，有些难以置信，然后瞥了埃德蒙兹和玛吉一眼，两人也都觉得有些不安，"你们也都知道了？"

托马斯到底还是失控了。他把沃尔夫推到墙角，埃德蒙兹赶忙冲过去拉架。

"相信我，"埃德蒙兹对他的朋友说，"这种时候打架可不合适。"

"听着，托马斯，我——"沃尔夫刚一开口，还没想清楚自己要说什么。巴克斯特这位温文尔雅的男友就朝他脸上挥了蓄意已久的一拳，结果很不寻常地打中了耳朵。

沃尔夫一时似乎愣住了，接着直挺挺地倒在地上，一动不动。

"哦，老天！"托马斯惊呼道，惊恐地看着自己还在抽痛的拳头，"我把他打晕了，我应该喊人过来吗？"

"我们先出去。"埃德蒙兹提议，把托马斯带出房间，玛吉则冷静地喝了口茶。

"我们应该对他进行急救吗？"

"玛吉会帮他的，我们出去说说话。"埃德蒙兹自信地说。

一等到托马斯走到听不见他说话的地方，埃德蒙兹便探头回房间，对沃尔夫说：

"你可以起来了。"

由于泡沫颈托限制了行动，巴克斯特无法转头，但她已经恢复了一定力量，可以自己坐起来。她伸手去拿床头桌上的水，结果却把杯子打翻了。她还能感觉到麻醉药的作用。她定了定神，低下头查看自己的伤情，动了动手和脚，这才放下心；不过，片刻的宽慰瞬间就被极端的恐慌取代。

她把撑着脖子的颈托拿开，伸手去拉铃，对自己的敏感很惊奇。几秒钟后，一位年轻护士冲了进来，看到她正捂着腹部。

"孩子没事吧？我是说，我这还不算是个严格意义上的孩子，但……不会有什么问题吧？"她忧心忡忡地问。

这个问题显然超出了护士的能力范围："我去叫医生。"

桑德斯看着弗伦奇的律师朝他冲过来，反思了一下自己应该没在她能够听到的范围内说什么冒犯她的话。她在离他不远的地方停了下来，抓起外套，一言不发地出了门。

"她这么生气是为什么？"他问瓦尼塔，后者慢慢走进房间。

"她们事务所那边临阵换将，找了个更有资历的人来处理这件事。"瓦尼塔一边目送着女人离开，一边解释说。

"你觉得这是局长在搞鬼？"桑德斯问道。

"她说，由于指控的性质和涉及的对象，她的老板介入此事也是正常的。这听上去很合理，不过……"瓦尼塔摇摇头，有些担忧。

半小时后，弗伦奇的新律师出现在凶杀与重案指挥部。此人留着胡子，自信满满的样子惹人生厌，仿佛站在自鸣得意的云彩上，在办公桌之间飘来飘去。

"我讨厌律师。"桑德斯咕哝着。

"人人都讨厌。"瓦尼塔对他说，同时站起身，笑脸相迎，对新律师做了自我介绍。

他们带新律师走进审讯室。

"弗伦奇先生……或者我可以叫您约书亚吗？我是卢克·普雷斯顿。"他微笑着，走向他的客户。

"你最好待在这儿。"桑德斯说，拦住他的去路。

律师走回来，打开他的公文包。"我来接替劳拉的工作，她已经把你们之间谈话的细节很好地记录了下来。现在……我手上有八万样东西，我相信你也有八万个关于自己的问题。"他说着，跟弗伦奇对视。

桑德斯皱了皱眉，对这不自然的措辞感到奇怪，瓦尼塔也是如此。与此同时，律师则继续佯装无知，把包里的东西往外拿。

"所以，和我说说……你是不是愿意承认自己是这一系列罪行唯一的策划者，并愿意为此接受长达两年的监禁？"他再次迎向自己客户的目光。

"你他妈说什么呢？"桑德斯呵斥道，但这位律师不为所动，仿佛他根本不曾开口。

"当然，考虑到你做出这一系列针对警方人员的轻罪行为，是由于大约三十年前你被警方明显不公平地解雇，我们可以得到一份从轻的判决。"

"喂！"桑德斯吼道，一巴掌拍在他和两个人中间的桌面上。

但为时已晚。

他们都看向弗伦奇，看着他在为数不多的选择之间进行权衡。短暂的停顿之后，他点了点头。

"好吧……我愿意认罪。"

沃尔夫结束了和桑德斯的通话，疲惫地揉着脸。他呆呆地站了一分钟，只是盯着地板。克里斯蒂安当着他们的面买通了弗伦奇，而除了他以外，他们没有任何证据可以证明克里斯蒂安的罪行。他似乎真的神通广大，都不必从办公桌前站起身，就能够瓦解他们的全部指控。

努力挤出一丝笑容，沃尔夫回到巴克斯特的私人病房。

"有好消息吗?"他一进门，她便满怀希望地问道，大眼睛里闪烁着兴奋的光芒。

他不忍心告诉她，尤其是在她经历过这一切之后。

"他们还在谈。"他撒谎道，但心里清楚一切都结束了。

克里斯蒂安已经赢了。

九天之后……

*Chapter 38*

# 第三十八章

2016 年 1 月 28 日　星期四　上午 11：58

　　好消息是，儒歇已经出院了；坏消息是，他的健康状况足以让他出席在海布里角治安法院进行的庭审了。他可以跟霍莉和巴克斯特见上一面，这也算个好消息，但到今天下午庭审结束，他还是得在押候审，这就算不得什么好消息了。

　　总的来说，他这些天过得相当平淡无奇。

　　一星期的时间里，他主要是躺在床上接受输血、静脉注射抗生素和切除坏死组织的一系列治疗，来到法官面前时他看上去恢复了不少，但仍然无法如常。他比上一次现身时轻了足足十四磅，几乎撑不起他的海军蓝西装。他按照巴克斯特喜欢的方式，把花白的头发向后梳，甚至还特意为这个场合修剪了胡子。即便这个仪式完全没有实际意义，目的只是宣布在场所有人都知道的事情。

　　"鉴于对被告提出的指控的严重性，以及引渡一位在美国政府授权下到英国本土从事犯罪行为的英国公民的复杂性，我们决定将此案在预定的日期提交刑事法庭。"治安法官机械地宣布道。

巴克斯特和霍莉坐在空荡荡的法院后部，她们被安排在一个可以看到儒歇背部的廉价座席上。儒歇已经对审判感到厌倦，并且因一个飘在空中的绒毛球变得心烦意乱。

"同样，鉴于指控的性质，嫌犯将继续被羁押，不得保释。"

"法官大人，"儒歇的辩护律师说，"我们想请求把我的当事人关押在伍德希尔监狱。"

"理由是什么？"那人毫无生气地回应。

"为了避免我的当事人与他直接参与逮捕的在押人员接触，这样既有利于即将进行的审判，当然也有利于他的人身安全。"

"合理的请求。"冷漠的法官总结说，看着儒歇。儒歇愉快地笑了笑，正如他所期望的，那个绒毛球刚好落在法官的秃头顶上。"同意。休庭。"

儒歇转过身，对霍莉挥挥手。当法警押送他离开时，他郑重其事地对巴克斯特点了点头。

沃尔夫把玛吉送到她就诊的私立医院。它位于哈雷街附近，伪装成一栋豪华的连栋住房。沃尔夫在壁炉旁坐了下来，拿起一本他几乎不感兴趣的汽车杂志，注意力都被另一个房间里正在发生的事情吸引。

在发生了这一切之后，玛吉不想让任何人再替自己即将到来的战斗操心：扫描和活检，以确定癌症是否得到了控制，或者她是否需要再次进行化疗，为自己的生命再次承受煎熬。她努力表现得不害怕，但芬利不在身边还是让她心里没底。最后，她对沃尔夫说了实话，让他答应保守秘密，至少在他们等待结果的时候。

他思绪万千，为最坏的结果做准备。他想象着玛吉听到这个坏消息时的样子，而在此之前，玛吉刚刚遭到自己最信任的朋友的背叛，失去了一生的挚爱，现在又要让癌症带走她，这样悲惨的故事似乎总是在她身上上演。

生活太他妈的不公平了。

沃尔夫突然很生气，把杂志扔进了火堆。火焰贪婪地吞噬了那些光鲜亮丽的书页。他站起来，在房间里来回踱步。

瓦尼塔走进克里斯蒂安的办公室，拿着他要的文件。克里斯蒂安一边在电话里谈笑风生，一边招呼她进来，仿佛在招呼一只狗。

自从约书亚·弗伦奇改变心意以来，生活逐渐恢复常态。比起公关策略和持刀犯罪统计数据，瓦尼塔知道自己的上司是一个犯下谋杀罪并且会为保护自己不择手段的反社会分子更加重要。然而对她来说，假装什么都不曾发生仍是最好的策略。她把文件放在他的面前——那只是他一系列凶残攻击后留下的几个小小疮疤，然后转身离开。

"马尔科姆，我待会儿再给你打电话。"克里斯蒂安说着，放下了电话。"吉娜！"

她转回身。

"谢谢你拿过来。"他说，举起了文件。

"您太客气了。"

"芬利·肖的案子进展到哪一步了？"

瓦尼塔紧张起来，不确定自己是反应过度，还是这个人有意试探，再或者是他已经完全疯了。"您说什么？"

"我们未来的市长刚刚问我，为什么调查已经走到了尽头，而那个威廉·福克斯却还逍遥法外？"

"他并没有逍遥法外——他还和以前一样，晚上要来警察局过夜。"

瓦尼塔说，竭力保持声音平稳，"恕我直言，我们未来的市长也许是多虑了。"

"就是这样的想法，让你没办法再进一步。"克里斯蒂安说。

她的指甲抠进了手掌。

"所以……那就跟我汇报一下进度，"克里斯蒂安说，"那个案子现在的进展如何？"

瓦尼塔正欲还击，但犹豫了一下，又低下头，看向地板。

"还没有结果，"她回答，心里怨恨着自己，"约书亚·弗伦奇拒绝合作，这让调查陷入了僵局。"

"那还有人在办这个案子吗？"

"只剩下一些细节工作了。完善细节、克服困难才能保障长治久安。"瓦尼塔礼貌地回答，并没有指出"克"和"安"都出现在局长的名字里。

"那就把福克斯收押吧。这是命令。"

她刚想开口争辩，但自我保护的想法堵住了她的嘴巴。"好的，长官。"


巴克斯特想念她的小黑。

她拥有这辆奥迪 A1 已经四年了，甚至曾经开着它抓捕过一名邪教领袖兼恐怖分子。而且令人恼火的是，她的跑鞋还扔在后座。她和小黑一起经历了很多，觉得它理应拥有比沉入泰晤士河河底更体面的告别。

失去座驾，她只能坐公交回温布尔登，这让她除了获得四十分钟跟一大堆怪人共处一车的机会之外，还可以反思跟儒歇的重逢。她无法形容再次见到他让她有多宽慰。这九天里，联邦调查局一直阻挠她获得关于他的消息，这一度让她怀疑他是不是还活着。

儒歇以一贯的镇定听完了她带来的一系列如海啸爆发般的可怕消息，然后在最后几分钟让巴克斯特复述了《行尸走肉》最近几集的情节。"所以，其实并没有发生什么，对吧？"

"对。"

车祸之后，巴克斯特搬回了自己的公寓。托马斯坚持说"没必要"，和不想让她走比起来，这样的说法在情感上大不相同。但考虑到发生的一切，她无法打心底去责怪他。她换了窗户玻璃，把弹孔补好，重新粉刷墙壁，抹去了儒歇存在过的一切痕迹。很快就会有人发现儒歇被带走的地方就在她家附近，然后就会来四处打探。

傍晚 6 点 25 分，门铃响了。放下粉刷筒，巴克斯特在旧牛仔裤上擦了擦手。透过猫眼，她惊讶地看到门外站着的是托马斯，他像往常一样怯生生的。

"嘿。"她跟他打招呼。

"哈喽，我，呃……想你可能还没吃晚饭。"他微笑着，手里拿着一大袋闻起来很恶心的印度菜。

"哦，老天！"她捂住嘴巴，奔向了洗手间。


五分钟后，她看到托马斯正在察看墙上一个补得很烂的弹孔，并且非常肯定地看出他默默离开时是强忍着才没有提问。一个迟来的尴尬拥抱后，他们坐在灰扑扑的地板上，开始吃饭。

"你知道，"托马斯说，咽下一口食物，"他们说印度菜对孕妇有好处。"

放弃了印度烤饼配米饭，巴克斯特想知道，在过去的二十分钟里，他们为什么要一直围绕着这个话题东拉西扯。

"天哪！我很抱歉，"他抱歉说，"我不知道为什么突然想到了这个。好吧，我……很明显，但不知道为什么，我要把它说出来。"

"没事，"巴克斯特向他保证，"我想现在还没什么问题。"

托马斯低头看着她的肚子。

"你又在盯着我的肚子看了。"

"抱歉，"他又一次道歉，但还是低着头在看，"这只是……有点奇怪，对吧？"

"哦，这可是相当地'有一点奇怪'。"

"我不想毁了这顿晚饭……"他说。

巴克斯特板起了面孔。

"……让它变得更糟，"他补充说，"但我想让你知道，这不是一顿'我原谅你了'咖喱，而是'我想你了'咖喱。这是完全不一样的。"

"知道了。"

"如果这是'我原谅你了'咖喱，你也会知道的。那样估计我们就会吃南亚辣菜、萨莫萨三角炸饺……我在胡言乱语，对吧？"

巴克斯特笑了，突然在他脸上亲了一下。

"这是什么意思？"

"意思是我也想你了。"


儒歌和监狱医生一起待了一个多小时，医务室在一定程度上帮助他适应了监狱生活，但最终还是要有人专门为他进行治疗。

有人跟他解释说，在理想的情况下，像他这样的在押候审囚犯会和那些已经被判刑的囚犯隔离开来。他们可以穿自己的衣服，拥有一套比一般囚犯更灵活的规则。

但这人随后又说，这世界并不理想。

他被押送着，走在迷宫般的监狱里，经过一道道后面隐藏着被剥夺自由之人的牢门。和大多数人一样，他摆出一副满不在乎的模样。从外表上看，他似乎很平静，甚至有些觉得无聊，但实际上，他从没像现在这样害怕过。他不确定这害怕是来自对封闭空间的恐惧，还是只是单纯的怯懦，它们冲着他大喊，要他快跑，要他求情，要他向人摇尾乞怜，乞求能够重新回到外面的世界。

狱警在一扇毫无特色的米色房门前站住，把它拉开。

尽管他已经清楚自己将面对什么，但随着门不断敞开，他不想进去的想法也越发强烈。

狱警盯着他。

他忧心忡忡地跨入门内，转身看着房门合上，被关在其中。

# Chapter 39

## 第三十九章

**跨年夜**

看着朋友对自己那可耻的说辞做出的反应，克里斯蒂安面色铁青。

"你他妈的'没钱了'是什么意思？"芬利质问他，假装语气平和，纯粹只是为了正在楼下某个地方忙活的玛吉。

克里斯蒂安重重地叹了口气，摇摇头："我……我不知道该怎么开口。"

"但是……我已经把钱花完了！这房子里的一切都已经到了抵押的最后期限。"芬利压低声音，语气里带着罕见的慌张。

"我发誓我已经尽我所能帮你了。"

芬利十分恼火，完全没有理会克里斯蒂安不痛不痒的许诺。

"你说过你已经把钱准备好了！"

意识到玛吉在楼下，克里斯蒂安比画了一个"嘘"的手势。

"你说过……"芬利继续说，"到我退休那天，你就能把钱准备好！"

"我知道我说过……但你要相信我，芬，我有很多次都想告诉你，但——"

"你住的那栋大房子是怎么回事？"

"那不是我的！"克里斯蒂安苦笑着说，"这一切——"他扯着自己的时髦西装，仿佛它束缚了自己，"都不真正属于我。只要对基利安·凯恩有好处，我就可以继续以这样的方式生存。但不知道什么时候，我的房子就会被卖掉，账户就会被清空，下一任房客还能清清白白地来接替我，继续他们的项目，"他看上去茫然失措，"很久很久以前，他就抓住我了。他知道我们做了什么。"

"他怎么知道？"

"我哪知道！我们一开始就不该把钱拿走……我太抱歉了。"

"那我们就报警，"芬利斩钉截铁地说，"让凯恩完犊子。"

"我不想那么做。"

"抱歉，我重说：我去报警。"

"那我还得尽全力保护你，即使这样你也拿不到钱。我会进监狱，而凯恩会派人来找你。"

芬利朝放在地上的地板块踢了一脚，它们待会儿要被铺到房子的另一边。

"你俩聊得还好吗？"玛吉在楼梯下面喊。

"当然！"芬利回应道，然后对克里斯蒂安说，"那玛吉的治疗怎么办？"他紧张地问。

"我们会想想办法的。"

"'我们会想想办法'？"芬利重复了一遍，并没有被说动，已经开始考虑下一步，"我出去一下。"

下楼时，芬利称赞了玛吉已经换好的派对礼服，后者很清楚自己没必要劝他一起去参加她和朋友们的新年派对。新年"不过是一个让人有机会变得像动物一样"的借口，这是他对自己近十年来一直抵制节庆派对的友好总结。他去了车库，几分钟后回来，手里拿了一个满是灰尘的塑料袋，挡在身后不让玛吉看到。他回到楼上。

回到那间尚未完工的房间，芬利犹豫了一下，然后问克里斯蒂安："你知道这是什么吗？"他语气里夹带的某种东西让克里斯蒂安站起身，后者想看得仔细些。克里斯蒂安伸手去拿。"不，你别碰，"芬利把那东西从他手边拿开，"用眼睛看。"

克里斯蒂安眯着眼睛，看着那个已经泛黄的塑料包，然后惊讶地瞪大眼睛："这他妈的是把大号手枪！"

"没错。而且这不止是把大号手枪，"他解释说，"这还是把杀人凶器……上面还有你的指纹。"

克里斯蒂安一时无法理解。

"你杀过一个人，克里斯蒂安，这就是证据。"

他的朋友脸上流露出遭到背叛的表情："这么多年，你一直留着这个。"

"我没什么好说的。我的直觉告诉我，总有一天，这东西会派上用场，"芬利内疚地说，"我并不是贪心，只是走投无路，零点之前，给我十万块……"

"我没法——"

"另外十万，下星期这个时间给我，这把枪就是你的了。这只是你欠我的一小部分，但已经足够了。"

"芬，这可是新年夜啊！"

"我知道。我不管你用什么方法办到：去偷，去借，去求人要。把我的钱给我就行。"芬利低头看了眼他的卡西欧手表。"6点半了……你最好抓紧行动。"

深夜 11 点 53 分，克里斯蒂安站在屋外。街上传来各种欢庆的声音，仿佛无数陌生人都在取笑他。他可以看到芬利在屋子里，靠着唯一一扇亮灯的窗户忙着手里的活。他不知道该怎么把消息告诉他——在这么短的时间内，他只能筹到他需要的那笔钱的十分之一多一点。

伴随着第一拨耐不住寂寞的烟花把夜空染成五颜六色，克里斯蒂安走进屋里，关上大门。

"是我！"克里斯蒂安喊道。

"上楼！"

克里斯蒂安爬上楼，走进胶合板堆叠的房间。在他上次来过这间房之后，这里又有了不小的改善。芬利站在厨房的椅子上，修补天花板。那只脏兮兮的袋子毫无防备地放在窗台上。

看到克里斯蒂安正盯着它，芬利从椅子上下来。

"来一杯？"他从地板上拿起一瓶威士忌。

"好啊。"克里斯蒂安解开大衣扣子，取出四叠整整齐齐的现金，扔在两人的地板之间。

芬利把酒杯递给他。"怎么？"他对这堆无法让人提起兴趣的东西发问。

"八千英镑现金，"克里斯蒂安回答说，"还有这些——"递给他两张装在信封里的借记卡，"这里有两个账户，每天可以提五百英镑。这些一共是一万三千二百五十英镑。"

他屏住呼吸，不确定芬利接下来会做何反应。

"这只是个开头。你还能拿出更多吗？"

"我可以，只是需要多花一点时间。"

芬利点点头，看上去很满意。他跪在地上，把钱整齐地叠放在地板下面的一个大金属盒子的一角，然后站起身。

"那干一杯吧。"他微笑着说。

克里斯蒂安松了口气，举起杯子，喝了一大口。

"如果你知道我经历了什么才得到这些……"他笑着，朝窗台走去。

芬利坚实的大手挡在他的胸前。"我说了，'这只是个开头。'"

克里斯蒂安转回身，面对着他年头最久的朋友，几秒钟的平静已经让他回想起某段遥远的回忆："那把枪会毁了我的。"克里斯蒂安说。

"这就是我留着它的原因。"

"我已经在给你筹钱了！"

"那是因为这把枪在我手上，"芬利指出，"我很抱歉，但你这是让我在你和玛吉之间做选择……我选的是她。枪得留下。"

克里斯蒂安点点头，表示理解，但一感觉到芬利松了手，他便猛扑到窗台前。芬利一把拽住他的衣服，把他往后拉。克里斯蒂安摔在一桶油漆上，芬利抓住了那只脏兮兮的包，但克里斯蒂安立马起身，扑到芬利身上，把他的手臂往后掰。两人争夺起来。

枪掉在地板上，发出一声闷响。

芬利看到机会，挥出一记左勾拳，但没能打中克里斯蒂安，后者一翻身，顺势把芬利拽倒在地板上。克里斯蒂安压在芬利身上，伸手去拿枪，手指碰到了塑料袋，感受到了下面的金属枪身。芬利猛烈地还击，抓住枪管，双手因用力而颤抖。结果枪又掉在两人中间，在他们互相拉扯的过程中翻滚了几圈。

枪走火了。

两人立刻停了下来，枪也在木地板上停止了翻滚，一股烟从塑料包的破洞中冒了出来。

"芬？"克里斯蒂安喊道，他的朋友死死地压在他身上。"芬？！"他又喊了一次，把芬利从身上推下来。看到芬利太阳穴上出现了一个红色小洞，克里斯蒂安慌了神。"老天！芬！芬！"克里斯蒂安摸他的脉搏，听他的呼吸，一股黑色血流滴在他们身下的木地板上。"芬？"他惊慌地呼喊着，趴在他朋友一动不动的身体上，双手不停颤抖。

克里斯蒂安的呼吸变得急促，倒退着，靠在墙上。他从口袋里掏出手机，眼睛盯着房间中间的芬利，按下999。但他又犹豫了一下，突然意识到眼前这一幕意味着什么：明显的打斗痕迹，凶器上还有他的指纹。

想不出该怎么办，克里斯蒂安考虑带上枪逃走。然而他是最后两个见到芬利活着的人之一，在没有确凿的不在场证明的情况下，他无疑仍会成为重点怀疑对象，而那就会让人们注意到他这一天晚上可疑的筹钱经过。他把目光从朋友尚且温热的身体上移开，试图集中注意力。"好好想想，好好想想！"

他的车就停在外面，而且他过来的时候，至少跟三个尚且清醒的人打了照面。有人会记住他的。然而，最重要的是，他不能让玛吉一回到家，就看到自己的丈夫变成了这副模样。

"快想啊！"他的内心在沮丧地呼喊着。他需要像个警察一样去思考。

远处，不断炸响的烟花宣布新年的到来，窗外黑色的天空变得缤纷绚丽。接着，他意识到，唯一能够防止他被人问及那些无法回答的问题的方法，就是让人们在一开始就无法提问……比如，如果芬利的死，是无可置疑的自杀……

克里斯蒂安环顾房间，寻找他可用的道具，从装在袋子里的枪，到地板下面的夹层，从半空的威士忌瓶子，到孤零零的厨房椅子，再到装了密封胶的罐子和没有装门锁的门。

他不情愿地爬到尸体旁边，掏出芬利的手机，迅速退回到墙边。就像外面用爆炸物装点天空一样，美丽源于暴力，他开始实施自己那孤注一掷、尚有缺陷，但终究美丽的计划的第一部分：

呼叫……

克里斯蒂安·贝拉米

# Chapter 40

## 第四十章

2016 年 1 月 29 日　星期五　早上 6：56

儒歇盯着肮脏的天花板，看了好几个小时。一声巨响和音乐声宣布新的一天开始。

他撑过了第一个晚上。

令人失望的是，他的狱友并不是"大魔头"或者"杀戮之星"，而是奈杰尔——一个秃顶的男人，戴着眼镜，体重明显超重。尽管儒歇无法选择跟谁一起分享这个七平方米的房间和开放式厕所，但这样的安排还算差强人意。

"洗澡时间。"奈杰尔在下铺打着哈欠，站起身，把监狱服套过头顶，然后拽下来。作为已经被定罪的囚犯，这身衣服跟儒歇的略有不同。

门开了，他们可以加入前往淋浴间的色彩斑斓的队伍中。利用这段时间，儒歇开始熟悉这些将和他一起生活的人的面孔。

"要肥皂吗？"奈杰尔在淋浴间里问他，全身赤裸着从洗澡包里掏出一块已经被充分利用的肥皂。

"不了……谢谢。"儒歇微笑着，避开他的眼睛。奈杰尔扭着他满是麻子的屁股走开了。

等到其他人都离开换衣区，儒歇才开始脱衣服，把毛巾挂在脖子上，尽量遮住胸口。他不能再耽搁了，于是跟着水流的声音走进潮湿的淋浴区。他选择了离其他人最远的隔间，把毛巾挂在钩子上，按下按钮，走到热水下面。

他闭上了眼睛。

水落下的声音淹没了其他囚犯的声音。儒歇微笑着，很快就幻想自己回到了家，轻快的流行乐在埃莉的房间里回荡，索菲正在浴室的镜子前化妆。透过磨砂门，儒歇看着她朦胧的轮廓，推门进去，期待可以看到她的脸庞——

"这他妈是什么玩意儿？"

当儒歇被拖回现实，想象中的家也随即消散。每个人都盯着他，盯着他的胸口，盯着他胸前潦草划出的字母：

**TƎqqUq**

头上的喷头停止了，儒歇静静地站着，盯着眼前这些不欢迎他的观众。有的人看上去在害怕，有的人义愤填膺，有的人则满脸厌恶。他注意到，趁着还没人想起他们曾有过交谈，奈杰尔就匆忙地走了出去。仿佛一群等待他逃跑的狗，这些人看着儒歇的一举一动。儒歇慢慢把毛巾裹在身上，自信地朝出口走去，光着的脚踩在湿瓷砖上，发出啪啪的声音。

他终于走到了门口。

一离开人们的视线，他赶忙从长凳上抓起衣服，冲出更衣室。

蒂亚一手抱着女儿，一手拿着手机付了煤气费，然后到他们共同的账户里查看余额，或者说是查看透支状况。透过厨房的窗户，她看到她的未婚夫在浓烟的追逐下跌出花棚，迅速掩上门。她漠然地看着埃德蒙兹滑倒在草地上，他的手指拼命想堵住木屋墙上的洞。

"你爸爸在干吗呢？"她用逗趣的声音问利拉，"要是他又放火自焚，我们也不管他了，嗯，不管他了！"

考虑到自己最好还是出去问问，她慢悠悠地走进细雨当中。

"烟熏，灭虫。"埃德蒙兹招呼她说，然后注意到门周围有烟渗出来。"你们最好别过来，"他建议道，"这是托马斯推荐的。"见蒂亚一脸不悦，埃德蒙兹赶忙补充。"万事开头难嘛，我会搞定的。"

蒂亚换了只手抱利拉。

"别人一开始也都会在打印机上方找到一个马蜂窝，搞掉一大块墙，然后一觉醒来发现自己的办公场所在一星期的时间里倾斜的程度比比萨斜塔还厉害？"她冷冰冰地问，埃德蒙兹则忙着用身体堵洞。

"这我得说两句，"他开口了，尽管仍有点手忙脚乱，"我只是搞掉了墙上的一块木板，因为我朝那个马蜂窝扔了块砖头……而且这个棚子之所以是斜的，只是因为我没意识到它是用砖头铺的地基。"

"埃米莉付你钱了没有？"她第无数次问他。

埃德蒙兹仿佛没睡醒："什么？"

"埃米莉有没有付你钱？"

"没，还没，不过她会付的。"

"我要带利拉出门。"

当空气变得模糊，埃德蒙兹感到窒息。"去哪儿？"

"去看医生。"

"怎么了？"他边咳嗽边说。

"牙齿有点问题……我会搞定的。"她说着离开了。

"好吧。拜！"埃德蒙兹在她身后喊道，还愉快地补充了一句，"别离开我！"

二十分钟后，埃德蒙兹回到自己的棚屋里，整理芬利案的旧档案。他觉得里面已经没什么可了解的，也没什么可以协助调查的了。

他看到一张久久萦绕在他心头的大头照，停了下来。不知怎的，这个女人看上去比实际上更加瘦弱，戒不掉的毒瘾和糟糕的选择让她变成了一副瘦骨嶙峋的人形幽灵模样。他还记得在那间邋遢的小饭馆里，这个坐在他对面的女人身上散发出来的怪味，以及她急切吞食食物以满足身体需求的模样。他按照约定付给她五十英镑，尽管他知道这张钞票很快就会化为在她血管里流淌的东西并让她的身体遭受进一步的摧残。这让他感到内疚。

他需要把旧档案收起来，给新任务腾出空间：寻找一名身穿运动服离家的绅士，此人拖欠了自己三名前妻中两名的子女抚养费，这笔抚养费涉及他六个孩子中的五个。显然，他还"偷了孩子们的游戏机"。这似乎算是个迹象，但要表明埃德蒙兹即将有机会处理真正的罪案，他还需要更多迹象。

带着对上个案子没能真正完结的不满，以及对鸡毛蒜皮的新案子的抵触，他勉强坐下来，开始工作。

BBC 正在播放"神探可伦坡"系列的老电影。沃尔夫躺在警察局牢房不够舒适的床上，吃着一袋低脂薯片。

"我猜就是他！"他骄傲地说，看着彼得·福尔克①施展他的魔法。

有人敲门。作为一名绅士，沃尔夫总要在给人开门之前，费心地把掉在衬衫上的薯片渣弄干净。

"我在穿衣服！"他喊道。

乔治走了进来，身后跟着瓦尼塔。

"你有一位访客，"他多此一举地说，"我不想让你担心，也不想让你有什么情绪——"

"什么情绪？"

"我只是说——"

"我来这里是正式逮捕你的，"瓦尼塔突然开口，"局长的命令。"

乔治对这个唐突的女人做出愤怒的表情。

"这里有臭脚的味道。"她说着，板起面孔。

"那肯定是我的脚，"沃尔夫轻易便找到了元凶，"逮捕我？"

"正式地，"瓦尼塔重申，"也许你能给我们弄几把椅子来？"她问乔治，不太喜欢这张光秃秃的床。

他们三个人一起完成了逮捕文件，让瓦尼塔可以待会儿回去交差。趁乔治去复印文件的工夫，瓦尼塔和沃尔夫聊了一会儿。

"我会尽我所能多坚持一会儿，"她对他说，"但至多一个星期，你就会被转移到监狱里去。我想我要说的是，如果你还有什么想法，最好抓紧时间。"

"由不得我了，"沃尔夫耸耸肩，意识到手指头上还有薯片渣，于是舔了起来，这让瓦尼塔感觉很恶心。

"无论如何，你还有一星期时间。记住，我已经逮捕了你，"她说着，

---

① 即饰演"神探可伦坡"的演员。

站起身，"在这里，我可以保障你的安全。但离开这栋楼之后就由不得我了。所以，如果你还有办法，最好赶快动手。"

探访时间是下午 3 点到 4 点。

儒歇被叫到一个巨大的开放大厅，有些惊讶。在这里，现实世界里来的人跟这些被困在时间胶囊中的人正进行着不和谐的碰撞：还在成长中的孩子们被迫在生日当天前来探视，总是一脸震惊；父母则会一一列举前一年去世的亲朋好友，仿佛宣读战争纪念馆中的烈士名单；女朋友们光顾的频率越来越低，现实中的诱惑让她们离这些更像是记忆一般招之即来的家伙们越来越远。

巴克斯特一进门，儒歇便看到了她。他朝她的方向挥挥手，正准备走过去，结果被一个家伙用肩膀狠狠地撞了一下，摔倒在地。

"我兄弟就在那列火车上，你这该死的白痴。"这个剃了光头的家伙啐了一口，他身体每一寸可见的地方都有错综复杂的文身，一直文到下巴，仿佛他快被这些东西淹没了似的。

"老实点！"狱警呵斥道。

那人装作无辜地举起双手，无意中露出了左手掌心的纳粹标记。他笑着走了出去。

儒歇痛苦地捂着胸口，挣扎着站起来，跟巴克斯特会面。巴克斯特坐到他对面的椅子上，一脸担心。

"这就交上'朋友'了？"

"是啊，他们觉得我是……"儒歇停住了，不想让她跟着担心，"他们觉得我是个怪胎。"

"你确实是个怪胎，"她肯定地说，"胡子还不错，"在交代正题前她说，"我们会给你找最好的律师，我的意思是真正的浑球。他非常完美。"

她告诉他，"我的说辞不会改变：我认为你并没有走出车站。我追着基顿到了公园，追丢了，结果再发现他时，他就已经死了。"

"巴克斯特，我很感激你所做的努力——"

"你的说辞，"她继续对他说，"你只是在执行你的任务。你追踪到了我们的头号嫌犯，然后认为他手里的装置是扳机。当他拒绝放弃那装置时，你别无选择，只能将其击毙。"

儒歇看着她，似乎有些厌倦。"那我消失了三个多星期，是因为……？"

"在这个国家，所有心理医生都能够把最后一枚炸弹的引爆跟你在类似的事件里失去家人联系到一起。"

"我不想那样利用他们。"儒歇说，这让巴克斯特感觉有些内疚。

"我不在乎你想不想。我要你留在我身边。你说你不会离开……你食言了。你就说你的记忆一片模糊。你找了个地方，躲了起来，然后一直昏迷不醒。"

"如果被人抓到我们在说谎，"儒歇说，"你也会进监狱的。"

巴克斯特耸耸肩。"那么，我们最好还是别被人抓到。"

# Chapter 41
## 第四十一章

2016 年 1 月 29 日　星期五　下午 5：21

　　技术员史蒂夫通常不会有多少访客，女性访客更是寥寥，引人注目的女性访客几乎没有。所以当听到巴克斯特到信息技术部门找他时，他很惊讶。

　　"我找史蒂夫。"

　　"谁？"

　　"史蒂夫……技术员史蒂夫。"

　　"哦！在那个角落里。"

　　史蒂夫站起身，趁巴克斯特走过来的工夫赶忙把皱巴巴的衬衫下摆塞进短裤里。

　　"我们能私下聊聊吗？"巴克斯特问他，感觉到有不少穿透眼镜的目光正饶有兴趣地盯着他们。

　　"当然，"他带她走进一间空房间，关上门，"所以，有什么事吗？"

　　"如果有人正在寻找傀儡师一案中的证据……比如某部改装过的手

机，不知怎的就没能成为证据——"她在装作面无表情这方面并不擅长，"你会不会刚好有这样一个东西，可以借给我，同时还能够把嘴巴闭上，不告诉其他人？"

史蒂夫看上去和以前一样笨拙，很难在他开口前知道他会说出什么答案。"当然……我可能会的。"

巴克斯特皱起眉头。

"等一下，不，我的意思是，可能有这么个东西……然后我当然会保密，"史蒂夫纠正自己，"但除了会让我被炒鱿鱼之外，这么做对我还有什么好处？"

"算我欠你个人情……"

他看上去有点气馁。

"……还有我对你发誓，从现在起，以后每次新闻发布会和采访，我都会用'自杀短信'这个词，直到它被收录进《牛津英语词典》。"

"自杀短信"是史蒂夫发现的一种"阅后即焚"的信息，用于策划谋杀者和同伙之间的交流。一想到自己的发现和命名可以被人们铭记，史蒂夫随即眼前一亮。

"这条件真不赖。"


跟狱医见面之后，儒歇在狱警的陪同下去了食堂，挑选食槽里各种各样的棕色泔水。他放弃采取任何措施改善食欲，只是加了一勺豌豆丰富了一下色泽，便端着盘子去了就餐区。他走过时，其他人聚在一起窃窃私语，在他接近仅剩的几个空座时摇晃着脑袋。他继续向后面走，来到最后面，看到一张桌子旁只坐着几个人，认出其中一个是那天早上在更衣室里出现过的家伙。

他深吸一口气，走了过去。

"下午好。我可以坐在这里吗？"

其中最胖的家伙看上去过得很艰难。他显然已经五十多岁，面容凹陷，脸上交织着皱纹和伤疤。

"不一定。你是傀儡师的人？"他以悦耳的爱尔兰口音问道。

"不，我不是，"儒歇亲切地回答。"那其实是个很有意思的故事。"他说着，朝空座位点点头。

考虑了一会儿，那人示意他坐下。

"达米安·儒歇。"儒歇说着，伸出手。

"无意冒犯，"那人环顾四周，"但我怕跟你握手会得病。"

"不至于。"儒歇笑着，把手收回。他尝了一勺饭菜，吃完脸色一变，把盘子推到一边。

"你不说说吗？"那人催促他。

"好，我不是傀儡师的人。我是个警察……好吧，以前是，实际上我是中央情报局的。"

上了年纪的男人不安地抬头看了看周围的人，压低声音对他说："那更糟了。"

"是吗？"儒歇追问，心不在焉地又挖了一勺。

"如果你真是个警察，你胸口那些伤疤是怎么回事？你又为什么要和我们这些犯罪分子待在一起？"

"我当时在查那个案子，正试图阻止他们，唯一能够混进他们当中的办法就是做这样的伪装，"儒歇诚实地回答，手在胸前比画，"而我在这里的原因，是我追查的那个幕后黑手……"

"据说，记得用'据说'。"

"好吧，据说我追着那个幕后黑手，从皮卡迪利广场一直到圣詹姆斯公园，据说我制服了他，然后把那个狗娘养的给毙了，在他胸口开了好多枪。所以我就到这里来了，跟你们坐在一起，吃这个……"他低下头，困惑地看着盘子里的泔水。

"惠灵顿牛肉。"一个有经验的囚犯告诉他。

"……吃这个惠灵顿牛肉，"他补完自己的话，"据说是。"

那人重新看了看儒歇，不知道该拿他怎么办。"说不定你只是个黑心警察。"

"也许吧。"儒歇说，喝了口兑了太多水的橙汁。"天知道，在外面招摇过市的黑心警察够多了，"他停下来，看着他的新纳粹熟人带着几个亲信走了过来，"但你知道吗？那种人会罪有应得……不过得等到最后。"

"你还信这个？"那人戏谑地问。

"我信，真的信。"

他摇了摇头。"真乐观！有阵子没见过你这种人了……你在这里可能活不久。"

"这就是为什么我需要一个朋友，"儒歇再次伸出手，"达米安·儒歇。"

他的饭友犹豫着。

"握一个嘛，别让我一直举着。"儒歇对他微笑着。

他重重地叹了口气，预感到自己肯定会为此后悔，但还是伸出了手。"凯利……凯利·麦克洛克林。"


巴克斯特衷心希望自己还能喝酒。

晚上 7 点 29 分，在琢磨自己他妈的到底在琢磨什么的同时，她起身去开门。

"安德烈娅。"

"埃米莉。"

　　这位著名记者跟着她走进客厅。巴克斯特一屁股坐进沙发。安德烈娅则优雅地坐下来，把包放在咖啡桌上。

　　"感觉如何？"

　　"糟透了。"巴克斯特回答。比起眼前这位"新闻播报机"，巴克斯特明显一脸倦容。

　　"我把你要的东西带来了。"安德烈娅说着，拿出各种尺寸的"放了沃尔夫"T恤，这些是为整个战役的最后一步准备的。

　　"谢谢。瓦尼塔给了他一星期时间。"

　　"如果我们能让他出狱的话，"安德烈娅小心翼翼地问，"你们两个会……？"

　　巴克斯特呻吟了一声，揉揉脸。"会怎么样？你还在在乎什么？"

　　"我不在乎。但我是替我们见过的，以及将来会见到的那些人提问的。你跟沃尔夫好像已经过了玩这种把戏的年纪了。"

　　"我现在跟托马斯在一起！"巴克斯特厉声说，从客人身边挪开，想找一个不那么难受的位置。

　　"我知道。"

　　"他是个相当好的人。"

　　"而威尔并不是，"安德烈娅点点头，"但这就是他的魅力，对吧？"

　　巴克斯特没有回答。

　　"你知道我们两个是为什么分手的，是吧？"安德烈娅问她，"我是说真正的原因。实际上，不管他有多爱我——他也确实很爱我，也不管他把我照顾得有多好——他也确实把我照顾得很好，他其实都更爱另一个人，这是他无法摆脱的东西……那个人就是你。"

　　巴克斯特拉过来一个垫子，放到脑后。

　　"无论如何，这都与我无关。但如果你已经做出了正确的决定，那为什么还这么纠结呢？"

巴克斯特慢慢坐起来，看着沃尔夫的前妻。

"你知道吗？你是唯一一个能跟我谈论这件事的人，这意味着我现在的生活相当、相当糟糕。"她自嘲地说："别扯了，我给你看样东西。"她站起身，从夹克口袋里掏出一张折叠起来的卡片，递给安德烈娅，然后又坐了下来。"我在芬利的杂物里找到了这个，"她解释说，给安德烈娅一些时间阅读，"一开始，我随身带着它，觉得这可能是条线索。但现在……我不确定为什么。这是他的笔迹，但并不是写给玛吉的。他爱她胜过一切，但这并不是写给她的。"

安德烈娅重新把卡片折好，还给巴克斯特。"这个看上去相当有……占有欲。"

"没错。而且很狂热，很愤怒，很绝望。你能想象爱一个人到这种地步吗？爱得这么歇斯底里？我一直都没想明白。"巴克斯特承认道。

"但芬利和玛吉很幸福，"安德烈娅说，"无论这卡片是写给谁的。"

"没错，他们是很幸福。"巴克斯特点点头，把谈话引向没有结论的终点。"谢谢。"她语带讥讽。

"乐意效劳，"安德烈娅回答，开始收拾桌上的东西，"今天你去看儒歇了吗？"

"去了。"

"那件事你还没讲给我听。"安德烈娅提醒她。

巴克斯特露出犹豫的表情："我可以相信你吗？"

"当然。"

"你想从哪儿开始？"

安德烈娅略一思索："12 月 21 日，晚上。伦敦被一英尺厚的积雪覆盖，而卢卡斯·基顿从圣詹姆斯公园的大门穿过……"

巴克斯特深吸一口气，接着她的话讲了起来。

在一堆廉价 T 恤下面，一盏红色指示灯兴奋地闪烁着，一个巴掌大的盒子正在记录她所说的每一个字。

*Chapter 42*

# 第四十二章

## 芬利的生日

"你今天真好看。"沃尔夫对安德烈娅说。两人手牵手坐在地铁上。

"谢谢，你也是。"她微笑着，俯过身，调整他的领带，然后把头靠在他的肩上，无视其他乘客的眼光。

周末之后，"火葬杀手"一案的审判便将到来，因而沃尔夫不便走出家门。但除了为了躲避狗仔队的跟踪，需要从邻居家花园"偷渡"，今天和普通的星期五晚上并无二致——一个难能可贵的间歇，这让她可以从这几个星期以来一直纠缠她丈夫的争论和指责中抽离出来。

"累了吗？"沃尔夫问，轻轻吻了安德烈娅的额头。

她点点头。

"我们只去露个面，然后就走。最迟 10 点，我们就可以回家，我给你泡杯薄荷茶，我们一起上床看《实习医生格蕾》①。"

---

① 美国广播公司（ABC）出品的医疗主题的电视剧。

列车的摇晃让安德烈娅昏昏欲睡，她握紧了沃尔夫的手。"说准了？"

"准了。"

沿着两侧挂满气球的小径，他们爬上楼梯，走进河边餐厅的私人多功能室。对沃尔夫那位节俭的朋友来说，这可算是不同寻常的大手笔。

五十五岁啦！

玛吉正在履行迎宾员的职责，分别给了他们一个热情的拥抱。"你们拿杯喝的，然后就进去吧。"她指示道，"寿星在露台上……已经醉得跟地主老爷似的了。"她说，语气里夹杂着宠溺与怨气。"这些要我帮你收着吗？"她问安德烈娅，后者顺势把贺卡和礼物递给她。

"我们送他什么了？"走向吧台时，沃尔夫小声问安德烈娅。

"一瓶香水，他经常用的那种。"

沃尔夫一脸困惑："土耳其烤肉混香烟味儿的？"

安德烈娅笑得很大声："别那么讨厌！"

芬利和沃尔夫玩起了喝酒游戏，安德烈娅和玛吉忧心忡忡地看着游戏进入了更加吵闹的第二轮。

"我需要把他们分开吗？"安德烈娅问。

"过去吧。让芬也去招呼一下其他客人，不然太没礼貌了。他都还没跟本杰明和伊芙打招呼呢。"玛吉说。两个女人一起走过去，让他们不大得体的丈夫消停下来。

"好了，小伙子们，"安德烈娅说，把沃尔夫手里的玻璃弹珠拿过来，"你俩打平了。来吧，威尔，我想去跳舞。"

安德烈娅带着沃尔夫来到舞池。刚好巴克斯特从门口走进来，还带着一个头发蓬松的男人。沃尔夫从妻子手中挣脱出来，摇摇晃晃地朝她走过去。

"巴克斯特！"他微笑着，笨拙地伸出手想拥抱她，结果碰到了她的胸。

"埃米莉。"安德烈娅说。

"安德烈娅。"巴克斯特回应道。

沃尔夫没有注意到冷场，仍自顾自地说着话。"这位一定是加文！"他握住矮个子男人的手。"你想喝一杯吗？"他提议道。

"我相信他们不用你帮忙，也能找到吧台在哪儿，"安德烈娅说，强颜欢笑，想把他拉到一边，"我们去跳舞吧。"

"好啊，不过，"沃尔夫嘟哝着，又朝他们靠过去，"巴克斯特刚遇上个大案子。"

"派对上别谈工作。"安德烈娅努力规劝他，很感激派对上的各位都避开了让沃尔夫最近大出风头的话题。

"哦，"加文开口了，有些倨傲地掰了下指关节，"你说的是他们从河里捞上来的那群'基佬'？"

"没错，加文，"沃尔夫说，"星期三晚上：巴克斯特、钱伯斯，警用快艇都出动了。那肯定很有意思。我好嫉妒。"

加文转向巴克斯特："别忘了星期四早上你还得陪我去。"

"星期四干吗？"沃尔夫脱口而出。

"我想有人压低声音说话，是为了提醒别人这不关他们的事。"安德烈娅厉声提醒他。

"没关系，"加文轻松地回答，"上星期我妈去世了，星期四是她的葬礼。"

"哦。"沃尔夫说。

"节哀顺变。"安德烈娅礼貌地回应,终于把沃尔夫拉到了一旁。

一个多小时后,安德烈娅终于说服沃尔夫带她回家。他坚持要和每一个第二天还会见到的人道别,然后跌跌撞撞地走进卫生间,要进行"最后一嘘"。

"你是威尔,对吧?"旁边小便池的男人跟他搭话,听上去比他得心应手不少,"我是克里斯蒂安,芬利的老朋友。"

"幸会①。"沃尔夫说,用力抖了抖。

"他跟我说了不少关于你的事。"

沃尔夫还了他一个醉醺醺的笑容。

"好吧,星期一好运。"克里斯蒂安说,礼貌地放弃了谈话。

沃尔夫一回到客厅,立马清醒了几分,因为他看到巴克斯特和加文正在激烈地争吵。和其他人一样,安德烈娅礼貌地装作没注意到,拼命想把丈夫拉到楼梯一边。

"这不关你的事,威尔,"但他并没有听到她的话,注意力全在巴克斯特身上,看着她怒气冲冲地离开她那呆板的男友。"威尔!"安德烈娅喊道,沃尔夫也朝敞开着的大门走去。"威尔!"她无奈地跟在他身后呼喊。

加文伸手抓住巴克斯特的胳膊。这时沃尔夫走到了他们跟前,一把把他推倒在桌子上,让酒杯和蜡烛滚落一地。加文松开了手。

"住手,沃尔夫!"看到沃尔夫再次逼近加文,巴克斯特大喊,"沃尔夫!"

———————————

① 原文为法文。

加文重重地摔在地板上，一只手捂住流血的鼻子，向后退去。

那晚剩下的时间在沃尔夫的记忆里很模糊。他只记得巴克斯特很生他的气，同事们拥上露台、带他离开，泪流满面的安德烈娅在回家路上一言不发。

但最重要的是，当他躺在自家客厅里的破沙发上时，他还天真地以为，这一晚已经结束了。

# Chapter 43

## 第四十三章

儒歇再也没能入睡。好像每次闭上眼睛，他都能感觉周围的墙壁在向他挤压。周遭的黑暗加上长六英尺、宽三英尺的上铺，让天花板变得更像棺材盖了。自从看到他胸前的伤疤，他的室友就没再和他说过话，表现得仿佛儒歇根本不存在一般。当牢房门打开，他们加入了和前一天一样松松垮垮的洗澡队伍，朝淋浴房走去。

现在遮掩伤疤已无必要，于是儒歇大大方方地脱掉上衣，迎接人们的蔑视与敌意。

"真不敢相信这是你自己弄的。"凯利说，已经来到他身边脱衣服了。

"好吧，有人帮了我一点小忙。"儒歇承认道，铺着瓷砖的更衣室让他想起巴克斯特拿着牛排刀和帮他"小忙"的那间肮脏的男厕所。"不过，你身上的故事好像也不少。"儒歇说着，注意到这位年长之人身上的种种痕迹。

他的左臂内侧有一条又长又细的伤疤，而另一条旧伤疤已经完全变色了。他显然还做过不止一次草率的心脏手术，因为心脏上方的皮肤有一圈肉眼可见的隆起。

"你这是怎么活下来的？"儒歇问，引得他一阵发笑。

"大多数时候都有个人在上面盯着我。"

"你的意思是……上帝吗？"

"不，我的意思是狙击手。"

"哦。"

"没错，我这些伤大多数都是在部队时弄的，"凯利解释说，"这些伤看着吓人，实际上倒不严重。"

"那个是枪伤吗？"

"是，这个相当严重。"他承认道，揉了揉伤疤。

"有时间好好跟我讲讲。"儒歇说着，把毛巾裹在身上。

"不，我不会跟你讲的，"凯利说，"你先走吧，我待会儿就过去。"

跟着其他人一起走进淋浴房，儒歇突然被某个重物击中。他重重地摔在湿漉漉的地面上。当被人在粗糙的瓷砖地面上拖行时，他感觉很多人对他拳脚相加。随着攻击的增加，他几乎失去了意识，被人扶起来，靠在一堵矮墙上，继续被拳打脚踢。他倒下了，头撞在坚硬的地板上，感觉到耳朵里一阵轰鸣，但已经感受不到疼痛了。

凯利走进湿漉漉的房间，感觉到里面的紧张氛围，立刻意识到发生了什么：五个人聚在一处，下水道周围被染得殷红。他犹豫不决，一开始不想参与其中，但随后却大声呼喊起来。

"警卫！"他以最大声量喊道，"警卫！"

人们散开了，其中一个还朝儒歇瘫倒的身体上啐了一口。

凯利来到儒歇身边，这时第一批狱警才姗姗来迟。其中一人打电话

汇报这一事件。其他人开始疏散人员，等待医护人员到来，不知道还能
做些什么。

儒歇拒绝了医生的劝告，没有留下来接受观察。下午 2 点 55 分，他
摇摇晃晃地走下医疗站的楼梯，穿过短短的走廊，走向探视大厅。由于
只能用一只还肿着的眼睛看东西，他直接走向了楼梯下面一群游来荡去、
等着找碴的囚犯。

"你这是活该。"其中一人嘲讽道。

"你真走运，怎么没把你打死！"又有个人冲着他喊，朝他扔了点东西。

儒歇无视他们，蹒跚着径直走过。

看着他走过来，巴克斯特惊掉了下巴。她很想走过去，扶他一把，
但她知道自己肯定会被拦下来。

"哦，老天，儒歇，"她倒吸一口凉气，看着他瘫坐在椅子上，"出什
么事了？"

"跟人打架……显然我没打赢。"他开玩笑道。

"我想办法让你出来，"她斩钉截铁地说，"我们会安排你去其他地方。"

"不。"

"在那之前，我想办法让你被单独监禁，"她继续说，"我会找——"

"不！"他厉声说，一巴掌拍在桌子上。

两个狱警作势要过来，但巴克斯特摆手让他们走开。

"我能应付。"儒歇对她说。

此时此刻，她最想做的事就是握住他的手。

"我会把你弄出来，"她向他保证，"你再撑一会儿就好。"

克里斯蒂安接起电话："喂？"

"安德烈娅·霍尔来了，她想见您，局长。"一个他没听出来的声音说，他的秘书正在享受周末假期，他自己本来也该如此。

"请带她进来吧。"克里斯蒂安在办公桌后面站起身，准备好迎接这位名人访客。他身上穿的是马球衫和斜纹棉布裤，而非一贯的正装。"啊，霍尔女士，您来了，快请坐。"他说着，跟她握了手，示意他的下属可以退下了。"所以，跟我说说，到底是什么样的要紧事，让您没法等到星期一再过来赐教？"他问道。

"撤销对威尔的指控。"她惜字如金。

克里斯蒂安一阵大笑，坐了下来。"那还得请您告诉我，我为什么要那么做？"

"指控威尔，对你没什么好处，"她轻蔑地摆摆手，"你杀了他最亲密的朋友，他肯定要想办法扳倒你。现在你们难道不算扯平了吗？"

他愣住了。

"我没带窃听器，"安德烈娅说，"如果那么做了，我还得把自己牵扯进来。我是来跟你做交易的。威尔已经无计可施，他不会再做什么了。"

克里斯蒂安慎重地点点头。"多踢几脚，狗总会长记性。"他隐晦地说。

"是啊，他记住了，记得可清楚了，"安德烈娅顺着他的话说，"听着，我真的没办法理解这些积怨、复仇、情感纠葛什么的。但我能理解并尊重的是，一个人肯定会为了捍卫自己的利益而战。"

听到这句恭维话，克里斯蒂安礼貌地点点头，但心里仍很清楚自己正在和谁对话。

"我的建议是，"安德烈娅继续说，"你稍微让威尔吃点苦头，放他一马。我也就不再发起抗议，给你添麻烦了。另外，作为回报，我还可以把埃米莉·巴克斯特和达米安·儒歇送给你。这两条鱼可都大多了，我想你会同意的，"安德烈娅从包里取出一部手机，克里斯蒂安饶有兴趣地探身向前，"这里有我和埃米莉·巴克斯特私下谈话的录音。录音详细说明了卢卡斯·基顿死亡时的情况，她承认自己当时在场……和儒歇一起。她亲眼看着他处死了手无寸铁的嫌犯，还把他接到自己在温布尔登的公寓里，让他养伤、逃避抓捕。"

"这听上去足够定罪了，"克里斯蒂安说，现在确信他们的谈话不会被公开了，"这交易对我来说是不是太划算了？"

"我只在乎威尔。埃米莉·巴克斯特毁了我的婚姻。除了一个精彩的故事，达米安·儒歇与我无关。"

"啊哈，还有呢？"克里斯蒂安说，预感到安德烈娅接下来的方向。

"一次对儒歇的专访。"

"没问题。"

"在审判之前。"

"那可能有点不妥。"

"今晚。"

"不可能。"

安德烈娅按下手机上的一个按键，巴克斯特的声音传了出来。

"儒歇在我前面……雪太大了。我追不上他。我听到了第一声枪响……基顿伤得很重，但我赶到时，他还活着。我试着给他止血，但——"

安德烈娅又按了个按键，让巴克斯特的自白暂停。她拿起手机，在克里斯蒂安面前摇晃，仿佛那是一根嘀嗒作响的时钟指针。"到监狱跟儒歇面谈一次，四十八小时内释放威尔。这是我的最终报价。"

克里斯蒂安微笑着，看着自己对面这个坚定的女人，伸出手，接过那部手机。

"手机锁了。"他说。

"录音在你手上，等你履行了我们的约定，我再把密码告诉你。"

"我喜欢你。"

"无所谓。那我们说定了？"安德烈娅问他。

"好的，霍尔女士……合作愉快。"


儒歇的餐盘掉了，那份令人倒胃口的炖肉或是浓汤状的东西洒到了食堂地板上。听到一阵恶意的笑声，他跪下来，开始收拾。

"别管了！"一名狱警在房间另一边冲他喊。

儒歇又去打了一份，这次格外小心，这时他听到有人在喊他的名字。

凯利饶有兴致地看着典狱长亲自过来，把儒歇叫出去谈话。谈话持续了一分多钟，儒歇一回来，那位难以捉摸的典狱长便消失了。儒歇回来继续吃饭。

"典狱长想干吗？"凯利问他，看着他那张被打之后的脸，仍有些不自在，"问打架的事吗？"

"问了几句，"儒歇坐下来，"他还想让我做件事……接受一个采访。"

"采访？"凯利困惑地问。

"嗯哼。"儒歇点点头，没有继续说下去。

"好吧。那医生怎么说？"

"伤主要都在脸上……很严重，"儒歇说，"我应该早点跟你说声谢谢。我听见你帮我叫警卫了。"

凯利摆摆手，表示不必客气。"就算我不讨厌那些纳粹浑蛋——相信我，我真的、真的很讨厌他们——我也看不惯这种不公平的事情。"

"还是……谢谢你。"儒歇说着，努力想吃下去一点东西。

"你知道，正义是一定要得到伸张的，"凯利对他说，瞥见几个克隆人般的光头正在几张长椅之外相互撕扯打闹，"不能放任做这样的事情不被惩罚。"

　　"是啊，"儒歇表示同意，把一大块被浓汤覆盖的塑料碎片吐在桌面上，"不能那样。"

　　凯利疑惑地低头看着那足以当武器的异物。"好吧，就算赢不了，你还可以把一切都烧个精光。"他微笑着，分享自己的生存法则，不管它是好是坏。

　　儒歇点点头，把餐巾盖在那块临时刀片上，然后神秘地探身向前。"听着，我没多少时间了……有件事我们得商量一下。"

# *Chapter 44*

## 第四十四章

2016 年 1 月 31 日　星期日　上午 8：37

"专访已经敲定了！"安德烈娅在录音棚里大声说，让所有人都听见。"我需要罗里明天早上 6 点之前在伍德希尔监狱布置好收声设备和灯光，现场信号源从 7 点开始，我们做一个全天候直播！"

"达米安·儒歇已经是一个月前的老新闻了。"她的主编说，端着咖啡从隔壁办公室里出来。

"相信我，"安德烈娅嫣然一笑，"我什么时候让你失望过？"

"哦，我见过你这个表情，"她的上司笑着说，"这次你又把谁坑了？"

"这次没有。他们都准备好了。"

"警卫！"儒歇喊道，"救命！帮帮我！"他绝望地嚷道，周围的地面已经被鲜血染成了酒红色。人群开始聚集，他捂住凯利的伤口。"警卫！"

一位经验丰富的狱警冲过拥挤的活动场地。

"退后！"他对正在聚集的人群大喊，同时呼叫医护人员。"都退后！

你留下，"他命令儒歇道，看出后者是在帮忙。"我需要一个医生，场地也需要清理。他流了很多血，看起来是被刺伤了，"他转头问儒歇，"怎么回事？"

"我什么都没看见。"儒歇别无选择，只能在众目睽睽之下遵守监狱里的游戏规则。在他的双手之下，凯利痛苦地扭动着身体。"你不会有事的。"儒歇向他保证，血已经开始从凯利的袖口渗出。

警卫队到了，把囚犯驱散开，让医生察看他的病人。

"我们得赶紧把他送到医疗站去！"医生对狱警说。

儒歇用满是血污的双手抱住头，按照命令留在原地，和囚犯们一起无助地看着他唯一的盟友被抬上担架、送上救护车。

巴克斯特正在泡澡。今天轮到霍莉去探视，她希望这可以帮助儒歇提振精神。她终于有空和托马斯待上一整天，后者早早便穿着一件廉价 T 恤出现在她家门口，他胸前写着：

I ♥ LONDON（我爱伦敦）

巴克斯特理所当然拒绝穿这情侣 T 恤中的另一件，不过还是同意了他的计划——探访本地居民千方百计希望避免的所有坑人景点。

他们戴着花哨的帽子和手套，在寒风中排了一个多小时的队才进入伦敦塔，然后到白金汉宫外面自拍。在硬石餐厅吃过午饭后，他们到肯辛顿宫的庭院里散步，手里拿着外带咖啡取暖。这个景点提醒人们，尽管恐怖、死亡和种种恶毒侵蚀了它的根基，但这座历史悠久、风光迷人的城市仍能够在风暴中坚挺、转危为安。

在巴克斯特发现托马斯放在她枕头上的黑色小盒子之前，这都堪称是她记忆中最美好的一天。她试着戴上订婚戒指，感觉如释重负。她闭上眼睛，把头没入水中：她已经做出了决定。

坐在安静的角落里吃饭，儒歇觉得很孤独。他故意拖慢前往食堂的脚步，以减少在里面停留的时间。纳粹分子们在他们一贯的座位上看着他，但很快就失去了兴趣，因为一个不小心从他们身边经过的黑人囚犯打开了他们身上种族主义的疯狂开关。

充分利用这短暂的喘息时间，儒歇努力吞咽着食物。但他感觉不到一丁点饥饿，不是因为下巴疼痛，而是因为内疚。下午 3 点时，他去了探视大厅，希望可以看到巴克斯特。但当他看到霍莉焦虑的脸庞时，他便转身走开了，因为实在不忍心让她看到自己如此悲惨的模样。现在他觉得后悔，推开了饭盘，静静坐着，看着人们一个个离开食堂。

坐在那张桌的纳粹分子们是最后一批离开的。不那么有种的纳粹分子不自觉地跟在他们老大身后，把其他囚犯推到墙上，显示自己的英勇，以谋求老大的宠爱和更高的职位。

儒歇平静地从裤带上取下一块叠好的面巾纸，在膝头打开，拿出那片血迹斑斑的塑料碎片。他拿起托盘，慢慢地走到空桌子之间，停下来，把那块碎片放在纳粹分子聚集的那张桌子的长凳上。

然后，吹着轻快的口哨，他跟他们一起走出食堂。

到家时，克里斯蒂安的心情非常愉快。

他把前门关上，在反锁时停了一下，意识到这可能是一个不必要的习惯。他设置好警报系统，大步来到月光笼罩下的客厅，看着雨点打在窗户上。他给自己倒了一杯威士忌，来到自己最喜欢的椅子前，安然地坐在自己"宫殿"的正中央。

尽管并不是自己原定的周末安排，克里斯蒂安还是按照约定，为安德烈娅·霍尔安排了那次本不可能的专访，并为释放威廉·福克斯提交了初步文件。他已经把那部存有录音文件的手机列为证物，并安排了一次符合程序标准的紧急会议，讨论巴克斯特探长涉及的问题。他还和联邦调查局的探员德文·辛克莱取得了联系，这位探员的任务就是调查惨痛失利的卢卡斯·基顿一案，这不是一项令人愉快的工作。他既与辛克莱分享了这个好消息，同时又表示希望自己的努力可以得到官方的肯定。

无论那个顽强的记者能从儒歇嘴里问出什么，这都只会进一步巩固对他的指控。

抿了一口苏格兰威士忌，克里斯蒂安拿出棋盘，放在咖啡桌上，兴致勃勃地调整自己的棋子与敌方棋子的位置。一切尽在掌握，除了……

基利安·凯恩和他的手下们仍在寻找奥恩·肯德里克的下落，此人可能已经不在人世了。三十多年间，他从未抛头露面，讲述那个有关黑心警察和失踪的数百万美金的离奇故事。

他无关紧要。

克里斯蒂安长舒一口气，端起酒杯，向棋盘敬酒。"将军。"

# Chapter 45

## 第四十五章

2016 年 2 月 1 日　星期一　早上 6：26

连安德烈娅都疲态尽显，她的同事们看上去就更糟了。罗里生不如死地看着一个要么是认真负责过了头，要么只是闲得没事找碴的狱警拆下了电视摄像机上的一块金属板。

"那个机器的保修期已经过了，朋友。"罗里打了个咖啡味的哈欠，对他说。

狱警无视了他，撬开面板，检查那台昂贵的设备里是否藏有违禁品。

早上 6 点，他们便来到了伍德希尔监狱，但在随后的二十六分钟里，他们只移动了大约十英尺。安检程序拦住了他们的去路，因为他们装备中的每一件物品都要被打开并接受检查。

"还要多久？"安德烈娅厉声问。再过半个小时，她就得上直播了。

那人抬头看看她，耸耸肩，然后动手拆另一块挡板。

设法在半睡半醒间度过了五小时，儒歇放弃了睡觉的打算。6 点 53

分，就在他完全清醒后不久，他听见脚步声逼近他的牢房。他赶忙从床铺上下来，在狱警开门前，已经站在牢房中央等候了。

他被护送着下了楼，身上的亮蓝色制服是颓败的牢房通道中唯一的色彩。穿过一扇打开又被锁上的门，他们终于来到通往探视大厅的走廊。儒歇抬头看了眼漆黑的医护室，想起凯利把塑料碎片插进胸腔下柔软的皮肤时的眼神。

"喂！"护送他的警卫吼了一声，替他撑着门。

"抱歉。"儒歇道歉说，心里很感激他把自己从那段记忆中拉出来。

"面朝墙站着。"来到最后一扇门前，这位急需补充咖啡因的狱警便吼道。

儒歇顺从地转过身，面对着灰褐色的墙壁。警卫输入一个五位数的密码，然后刷了下卡，门才打开。他们走进一个似曾相识的空间，电视台的工作人员都在忙着安装设备，安德烈娅则在一面小镜子前化妆。

"你的受访者！"狱警说道，显然因见到这位举世闻名的记者而有些慌神。

安德烈娅站起身，对眼前这个已经被她出卖给他们共同敌人的男人点头致意。儒歇以自己的身份回以微笑，愉快地挥挥手。

到早上 6 点 59 分，尤安医生连续上的第四个夜班已经接近尾声。他从未对自己即将获得两天休假和一次像样的睡眠机会感到如此兴奋。休息日似乎唤醒了一些平时被克制的情绪——一种可以降低责任心的错觉，混合着在工作日被禁止的过度放纵，以及对并不乐观的现实的信心——星期五和星期六晚上总是不容懈怠的多事之秋：七场打斗，一个需转送到外面医院的头部受伤者，以及几个割腕和被刺伤的伤者。

他筋疲力尽了。

天遂人愿，在跟他换班的同事到来之前，在他收拾诊室的过程中，受伤人数并没有进一步增加。尤安医生看了看那三位留在医疗室过夜的病人。他们都在安睡，没有继续做任何可能使他更加疲惫的事。在设备和屏幕反射的柔光下，医生哼着单调的摇篮曲，站在门口，几乎打起了瞌睡。他被自己的呼噜声惊醒，揉了揉刺痛的眼睛，立刻意识到情况有些不对劲。

他向前一步，在昏暗的光线下眯起眼睛，皱着眉头，看到一排三张原本躺了病人的病床，中间的一张现在却空了出来。他立刻瞪大了眼睛。

他转身跑出来，没有意识到有一个人正站在门后。

凯利从阴影里蹿出来，手上拿着一把大手术刀。

"别动，医生，"看到医生瞥了眼墙上的紧急按钮，他平静地说，"别担心，我不想伤害你，我也不会那么做，只要你不做傻事。"

医生举起双手。

"这就对了，"凯利说，从手边的托盘里拿起自己的私人物品，"你的身份卡在身上吗？"

"在，但对你用处不大。"医生说。他已经筋疲力尽了，肾上腺素的作用也在减弱。"我的权限很有限。"

"是吗？"凯利漠然回应。

"是的，就是为了应对这样的意外状况。"

"抽烟吗？"

"你说什么？"

"你……抽……烟……吗？"

医生摇摇头。

"有火柴吗？打火机？"

"下面第二个抽屉里有。"他说，指了指正确的方向。

眼睛仍盯着医生，凯利后退几步，在抽屉里翻找。拿到火柴盒，他一下子划着了五六根，把它们举到烟雾探测器附近。

"那样是行不通的。"医生告诉他，看着眼前这个伤者努力想稳住手里的火焰。

第一声尖厉的警报声响起，接着便此起彼伏。几秒钟后，牢房那边便传来几百名囚犯恐怖的吼叫。

"我们并不是要闯出去，"凯利微笑着，紧紧抓住医生的胳膊，"我们是要闯进去。"


"东区！烟雾警报！"一个控制室的工作人员从显示器前一跃而起。

闭路监控显示，一些囚犯来到走廊上，情绪越发激动。警卫们试图控制局面，但在人数上明显处于下风。

"需要紧急支援！"另一个工作人员通过对讲机喊道，"所有可用人员，立刻前往牢房！"

一名年轻的工作人员放弃了监视坐在安德烈娅和她的工作人员对面的儒歇——他意识到，牢房那边很可能发生了暴动。

"妈的！"他盯着屏幕，"我们得让更多人下去！"


大楼内部骚动的吵嚷声已经传到了探视大厅这边，唤醒了儒歇不愿记起的记忆，那是他一生中最可怕的劫难。然而现在，坐在安德烈娅和摄像机面前，这却是他最希望听到的声音。他看着陪同他的狱警正在考虑下一步的行动，听到对讲机中传出的喊话声越发慌乱，因为骚乱的声音越来越大。

"待着别动，我马上回来。"狱警对他们说，起身冲出大门。

安德烈娅和她的团队也很焦虑。他们在等待设备准备就绪，无暇顾及此时的突发状况。制片人还在后方喊话，询问他们何时才能开始直播。

儒歇慢慢站起身说："我想，是时候了。"

凯利带着医生，走下医疗站的楼梯，用医生的身份卡打开左边第一道门，走了进去。当他们快步走到加了密码锁的另一扇大门前时，位于走廊中央的警报器铃声大作。

"好了，医生，"凯利大声喊，盖过警报声，"轮到你了。"

随着指示灯由红变绿，门开了。先出现的是一脸困惑的医生，然后则是满脸伤疤和皱纹的绑匪。

儒歇咧嘴笑了："你可算来了。"

两人交换位置，凯利把手术刀交到儒歇手上。儒歇诚恳地道了个歉，然后把手术刀举到医生的喉咙旁边。

"凯利·麦克洛克林，这位是安德烈娅·霍尔，"儒歇帮他们相互介绍，"你可以信任她，她是我们的人。安德烈娅·霍尔，这位是凯利·麦克洛克林，又名奥恩·肯德里克。我想你们应该有很多话要谈，时间不多了。"

安德烈娅对凯利说："我们已经把一切都为你准备好了。"

他一脸怀疑，转头对儒歇说："你不是在耍我吧？"

"不，"儒歇真诚地说，"我发誓。这个计划来自伦敦警察局局长，她本人。你说为了扳倒一个谋杀犯，你不惜牺牲自己。我们都欠你的，这是你应得的。"

他点点头，这才放下心，任由安德烈娅带他重见天日。

"嘿，凯利！"

他停了一下，转回头。

儒歇微笑着："把一切都烧个精光！"

# Chapter 46

## 第四十六章

又一个结了霜的早晨，太阳迟迟不肯升起。

黑暗的天光和昨晚那瓶庆祝的威士忌让克里斯蒂安两次在手机闹钟页面点了"再睡一会儿"。手机突然嗡嗡作响，因为宿醉，他呻吟着，闭着眼在床头柜上摸索手机。眯起眼睛，看了眼屏幕，他一下子就清醒了。

"基利安！有什么好消息要告诉我？"他按亮了床头灯，但故作轻松的语气并没有掩盖自己对这个意外来电的一丝担忧。

"吵醒你了吗？"这位颇有手腕的职业罪犯平静地问。

"没有！好吧，是的。不过反正我也该起床了，不必担心。"

"我不担心。"

不确定该如何回应，克里斯蒂安等他继续说下去。一声长长的、充满怨念的叹息传来，让他倍感焦虑。

"那家伙出现了……奥恩·肯德里克。我想你一直在等着我们找到他。"

"那可太棒了！不是吗？"克里斯蒂安问道，被基利安低沉的语气搞糊涂了。

"是吗?"

克里斯蒂安只能再次等着他继续说明。

"就在此时此刻,他正在伍德希尔监狱,进行现场直播,把我的行动、你、那个死掉的警探,还有那笔失踪的钱的来龙去脉在全国观众面前娓娓道来呢。"

这消息如五雷轰顶。克里斯蒂安想吐,想尖叫,还想哭,结果一时不知如何是好。

"伍德希尔监狱?"他嘟哝着,试图将碎片拼凑起来,意识到他,他自己,成了他的敌人们对他的反击计划中的重要一环。"怎么可能?"他只能装糊涂。

"我也想知道,"凯恩依然语气平淡,令人更加不安,"这采访是你安排的。你让这个国家的头号记者进了监狱,而那个能把我们两人都毁掉的人也在那里。所以,局长先生,这可都是托了你的福。"

"基利安,我——"

"等我们消息吧。"

"等等!我可以搞定!"

电话挂断了。

克里斯蒂安还处在震惊当中,呆呆地坐在床上,盯着手里的电话,仿佛那是一根断了的保险绳。过了一会儿,虽然感到头晕眼花,但他还是强撑着站起身,把晨衣套在睡衣外面,急忙走下楼。高耸的窗户外,天空已经变得墨蓝,下面一动不动的树木仿佛是死气沉沉的舞台布景。他走进客厅,拿起遥控器,打开那台巨大的电视。电视机的背光不自然地笼罩着他,他开始用遥控器不停地调台……

尽管时隔三十年,他还是一眼就认出了那个人。回忆涌上脑门,克里斯蒂安几乎站立不稳：炽热的火、大楼摇摇欲坠时的吱吱嘎嘎、拿在手里的那把枪的重量、相同的眼神，那眼神和当他因一己私利抛下那人，让那人以可以想见的最可怕的方式死去时如出一辙。

屏幕上，凯利掀起上衣，露出枪伤，这是克里斯蒂安感到最羞愧的时刻。他双手抱头，苦笑着，终于明白了基利安是如何知道这一切的。

"都结束了。"一个低沉的声音从房间某处传来，在空荡荡的客厅里回荡。

克里斯蒂安没有立刻转过身，仍受挫地低着头。

"你是怎么找到他的？"克里斯蒂安问。

"不是我，"沃尔夫承认，声音离得更近了，"是埃德蒙兹……他刚刚发现的。"

克里斯蒂安揉着自己的脸。"基利安布下了天罗地网，都没能找到他。"

"或许是因为他们本该从他的女朋友找起。"

"你是怎么说服他开口的？"

"那也不是我干的。是儒歇。你以为凯利在伍德希尔监狱受伤是个意外？"

克里斯蒂安点点头，关掉电视。"那霍尔女士呢？"他问。

"我们并不只是把她当成一个没长心的婊子。"沃尔夫回答说。

"录音呢？"

"那也是计划的一部分。在放给你听之后就删除了。"他没有详细说明，因为到现在他也没搞懂巴克斯特和安德烈娅的复杂计划，涉及"自杀短信"、芯片手机还有克隆短信应用程序。

"而我一直盯着的，只有你。"克里斯蒂安说。

"只有我。"沃尔夫点点头。鱼肚白从将死的黑暗中浮现，让天空逐渐变亮。

克里斯蒂安转过身，面对他。"积习难改啊，我想。"

"如果想伤害你，我早就动手了。"

他把一副手铐扔到克里斯蒂安身边。

"你知道我根本不想那样吗？"他对沃尔夫说，丝毫没有拿起手铐的打算，"宁愿死，我都不想伤害芬利和玛吉。"

沃尔夫向他靠近。"我不在乎。"

克里斯蒂安回过头，看了眼他那宁静的花园。

"别让我动手。"沃尔夫站到他身前。

克里斯蒂安疲倦地笑了笑。"你应该比任何人都清楚，威尔……没有人会束手就擒的。"

他一跃而起，跨过咖啡桌，打翻了棋盘，冲出玻璃门。他摔在结冰的院子里，踉踉跄跄地跑过冰冷的草地。

看着他从下面花园的大门消失，沃尔夫平静地拿起手机。"他往你们那边跑了。"


克里斯蒂安似乎觉得赤着脚穿过枯叶地的当下仍然是一场梦。冰冷的空气撕裂他的肺腔，第一缕阳光在笼罩着白霜的树林间照出一条小路，在任何人看来，这都像是个超现实的美丽梦境。

不过短短五分钟，他的整个生活便轰然倒塌。

他所能做的，只有不停奔跑，逃离以前的一切，逃离以前认识的每一个人，重新开始，因为如果能再给他一次机会，他一定可以做出不同的选择——绝望的人，总会进行一些不理智的讨价还价。恐惧引发的错觉，让他真的认为自己还有机会抛下自己曾奋力守住的一切。逃离的幻想使人疯狂。

他重重地摔了一跤，双手陷在潮湿的泥土里，下面是正在与森林大地融为一体的枯枝败叶。

附近有沙沙声……

克里斯蒂安恐惧地盯着树丛。

一声巨响从某处传来……

他失去了方向感，甚至不确定自己是从哪里来的。他努力平复呼吸，专注地听着：寂静当中，传来了人奔跑的脚步声，一个黑暗的身影在树林间忽隐忽现。克里斯蒂安赶忙站起身，忽然又看到另一个身影也在朝他逼近。他惊慌失措，换了个方向，继续全速狂奔，然而追赶他的人的声音也越来越响，又有一个人加入进来。

他又摔倒了，疲惫和惊慌令他的协调性大受影响。他别无选择，只能趴在地上，在泥泞中匍匐前行，躲在一棵树下，缩成一团。他看到两个身影从眼前一闪而过，像他们出现时一样突兀。然而，三个追击者中剩下的那个却放慢了脚步。克里斯蒂安闭上眼睛，祈祷他们赶快离开，无助地听着他们在树林中徘徊。他缩得更紧了……

沙沙声越来越近。

他屏住呼吸。

他们走近他藏身的那棵树，随风盘旋的树叶来到他面前……

克里斯蒂安盲目地蹿出来，跑向一片空地，听到沉重的脚步声追击而来。

他被扑倒在地，某人重重地压在他身上。

"在这儿！"沃尔夫喊其他人，眼神凶悍。克里斯蒂安耗尽了力气，只能盯着他，任由他摆布。

埃德蒙兹突然出现在他左边，桑德斯在右边。不一会儿，巴克斯特也慢慢地出现在他的视野当中。每个人都冷冷地看着他。在敌人的包围当中，克里斯蒂安突然放声大笑。

"这不是逮捕……对不对？"他质问道，银发上沾满了污泥与枯叶，"你们想就地解决我！"

沃尔夫紧紧制住挣扎的囚犯。

"没有目击者，对不对？！"克里斯蒂安疯狂地喊道，奋力抬起头，盯着巴克斯特，"那就来吧！"他挑衅地盯着沃尔夫。"有种就干掉我！"

"你想得倒美，伙计。"桑德斯说，这时四周警笛大作。

克里斯蒂安放弃了，接受了自己的命运。随着警笛声慢慢逼近，追捕他的人一个接一个消失，只剩下沃尔夫和他一起留在空地上。沃尔夫把他的身体翻过去，拿出手铐，把他的双手铐在背后。接着，他终于说出了自己一直想说的话，向局长宣告了他的权利。

"克里斯蒂安·贝拉米，我现在以谋杀芬利·肖警长的罪名逮捕你。你可以保持沉默，但如果在审讯过程中不提供日后的呈堂证供，你的辩护可能会受到影响。你所说的每一句话都可能成为证据。你明白了吗？"

沃尔夫努力克制住自己的情绪，把克里斯蒂安拉起来，朝远处闪烁的灯光走去，蓝色的眼睛泛着光。

# Chapter 47

# 第四十七章

埃德蒙兹迟到了。

警方工作中令人瞠目结舌的现实考量占据了这一天的大部分时间。在调查组成员们给出了充分的证据，进行了详细的陈述之后，他们被迫参加了一场冗长的公关部门会议。会议的重点是维护警方的声誉，这感觉就像是安排他们拿着拖布和水桶去给一场核爆级别的公众关注事件"洗地"。

他偷偷溜进门，看到沃尔夫背靠着墙。瓦尼塔正在台上，眉飞色舞地在她匆忙准备的记者会上发言。埃德蒙兹悄悄走到他身边。

"……尽管我们还无法透露我们正在进行的调查的任何细节，"瓦尼塔坚定地对屋子里的人说，"但你们也不能假装自己对指控克里斯蒂安·贝拉米这件事以及这个指控的严肃性一无所知，那太天真了。鉴于此，我将暂代局长一职……"

几个记者突然大声发问，但即便听到了，瓦尼塔也不会作答。

"嘿。"埃德蒙兹低声说，靠到沃尔夫身边。

"嘿。"

"其他人呢？"

"都没来。"

埃德蒙兹皱起眉头。沃尔夫之前告诉他，这场会议他们必须全员参加。

"……我要以局长的身份，"瓦尼塔接着说，"感谢调查小组做出的杰出的、英勇的贡献，包括其中的平民成员，以及来自伦敦警察局的代表。"

她转过头，给了沃尔夫和埃德蒙兹一个礼节性的微笑，接着念出手上的名单：

"他们是探长埃米莉·巴克斯特、警探杰克·桑德斯、前警探亚历克斯·埃德蒙兹、前警长威廉·莱顿－福克斯……"

沃尔夫做了个鬼脸。

"……前联邦调查局特工达米安·儒歇，还有我们警察局的好朋友安德烈娅·霍尔。"

在瓦尼塔的示意之下，全场响起了掌声。

"感觉如何？"埃德蒙兹问沃尔夫，在和众人一起鼓掌，接受这些例行公事的欢呼之时，他提高了嗓门，"成为亲手干掉伦敦警察局局长的男人？"

"有点想哭。"沃尔夫坦诚地说。

埃德蒙兹点点头，只带着一点点嫌弃。"可以理解。"

"我必须亲手逮捕他。"随着掌声平息下来，沃尔夫压低声音说。"我只要这个，其他都归你们。"他神秘兮兮地对埃德蒙兹说。瓦尼塔回到了麦克风前。

"接下来，你们可以向调查小组中的一位成员提问，他会回答我们事先批准提问的、有关调查的问题……"

沃尔夫下意识地站起身，正准备走向他习惯的聚光灯的方向，随后却转过身，深情地拍了埃德蒙兹一巴掌。"该你上了，对吧？"他笑了笑，若无其事地退到后面。

瓦尼塔和埃德蒙兹面面相觑，不过瓦尼塔很快回过了神，"呃……女士们先生们，这位就是前伦敦警察局警探，现在做私人侦探的亚历克斯·埃德蒙兹！"她宣布，又引来一阵不情愿的掌声。

伴随着闪光灯和一头雾水，埃德蒙兹跌跌撞撞地走向讲台，其间差点踢翻了一台电视摄像机。在和瓦尼塔握手致意之后，他随即成为揭露多年来最大一起丑闻案件的调查小组负责人。

他清了清嗓子："大家下午好……谁有问题？"

*Chapter 48*

# 第四十八章

克里斯蒂安的被捕仿佛给这个故事画上了句号。但要等到审讯结束，芬利的遗体归还给家属，他们才能为他举行葬礼。不过，玛吉还是想先做点什么。她只邀请了跟丈夫最亲近的几个人，在自家花园里办了场非正式的追悼会。她坚持说这是个开心的聚会，让他们可以跟芬利最后道个别。追悼会的时间刚好赶到了转瞬即逝的冬日黄昏，沃尔夫、巴克斯特、埃德蒙兹、桑德斯、安德烈娅以及其他几个人围坐在火堆旁，映着烛光，讲起他们珍藏的往事。

当本·E. 金的《伴我同行》从录音机中传来时，沃尔夫向玛吉伸出手，代替她的丈夫，伴着他最爱的一首歌，翩翩起舞。

2010 年 5 月 21 日　星期五　深夜 23：58

## 芬利的生日

　　沃尔夫昏睡在他和安德烈娅位于斯托克纽因顿的小屋沙发上，暂时幸福地对自己把芬利的生日聚会毁掉这一点浑然不觉。他惹恼了玛吉，打掉了巴克斯特男朋友的一颗牙齿，还引发了两人的激烈争吵。然而，更麻烦的是，他完全没有顾及自己的妻子，后者已经在床上哭了两个多小时，等着他来安慰她。

　　走廊里传来一声巨响。

　　沃尔夫从沙发上滚了下来，挣扎着站起身。他赶忙走进走廊，身上还穿着皱巴巴的衬衫，系着领带，结果一只鞋刚好砸到他的脑袋上。

　　"老天！"他抱怨道，痛苦地捂住额头，看到自己的家当都被扔在门口。"搞什么鬼？！"他对安德烈娅嚷道，后者又抱了一堆他的东西走过来。

　　"你给我出去住，"她吩咐道，脸上的妆糊了一脸，"今晚就走。"

　　"啊——哈，"沃尔夫点点头，"不过我只有一个要求……让我先回去睡会儿。"

　　又一只鞋子砸过来，比上一只砸得还疼。

　　"求你……别再……朝我扔东西了！"

　　"滚出去！"

　　"我不！"

　　安德烈娅突然走开了。沃尔夫不知道这是好事还是坏事，直觉告诉他这是坏事……

　　她拿着他的芬达电吉他，出现在楼梯顶上。

　　"滚出去。"她又说了一遍。

"别，别冲动。"他满脸堆笑，求饶道。

"滚！"她把吉他伸出楼梯外。

"别……你……你他妈的敢！"

她松开手，蓝色火焰款吉他滚下了楼梯。

"你有毛病吧？！"他怒吼道。

"有毛病的是你！我受够你了！我受够她了！我受够现在这种局面了！我只想赶紧结束！"

"这也是我的房子！"沃尔夫喊道，把自己的东西往回扔。但当安德烈娅冲下楼梯，向他扑过来时，他有点害怕。

"滚出去！"她尖叫着，把他往门口推。

"安德烈——"

她打开前门，把他赶了出去，让他站在不冷不热的夜空之下，一辆警车正停在门口，警灯闪烁。

"你们又是来干吗的？！"沃尔夫对正在朝他跑过来的两名巡警吼道。

"先生，我现在需要你冷静下来，"其中一个对他说，"看在我的分上，你能够离那位夫人远一点吗？"

"这是我的房子！"他吼道，甩开警察的手，继续往回走。

"先生！"警察抓住他的肩膀。

沃尔夫蓦地转回身，朝警察的脸上打了一拳，瞬间意识到自己犯错误了。

安德烈娅泪流满面，跑回屋里。"我再也受不了了！"

"安德烈娅！"他喊道，前门砰的一声关上了。现在他冷静了，但也为时已晚。他转向那位嘴唇冒血的警察。"对不起，我还有什么理由能说服你不逮捕我吗？"

"没有。"

"好极了。"

沃尔夫和玛吉跳了一会儿，另一对老夫妇也加入他们的行列。巴克斯特捧着一杯热巧克力，走到安德烈娅身边，后者正在看布置在花园周围的老照片。

"埃米莉。"

"安德烈娅。"

"真好。"

"是啊……真好。"

她们静静地站着，看着芬利在他五十五岁生日聚会上和沃尔夫喝得半醉、一起玩游戏的照片。在那之后，只过了一小时，一切就都变得很糟。

"你知道那天晚上后来沃尔夫被逮捕了吗？"安德烈娅叹了口气。

"知道，听说了。"

"真是个白痴，一如既往。"安德烈娅笑着说，看着他拉着玛吉转圈，离那对老夫妇越来越近，后者站在原地，抱紧了彼此，像是害怕被他撞到。"他这舞还是我教的呢，"她自豪地对巴克斯特说，"儒歇怎么样了？"

"不知道，"巴克斯特说，"在协助参与了一次小型越狱以及绑架监狱医生的事件之后，他们就不让我见他了。"她忧心忡忡地补充。

"照你原来的证词说就好，"安德烈娅安慰她说，"在儒歇身上，他们问不出来什么，他们也知道这一点。他们只能采信你的证词。"

巴克斯特点点头。

"威尔呢？"

"还得回监狱，"巴克斯特面无表情地回答，"不过这次条件好一点，时间也不会太长。瓦尼塔应该会信守承诺。"

尽管有些生硬，但参考之前的标准，她们俩这次的谈话相当顺利。

"还有……"安德烈娅犹豫了一下，考虑自己是否越界，"那件事……你决定好了吗？"

巴克斯特环顾四周，确定没人在听。"托马斯又把订婚戒指给我了。"

"然后呢？"

"然后什么？"

"你说'我愿意'了吗？"

"没有。还没有。但我打算答应他。"

"真的吗？"

"真的。"

安德烈娅微笑着，送上一个尴尬的拥抱。"恭喜！我真心为你高兴。还有——"她看了眼沃尔夫，他正逗得玛吉大笑，"这是个明智的选择。你打算什么时候告诉托马斯？"

"今晚。我还得先去做一件事。"

2010 年 5 月 22 日　星期六　凌晨 1：42

躺在警察局牢房的床垫上，沃尔夫希望自己能按个按钮，把大脑关闭掉，哪怕只有一会儿。现在他的脑子里有成千上万个想法正在横冲直撞。

直到现在，他仍然感到震惊。安德烈娅竟然如此愤怒，她的内心竟然有如此多的不快：无法说出口的情绪在她的内心积压了太久。他们两人之前也有过争吵，但并不会发展到这般地步。最近他几乎对她的感受不闻不问，结果就导致了这样的结局。这既让人如释重负，又令人心碎。

他并不完全确定自己被送到了哪个警察局。不过这里有个警察认出了他，给他提供了牢房里尽可能舒适的条件，并表示愿意帮他跟其他人联系。

门砰地响了一声，传来一阵从容的脚步声。

"你这个大蠢货。"一个刺耳的声音跟他打招呼。

芬利拉来把椅子，坐到牢门栏杆的另一边。

"是啊，"沃尔夫回答说，坐直身子，"我知道，我知道。你来这儿干吗？"

"好吧，有个浑球跟老婆吵架，邻居报警了。他涉嫌侵犯自己妻子的人身安全，而我是他的紧急联系人……这还是在我生日这天，之前他还把我的生日聚会给毁了。"

沃尔夫腾地站了起来。"第一，我没想到他们今晚就会给你打电话；第二，不过还是感谢你能来；第三，在聚会上我是不得不动手，那浑蛋抓着巴克斯特不放，你也看见了，对吧？"

芬利酒意未消，而且很疲惫。他打了个哈欠。"我只看到了一个善良的家伙轻轻拉住他女朋友的手，不肯让她走。"

"好吧，你真是老了，"沃尔夫回答道，"老眼昏花。"

"你只是借题发挥，威尔，"芬利说，有点恼火，"就算他没抓着巴克斯特，你还会找别的理由。今晚不管是谁陪埃米莉一起来，都免不了挨你一顿揍。"

沃尔夫对他朋友的理论嗤之以鼻。

　　"听着,"芬利继续说,没心情跟他吵,"我已经跟逮捕你的警官打好招呼了,不会有后续的问题,因为你打的那位同行也不想找你麻烦……不用谢我。"

　　"那我们走吧。"

　　"不过,今晚你还是得在这里过夜,"芬利说,"这是我的建议。我想你需要好好睡一觉。"

　　沃尔夫醉醺醺地拖着脚步,爬上床垫。"反正我也没地方可去。我跟安德烈娅算是完了。"

　　"你还可以挽回。"

　　沃尔夫摇摇头:"要是我不想呢?"

　　"她是你老婆啊!"

　　"我们跟你和玛吉不一样!你们俩是真心想在一起的。我跟安德烈娅可能……不是那样。"

　　芬利疲惫地揉了揉脸。"你跟埃米莉在一起会是场灾难。所有人都这么想。你已经有老婆了,你至少应该试着珍惜。"

　　"你说的'所有人'是什么意思?"沃尔夫嘟哝着。

　　"就是所有人!我们都看着你们两个成天打打闹闹。你们自己都习惯了。而安德烈娅还得跟我们一起看。"

　　"好吧,要是我真是个大浑蛋,你还来救我干吗?"

　　"你猜怎么着?我自己也想知道。"芬利说完站起身,走了出去。

2016 年 2 月 3 日　星期三　下午 5:23

　　巴克斯特把热巧克力放在篱笆柱上,朝玛吉和沃尔夫走去。"介意我借用他一下吗？"她问道。

"那太好了！"玛吉大笑道，"他这老半天一直在踩我的脚。"

巴克斯特带着沃尔夫来到花园尽头的墙角下，两边各有一根摇曳的蜡烛。

"我得跟你说……"她开口了，但又突然岔开话题，想给自己再多一点时间，"玛吉她很开心……好吧，其实那不是真正的开心，但……"

"她是开心的，尽她所能，"他环顾四周，确定周围没人，"昨天她去医院，拿了最新的检查结果。"他微笑着低声说。"她没有告诉其他人结果如何，因为今晚是属于芬利的。"

"那可是大事。"巴克斯特说，似乎有些心不在焉。

"你怎么了？"他问道，抿了口手里的啤酒。

"没什么。只是……他又不会在附近看，对吧？而且人们在新闻里念叨他已经够多了。"

沃尔夫点点头。"但这不是重点，对吧？你觉得芬利会因为别人在他死后议论他大发雷霆吗？玛吉能撑到现在，靠的可不是什么运气、命运或者是神明保佑。她活着是为了芬利，因为他一直在为她竭尽全力，为了救她可以不惜一切代价。"

巴克斯特悲伤地笑了笑。"你总是能够把事情扭曲成你希望的样子。"

"而你总是不善于此。"他对她说。

"我只是觉得，有时人犯了错，就得承认……就像那晚我在教堂里那样，"巴克斯特深吸了一口气，沃尔夫皱起眉头，"托马斯又向我求婚了。"

"哦。"

"我打算答应他。有段时间，我对一切都感到困惑。他的求婚让我抓狂，还有我找到的那张卡片。但现在，我知道自己想要的是什么了。"

"卡片?"沃尔夫问道,在冷风中打战,远处的火光显然鞭长莫及。

"现在不重要了。"

"不,挺重要的。"他催促她。

巴克斯特有点恼火。"我在芬利的遗物里发现了一点东西……算是封情书,在某种程度上,它不是写给玛吉的。我觉得很可能是在和玛吉在一起了之后,他还对另一个女人产生了那样的感觉。而且……"她注意到沃尔夫脸上浮现出愧疚的表情,停了下来,"老天!你知道他是写给谁的,对吗?"

"我不知道你在说什么。"

"骗子!"

"我想有些事情过去了就让它过去吧。"

没说出"不",巴克斯特就掏出了那张皱巴巴的卡片,准备大声读出来。

"还不告诉我吗?"

沃尔夫没吱声。

她耸耸肩:"也许这能帮你回想起来……"

2010 年 5 月 22 日　星期六　凌晨 1:46

"芬利,等一下!"沃尔夫喊道,冲到栏杆前。

芬利故意让他喊了一会儿,这才慢慢走回来。

"对不起。"

"没关系。"苏格兰人回答说,这样的情感交流让他有些不自在。

"你来之前,我躺在这里——"沃尔夫在狭小的牢房里踱步,挠头,挣扎着表述自己脑子里的想法，"只是在想所有的事情，想一些我想了很久却没说出口的话。现在可能是唯一可以说出来的机会了。你说得对：我跟巴克斯特是一团糟，我跟安德烈娅也是一团糟。所有的一切都一团糟，而有些话我必须说出来……你能帮我给她捎个信吗？"

"给安德烈娅？"

"巴克斯特。"

芬利翻了个白眼。"我刚才说的话你一个字都没听见？"

"就捎个信，"沃尔夫嘟哝道，"如果她不感兴趣，我也就明白了，对吧？我会想办法重新开始的。"

芬利呻吟了一声："为什么找我？"

"你觉得今晚之后她还会跟我说话吗？"

"不会。"他确信地说。

去借来警察局登记用的笔，芬利在裤子后口袋里摸出一张生日卡片，撕成两半。回来时，沃尔夫还在踱步，紧张地措辞。芬利坐下来，拿起笔。"你想说什么？"

2016 年 2 月 3 日　星期三　下午 5：27

"'你他妈怎么还没明白？'"

映着即将熄灭的烛光，巴克斯特念起卡片上的字，意识到这些话已经被她背了下来。

"巴克斯特，我——"

"'我不只是喜欢你。我是毫无保留、矢志不渝、无可救药地爱着你。你……是……我……的。'"

"巴克斯特，我得跟你说点事。"

"'那些该死的人，那些我们之间发生的可怕的事，甚至所有那些该死的条条框框，都不能让我们分开……'"

"巴克斯特！"沃尔夫大喊了一声，从她手里夺过卡片，扔在地上。

他犹豫了一下，低下头，望着她的眼睛，试探地握住她的手。

他深吸一口气。"因为没有人，能够把你从我身边带走。"

巴克斯特脸上的愠怒渐渐退去，变成了不知所措，接着又变成了恍然大悟的瞠目结舌。

"他一直没给你吗？"沃尔夫问道。

巴克斯特无言，只是摇了摇头。

沃尔夫点点头，毫不意外："他一直都是个浑蛋。"

# Epilogue
## 尾 声

2016 年 12 月 15 日　星期四　晚上 7：34

　　"证人说了什么？"巴克斯特问，手机夹在她的肩膀和耳朵之间，她的双手在寻找钥匙。"不！！！法医鉴定呢？……不！！！"她刚刚下班，便直奔回家。一跨过门槛，她就大喊："她还醒着吗？"

　　"差不多！"

　　把包扔在圣诞树下面，踢掉靴子，她爬上楼梯，把上衣直接从头上脱掉，连纽扣都顾不上解开。她把手机放回耳边。

　　"谁的？！别告诉我是死者的指纹……不！！！……什么？没错，他们还在……我不知道——特易购？我给你带一个。听着，我刚到家，我得去……好吧……好吧！我得……我要挂了。回见！"

　　"她要睡着了！"一个声音传来，巴克斯特正跌跌撞撞地脱掉裤子，跑进淋浴间。

　　"把她弄醒，你看着办！"巴克斯特喊道，套上格子睡衣，冲回到卧室。

　　"你总算来了。"沃尔夫看着她说，手里拿着本睡前故事书。

"滚你的蛋！你整天都跟她在一起！"两人交换位置时，巴克斯特吼道。她伸手从小床上抱起芬利·埃利奥特·巴克斯特，小家伙儿几乎已经睡着了，她的小手抓着企鹅弗兰基破掉的翅膀。

"死者的指纹是怎么回事？"沃尔夫压低声音，兴奋地问。

巴克斯特皱起眉头。"或许我们应该晚一点再谈这个？"她提议道。

"儒歇搞到的？"

"没错，听起来是他跟埃德蒙兹搞到了有趣的线索，我会告诉你的……待会儿再说！"

"但他们怎么想呢？是伪装死亡还是有人把死者的手指拿走了？"

"老天，沃尔夫！待会儿再说！"她轻轻地抱着女儿，看到沃尔夫的大作后，脸上露出微笑。"呃，沃尔夫？"她用通常喊他"浑蛋"的语气问道，"开始贴墙纸了？"

"不错吧？"他骄傲地说，"忙了一整天。"

她抱着小芬利，来到墙边，看到一条卡通鳄鱼，但它尾巴的位置上出现的似乎是长颈鹿的脖子。她转回身，皱着眉头。

"不过吧，这个东西还真是难搞，好像就是故意不让人好好贴。"他对她解释。

"大象脑袋哪儿去了？"

他在房间里看了一圈，不得不承认这里比白天时更可怕了。"在这儿。"他得意地指了指门口。

"这是什么……"她做了个"狗屎"的嘴型，"给我重新弄。"

"你自己弄！"

"这里简直被你搞成了动物剥皮师的暗黑之家！"

"无所谓了，反正比之前那堆天使好吧。"

"我那个……不是……天使！跟你说多少次了？！"

　　小芬利哭了起来，巴克斯特温柔地摇晃她，让她睡着，然后把她放回小床上。

　　"我才不重新弄，就这样吧。"沃尔夫抱起胳膊，挑衅地说。

　　"那个斑马长了蛇脑袋和狮子爪。这墙上全是这种风格。"

　　沃尔夫慢慢放下胳膊，盯着那恶心的图案看了半天。

　　"看明白了？"她问他。

　　他重重地叹了口气："我会重新弄的。"

　　"感激不尽。你读到哪儿了？"她轻声说，捡起故事书。

　　"有什么关系吗？"

　　她瞪了他一眼。

　　"他刚刚打败了那个用剑的怪物，"他告诉她，走出房间，"我去做饭。"

　　"香橙鸭？"

　　"面包片烤面条。"

　　"我恨你！"她微笑着喊道。

　　"我更恨！"

　　她把书翻到最后几页，眯起眼睛，读了起来，摇篮小彩灯把五颜六色的图案照在墙上。

　　"砰的一声，门裂开了！……国王的人在里面！……'快跑！'……当追兵赶来的声音响彻整座塔楼时，公主对骑士说：'求你了，为了我，你快跑吧！'勇敢的骑士本不想离开，但他听了公主的话，为了有朝一日还能回到她的身边，他朝这座最高的塔楼最高的那扇窗户爬去……而她等了又等，等了又等，过了一天又一天，一天又一天，很多很多天之后……他回来了。"

　　巴克斯特翻到最后一页。

　　"从此以后，他们就过上了幸福的生活。"

# ENDGAME

Endgame

Copyright© 2019 by Daniel Cole

Published in agreement with Conville&Walsh Ltd.,

through The Grayhawk Agency.

著作权合同登记号：图字 18-2022-072

**图书在版编目（CIP）数据**

密室谜案 /（英）丹尼尔·科尔（Daniel Cole）著；
王扬译. -- 长沙：湖南文艺出版社，2022.9
书名原文：Endgame
ISBN 978-7-5726-0820-9

Ⅰ.①密… Ⅱ.①丹…②王… Ⅲ.①长篇小说—英
国—现代 Ⅳ.① I561.45

中国版本图书馆 CIP 数据核字（2022）第 152416 号

上架建议：畅销·悬疑小说

MISHI MI'AN
密室谜案

| | | |
|---|---|---|
| 著　　　者： | [英] 丹尼尔·科尔（Daniel Cole） | |
| 译　　　者： | 王　扬 | |
| 出 版 人： | 陈新文 | |
| 责任编辑： | 吕苗莉 | |
| 监　　制： | 吴文娟 | |
| 策划编辑： | 董　卉　李甜甜 | |
| 特约编辑： | 罗雪莹　张　雷 | |
| 版权支持： | 王媛媛　辛　艳 | |
| 营销编辑： | 闵　婕　傅　丽 | |
| 封面设计： | 梁秋晨 | |
| 版式设计： | 李　洁 | |
| 出　　版： | 湖南文艺出版社 | |
| | （长沙市雨花区东二环一段 508 号　邮编：410014） | |
| 网　　址： | www.hnwy.net | |
| 印　　刷： | 三河市鑫金马印装有限公司 | |
| 经　　销： | 新华书店 | |
| 开　　本： | 875mm×1230mm　1/32 | |
| 字　　数： | 291 千字 | |
| 印　　张： | 11.25 | |
| 版　　次： | 2022 年 9 月第 1 版 | |
| 印　　次： | 2022 年 9 月第 1 次印刷 | |
| 书　　号： | ISBN 978-7-5726-0820-9 | |
| 定　　价： | 49.80 元 | |

若有质量问题，请致电质量监督电话：010-59096394
团购电话：010-59320018